medium

［メディウム］

霊媒探偵城塚翡翠

相澤沙呼

敬台灣的讀者們：
這是我的自信代表作，
祝君閱讀愉快！

相澤沙呼

medium
［メディウム］

CONTENT

序曲

無可阻擋的死亡，正在悄悄逼近。

「老師，我想請你幫忙找出殺害我女兒的凶手。」

婦人抬起頭來說道。

在看見婦人那對眼眸的瞬間，香月史郎的心裡驀然有種彷彿看見了命運的錯覺。

死亡的腳步聲已近在咫尺，卻無處可逃。

婦人的眼神中流露出的是，無處可宣洩的悲傷與憤怒。

兩人所身處的地點，是香月相當熟悉的咖啡廳包廂，兩人之間的桌上，擺著一整疊婦人私下蒐集來的案件相關資料。所有的資料，都是關於最近數年在關東地區，鬧得人心惶惶的一連串神祕殺人棄屍案。

光是目前已知的女性受害者，就有八名。凶手完全沒有留下任何證據，警方的調查行動毫無進展。雖然偵辦人員還是努力不懈地尋找著線索，但所有相關人士都對這一連串案子不抱希望，甚至在私底下將凶手戲稱為「亡靈」或「死神」。

沒錯，這個凶手就宛如掌管死亡的地獄使者，來去無蹤，狡猾刁鑽，總是無聲無息地接近受害者，奪其性命。

這種有如鬼魅般的凶手，天底下有誰能夠將其繩之以法？

「我……」

香月小心翼翼地斟酌著自己的用字遣詞。

「既不是警察，也不是偵探，只是個三流作家。」

「老師的身邊，不是有位通靈者嗎？」

婦人以不滿的神情看著香月說道。

香月一聽，登時倒抽了一口涼氣。

「聽說老師最近跟那位通靈者攜手合作，破解了好幾起離奇案件，不久前報章雜誌還大肆宣揚呢！就連好幾個女高中生遭勒死的那起案子，聽說也是老師在那位通靈者的協助下，最後成功破案……」

因為各種複雜的理由，讓那起案子成了媒體關注的焦點，也連帶導致〈香月與通靈者聯手破案〉的謠言，成為網路上及週刊雜誌的熱門話題。

不過雖然是謠言，卻與事實相去不遠。到目前為止，香月史郎確實與名為城塚翡翠的靈媒少女，同心協力解決了不少懸疑案件。

而且……使用的確實是……通靈之力。

大部分的媒體文章，對於這個來歷不明的靈媒都是貶多於褒。不過，這也是理所當然的事。在一般人的眼裡，想要靠通靈能力破解刑事案件，幾乎是天方夜譚。

眼前婦人所渴求的，正是這樣的天方夜譚，但天方夜譚並不見得一定是無稽之談。婦人相當幸運，這次她剛好遇上了一個千真萬確的事實。

「能不能讓我考慮一下？畢竟那位通靈者也不是無所不能。」

城塚翡翠的通靈能力事實上相當麻煩，除了各種的限制之外，甚至還有著連她自己也沒有發現的隱藏規則。在調查案情的過程中，必須遵循限制及找出這些隱藏規則。

舉個例子來說，翡翠雖然能夠呼喚死者的魂魄，但如果不是壽終正寢的死者，例如，遭到殺害或遭遇意外事故的亡魂，在找出其斷氣地點之前，是沒有辦法召喚出其魂魄的。而且翡翠還是直到最近，才發現了這個規則。在此之前，她只知道有些魂魄能夠召喚，有些魂魄則無法，卻說不出其背後的理由。

此外，就算靠著靈視能力鎖定了凶手的身分，這當然無法成為呈堂證供。過去就會遇過好幾次無法破案的情況，而且都是明明知道凶手是誰，卻找不出證據，只能眼睜睜看著凶手逍遙法外。

因此，對於藉由靈視所取得的線索進行理性分析，從中推論出符合科學精神的案情，就成了香月史郎的職責所在。

香月向婦人要求了一些考慮的時間，將婦人送走之後，獨自走在冬天的寒風之中。

到底要不要接這個案子，需要經過慎重的評估才行。

至少有一點可以肯定，那就是如果做出了錯誤的判斷，城塚翡翠將必死無疑。

香月吐著白色的氣息，回想著城塚翡翠曾經說過的那些話……當時還是盛暑時節……

在那嘈雜的遊樂園裡，原本像個孩子一般興奮尖叫的她，忽然斂起了臉上的笑容。如今香月依然清楚地記得那個畫面。

「老師……我可能沒有辦法像普通人一樣，在安詳中死去。」

香月一聽，當然馬上追問這句話是什麼意思？

「我就是有這種預感。或許是因為我的血脈受到詛咒的關係吧……我感覺得到無可阻擋的死亡，已經靜悄悄地來到了我的身邊。」

靈媒少女以她那綠色的瞳孔俯視著地面，嘴裡如此說道。那嬌小而柔弱的肩膀，正因恐懼而微微顫抖。

「沒那回事，妳太多心了。」

香月如此告訴翡翠。

「我的預感絕對不會出錯。」

翡翠卻搖了搖頭說道。

香月的眉毛下垂，露出了不知如何是好的表情。

靈媒少女再度漾起笑容，彷彿自己面對的是一個理所當然應該要接受的命運安排。

翡翠所預感的死亡，多半就跟這一件案子有關吧——因對抗殺人魔而死。

就算這是絕對無法違逆的命運，總不能在嘗試迴避之前就放棄希望。

翡翠在香月的面前，總是強自壓抑不安與恐懼，勉強擠出笑容。每當看見她那惹人憐惜的模樣，香月就感覺到心頭有股難以壓抑的衝動。

香月多麼想要幫助她逃離險境，盡可能維持兩人的關係。但翡翠的預感絕對不會出錯，這也是千真萬確的事實。

香月走在無人的公園裡，不禁陷入了沉思。

難道真的沒有其他選擇了嗎？

城塚翡翠有沒有辦法憑藉其通靈能力，將殺人魔揪出來？

這正是最大的關鍵問題。

雖然翡翠擁有異於常人的能力，但其能力並不見得在任何案子都能派上用場。例如，這次的連環殺人棄屍案，受害者到底是在哪裡遭到殺害，警方還無法釐清。在這樣的情況下，翡翠無法召喚死者的魂魄，當然也就無法從死者的口中獲得線索。而且如果想靠自己的力量，找出連警方也摸不著頭緒的殺害現場，那肯定不是一件容易的事。既然不知道殺害現場，這件案子就不適合交給翡翠來處理。

說到底，既然連鎖定凶手身分都有困難，實在沒有理由讓翡翠蹚這趟渾水。只要擺出局外人的態度，當作什麼也不知道，就可以什麼都不用煩惱地繼續維持兩人的關係。

但從另一個角度來想，既然凶手是個如此擅長湮滅證據的人物，恐怕城塚翡翠所擁有的超常能力，將成為凶手唯一的心頭大患。

以城塚翡翠的能力，到底能不能揪出凶手？

要找出這個問題的答案，就必須針對其能力及靈魂的特質做出通盤的考量。

就算每種能力都有未逮之處，但只要加以組合搭配，或許能夠發揮妙用，最後成功引導出凶手的身分。

為了整理思緒，香月決定從當初邂逅翡翠的第一起案子開始細細回想。

第一話

泣婦凶殺案

人死了之後，靈魂會去哪裡？

心中突然冒出了這個疑問。難道是因為剛剛才掃墓完的關係，還是與接下來要前往的目的地有關呢？

一走下電車，剛入夏的暑氣便撲面而來，香月史郎伸出手背，抹去了額頭的汗水。

這件事的肇因，得從一星期前香月所接到的那通電話說起。

「學長，我有個奇怪的請求。」

電話另一頭的倉持結花，是香月讀大學時的學妹。

不，嚴格來說結花入學時，香月已經畢業了，因此香月還在讀大學的期間，兩人並沒有任何交流。由於香月在畢業之後，還是經常參加攝影社的聚會，所以才在聚會上認識了結花。在香月的眼裡，結花就像是自己的妹妹一樣。

「奇怪的請求？」

「對，我想請你……陪我去見一個通靈者。」

「通靈者……妳說的是那種看得見幽靈，能夠幫人驅邪，擁有靈異力量的人士？」

「對啊！不然還有哪一種通靈？」

電話另一頭的結花不知覺得哪一點好笑，自顧自地嗤嗤笑了起來。接著，結花便解釋起了來龍去脈。

大約一個月之前，結花在假日跟朋友出遊，兩人喝醉後一時興起，拜訪了一位算命師。沒想到那算命師一看見結花，就說出了驚人之語。

「那位算命師說，有個女鬼一直對著我哭泣。」

算命師接著還聲稱，連他也看不出來那是無害的善鬼，還是為惡的厲鬼。

剛開始的時候，結花只是半信半疑。結花從小就常目擊靈異現象，聽了算命師這番話之後確實有點心裡發毛，但結花向來個性穩重，並不是個會輕易相信這種話的人。

沒想到數天之後，結花作了一個奇怪的夢。

「老實說，那到底是不是夢，我也不太肯定……那天我睡到一半忽然醒了，意識非常清楚，偏偏身體就是動彈不得……我心裡害怕得不得了。接著我就看見有個人站在床邊，我嚇得全身起了雞皮疙瘩。雖然只是以眼角餘光看見，那模樣不是很清楚，但隱約看得出來是個女人……而且她在哭！那女人在哭！」

那天之後，結花又經歷了好幾次相同的事情，她不敢不信邪，決定再次拜訪那位算命師。但算命師說他的能力只能發現鬼魂，無法加以驅除，因此介紹結花去找另一個人物。

「正確來說，那個人似乎是靈媒，不是通靈者。算命師還說，如果只是見個面，不必付什麼費用，所以我決定去找那個人談談看……但是心裡又有點害怕，擔心會被強迫推銷奇怪的壺或符紙之類的東西。」

結花笑著說道。

香月心想，這種事情確實有人跟在身邊比較安心，於是便爽快地答應了。

＊＊＊

兩人相約的車站，距離香月的住處很近，但他從來不曾在那一站下車過。該地區雖然屬於東京都的核心地帶，卻是以幽靜恬適而聞名的高級住宅區，住在該地是很多人的夢想。香月也很喜歡安靜，但以自己的微薄收入，根本住不了這種地方。

由於這天並非假日，車站前沒什麼人。香月在剛進入夏天的大太陽底下等了一會，約定的時間一到，便看見結花走出了剪票口，她抬頭看見香月，表情豁然開朗。

「啊，學長！」結花奔上前來，先低頭鞠了個躬，接著說：「好久不見了。」

許久未見的結花，給香月的第一個印象是變美了。兩人第一次見面的時候，結花才十九歲，香月只把她當作妹妹看待，如今一見，香月已有些改觀。

「哇，妳變漂亮了，完全像個社會人士。」

香月坦率地加以稱讚，結花靦腆一笑，以手肘朝香月頂了一下。

兩人簡單說了自己的近況後，便朝著車站外邁步。結花一邊看著智慧型手機的螢幕，一邊表示那位靈媒所住的公寓距離這裡約徒步十五分鐘。

雖然兩人一直以社群軟體保持著聯絡，一見到面還是有聊不完的話題。走在身旁的結花不僅說個不停，而且不時發出歡樂的笑聲。

結花告訴香月，她現在的工作是在百貨公司裡擔任櫃臺小姐，今年是任職的第二年，自己不僅化妝有了改變，而且衣著的品味也更接近成熟大人了。香月發現結花帶著一個很適合她的手提包，誇讚了一下，她露出靦腆的笑容，表示那是為了犒賞自己而存錢買的。

結花低頭看著地圖，驀然停下了腳步。香月一時沒有發現，還要繼續往前走，忽然被她扯住了袖子，抬頭一看，眼前是一棟摩天大樓型的超高層公寓。整座建築物宛如巨塔一般深入天際，看起來至少有四十層樓高。

這附近已不是傳統住宅區，而是有不少高樓層公寓，但眼前這棟肯定是最雄偉的一棟。

「這裡？」

香月忍不住問道。

「呃……」結花也有些錯愕地說：「大樓的名稱沒有錯。」

香月雖感到詫異，還是帶著結花走進了大門。門後還有一扇玻璃門，玻璃門的內側是寬廣的入口大廳。香月從來不曾造訪過這麼高級的公寓，心情不禁有些緊張。

雖然旁邊就站著禮賓人員，但結花直接走向入口附近的對講機操作面板，輸入住戶號碼，按下了呼叫鈕。

「哪一位？」

對講機傳來年輕女性的聲音。

「打擾了，敝姓倉持，約了今天三點前來拜訪。」

結花故意說得字正腔圓，簡直不像是她的聲音。

「啊，好的，我都聽說了。歡迎，請進。」

玻璃門旋即開啟，香月與結花於是走進了入口大廳。

「不愧是訓練過的，說起話來簡直像換了一個人。」

香月故意調侃了一句，結花難為情地鼓起了臉頰。

公寓內部格局簡直跟大飯店沒有兩樣，只是少了來來往往的投宿客。皮鞋踩在大理石地板上，發出橐橐聲響。兩人走到數座電梯的前方，結花按下了電梯按鈕。

進入電梯一瞧，目的地的樓層早已選好了，看來訪客只能前往欲拜訪的樓層，不能隨意前往其他樓層。香月從來不曾體驗過這樣的大樓安全制度，不禁感到相當新奇。

「學長，你一定不相信吧？」

「妳指的是不相信靈異現象，還是不相信住在這種地方的靈媒？」

「我的意思是你身為推理作家，應該是個無神論者吧？」

「唔……這個問題實在很難回答。說到通靈能力、靈媒什麼的，確實給人一種詐騙居多的印象。但如果是幽靈之類的靈異現象，倒也不能一概否定。相信有死後的世界，也算是留給自己一個夢想吧！」

香月雖然口頭上這麼回答，私底下其實對靈異現象相當感興趣。畢竟這些資訊都可以成為創作的靈感，香月還曾經向專門蒐集鬼故事及靈異怪談的作家打聽過相關傳聞。

或許在香月的內心深處，一直隱隱期待著，在這個世界上，真的有那些怪力亂神的現象也不一定。

沒錯，相信有死後的世界，應該也不是什麼壞事。如今自己還經常到墳墓前獻花膜拜，或許已說明了自己的潛意識裡有著這樣的期盼。

電梯在接近頂樓的某樓層停了下來，兩人穿過擺放著觀賞用植物的電梯大廳，進入裝潢得充滿現代感的走廊。香月完全無法想像，住在這種地方要花上多少錢。兩人走到目的地的住戶門口，才剛按下對講機，門就開了。

開門的人，是個看起來相當開朗的年輕女性，年紀應該不到三十歲。她毫不遲疑地將門板完全推開，招呼兩人入內，臉上笑容可掬。她身上的衣著雖然並不特別華麗氣派，但不管是服裝還是飾品，都散發出一種清潔感及低調的奢華。

「妳是倉持小姐吧？請進。」

兩人於是低頭鞠了個躬，走進門內，在玄關處脫下鞋子，換上舒適服貼的拖鞋。

年輕女性將兩人帶進了客廳，這裡的格局相當寬敞，比香月所住的房間大上數倍。內部的裝潢及擺設雖然並不特別高級，但看起來古色古香，簡直就像是電影或電視連續劇裡的那種英國鄉下房間。

「真是不好意思，老師還在和前一位客人談話，兩位請稍坐片刻。」

年輕女性自稱姓千和崎，似乎只是個助理，並非通靈人士。

客廳的中央有一張低矮的圓桌，旁邊圍繞著三張椅子。千和崎招呼兩人坐下之後，便轉身走了出去。

「妳放心啦！」香月見結花似乎相當緊張，於是安撫道：「只要堅持不買壺，他們總不會把我們給吃了。」

「那也不見得……」結花一臉鬱悶地說：「你不覺得這裡很像壞魔女住的地方嗎？搞不好我們真的會被吃掉。」

過了一會，客廳深處的一扇房門開啟，走出一個面容憔悴的婦人。那婦人看起來四十多歲年紀，兩眼哭得紅腫，手上握著一條手帕。

「謝謝……」

婦人朝著房門內低頭鞠躬，接著便將房門關上。她應該就是「前一位客人」吧！

這時千和崎又走了進來，兩人便開始低聲交談，香月只聽見那婦人不斷地向千和崎道謝。接著千和崎便帶著婦人往大門的方向移動，多半是要送婦人離開。過沒多久，千和崎獨自走了回來。

「請問剛剛那一位是……？」香月問。

「我只知道她來向老師求助的事情，好像跟她過世的丈夫有關，詳情我也不清楚。看她的樣子，應該相當順利吧！」千和崎不肯透露更多內情，朝著後頭的房門一比手勢，說道：「兩位請進，老師在裡頭等著你們。」

香月朝結花看了一眼，結花緊張地吞了一口唾沫，遲了幾秒才緩緩起身。香月率先邁步走到房門口，握住門把輕輕將房門推開，房內一片漆黑，沒有一絲亮光。

香月登時察覺，一進門的前方就有一片布簾，擋住了兩人的去路。背後客廳映射過來的燈光，隱約照出了布簾上的凹凸皺摺，而布簾之間有一道狹小的縫隙，似乎就是要從那裡進入房內。

「請進，把門關上。」

布簾背後傳來輕聲細語。那是女性的聲音，而且聽起來相當年輕。

兩人於是鑽入布簾，踏進了房內。房間裡並沒有開燈，僅點上了蠟燭。前方有一張圓桌，圓桌上的燭火不斷搖曳，散發出神祕的氛圍。周圍的牆上並沒有窗戶，僅掛著幾座小小的燭臺，以忽明忽暗的火光照亮了房間。房間深處有一張巴洛克藝術風格的椅子，椅子上坐著一個女人，正以平靜的眼眸凝視著兩人。

女人美得令香月不禁屏住了呼吸。有如人偶一般完美而精巧的臉孔，有著即使在如此陰暗的房間裡也能清晰浮現的蒼白膚色，整體給人一種不像活物的印象。一頭長長的烏黑秀髮，尾端呈現平緩的波浪狀。在搖曳燭火的照耀下，每一根秀髮都反射出妖豔的光澤，這可說是唯一讓女人看起來擁有生命的表徵。

「妳是倉持結花小姐吧？請叫我翡翠。」

靈媒的聲音毫無抑揚頓挫，雖然說話客氣且態度謙和，表情卻像人偶一樣毫無變化，隱藏在昏暗中的眼神更是透著一股寒意。

女人的身上穿著一件打上了細蝴蝶結的寬鬆罩衫，以及一條深色的高腰裙，更加給人有如玩具人偶般的印象。她看起來相當年輕，可能只有二十歲左右，稱之為少女似乎也並無不妥。但是整個人所散發出的神祕氣息，以及宛如哲學家正在思索艱澀問題時的凝重表情，都與少女的形象天差地遠。

女人有著日本人的臉孔，卻又似乎混雜了一些北歐人的血統，自平切的劉海下方凝視著兩人的雙眸，竟然有著美麗的碧綠色瞳孔。

「請坐。」

自稱名叫翡翠的靈媒說道。結花這才回過神來，走到前方的沙發處坐下。

「另外這位是……」

「我姓香月，是她的朋友。今天只是陪她前來，不曉得會不會造成困擾？」

「沒關係。」

靈媒少女輕輕點頭，顯得毫不在意，香月於是也在結花的旁邊坐下。

「妳想問什麼事？」翡翠問。

結花於是吞吞吐吐地說起了來龍去脈，內容與當初告訴香月的大同小異。

在結花敘述詳情的過程中，翡翠只是目不轉睛地看著她，偶而點頭回應，身體始終沒有移動半分。那種宛如不是活人的形象，雖然多少是受了臉上的深色眼影及房間內過於昏暗所影響，但最主要的理由還是在於她的一舉一動。

「所以……那個……我想知道自己是不是被不乾淨的東西纏上了……」

「倉持小姐，妳做的是經常接觸人群的工作？」

「咦？」

「是不是經常必須面對客人，幫客人解決問題？例如，購物中心或百貨公司的服務人員……」

「請問……妳怎麼會知道？」

「我只是有這種感覺。」

香月也吃了一驚，忍不住朝瞠目結舌的結花瞥了一眼，又將視線移回翡翠身上。

「從事這類工作的人，比較容易吸引需要幫助的靈魂。或許是因為你們在日常生活中累積了許多受到依賴及引導他人的經驗，所以靈魂比較容易被你們吸引。」

「呃……妳的意思是說，我在工作的時候，被幽靈纏上了？」

「這我不清楚。」翡翠輕輕搖頭，接著她瞇起雙眼，將身體微微向前傾說道：「但我感覺不出來有東西纏上了妳。」

「什麼意思？」

「如果有任何東西被妳吸引住了，不論是好是壞，我都應該感覺得出來……」

直到這一刻，翡翠的表情才第一次出現變化。秀麗的眉毛微微蹙起，接著再度瞇起雙眼，露出些許詫異的神情。

「倉持小姐，請妳坐在這裡。」

翡翠站了起來，指著自己的座位說道。

「呃，好……」

「我只是想要確認一下，妳容易受外界影響的程度。」

結花的臉上帶著困惑的表情，在翡翠的椅子上坐了下來。

翡翠站在椅子邊，低頭看著坐在椅子上的結花。

「放鬆全身的力氣，收起下巴，閉上眼睛，就像睡著了一樣……別擔心，這不是什麼可怕的事情，何況我跟香月先生都在這裡看著。」

「好。」

「把手放在膝蓋上……掌心朝上，調勻呼吸……」

結花照著指示坐在椅子上，閉上眼睛。剛開始有點緊張，但後來身體逐漸放鬆了力氣。

「接下來我會繞著妳的身邊走來走去，或許腳步聲跟氣息會讓妳感到不安，但是請放心，是我在走動，並不是什麼妖怪。」

「好。」

或許是翡翠這兩句話讓結花感到有趣，結花雖然閉著雙眼，臉上卻出現了微微的笑意。

翡翠果然如同她所說的，開始繞著椅子走動，速度相當緩慢，而且視線一直放在結花身上，彷彿在觀察著什麼。接著翡翠朝結花伸出手掌，但沒有碰觸結花的身體。手掌一直與結花的身體保持著距離，卻做出探摸的動作，彷彿在輕撫著結花身旁的空間。

「請問……」

結花忽然開口說話。

「妳是否感覺到了什麼？」

「那個……」

「請別擔心，再閉著眼睛忍耐一下。」

或許是因為翡翠的語氣還是一樣冰冷，反而增添了結花心中的不安。

「學長……」

結花依然閉著眼睛，但將臉轉向香月的方向，發出了宛如求救一般的聲音。

「別擔心，怎麼了嗎？」

「呃……是不是有人在摸我？」

「咦？沒有啊……」

「但我感覺有人在摸我的肩膀……摸我的手……」

香月低頭望向結花的手掌，結花依然維持著掌心朝上的姿勢，但香月看得一清二楚，絕對沒有人觸摸過她的手。

「可以睜開眼睛了。」

結花張開雙眼，以狐疑而驚恐的眼神看著香月。

「倉持小姐，我剛剛的舉動，是想確認妳的身體是否容易受這種力量所影響。現在我明白了，妳的身體確實有點敏感。」

「請問……剛剛是誰摸了我的手？」

「是我。」翡翠的臉上閃過一抹陰鬱之色。「但我實際上並沒有碰到妳……」

「妳剛剛是使用了類似氣場或靈力之類的力量？」

香月將身體湊上前去問道。

「是的。」翡翠點點頭，朝香月輕瞥一眼後說道：「雖然我不太喜歡那些字眼……但是概念大致上是沒有錯的。實際的感受會因人而異，有人什麼也感覺不到，有人會清楚地感覺到遭受觸摸。根據我的經驗，屬於後者的人較容易出現靈異方面的困擾。」

翡翠略一沉吟，接著又歪著頭說明。

「除了敏感體質之外，倉持小姐的身體看起來似乎沒有任何異狀。但如果因為我看不見，就感到安心，似乎也有些言之過早，畢竟她作了那樣的夢……或許是住的地方有什麼問題也不一定。」

「例如，地縛靈[1]作祟嗎？」

「除了地縛靈之外，若用比較容易理解的字眼來說明，還有風水之類要素的影響。當初倉持小姐與我們聯絡的時候，千和崎應該提醒過要拍幾張自己房間的照片，不知兩位是否還記得呢？」

＊注1：地縛靈（じばくれい），是無法接受或不知道自己死亡，停留在死時的土地或建物之靈體，或是對該土地有特別理由而停留的死靈。

「啊，我拍了。不過是用手機拍的，可以嗎？」
「能讓我看看嗎？」
「噢，好。」
結花取出了智慧型手機，翡翠接過手機後，便在螢幕上操作起來。結花站在一旁忙著說明一些有的沒的，不外乎是「工作太忙」、「沒有時間整理」、「好丟臉」什麼的。
「請問……有沒有什麼不對勁的地方？」
「目前看來並沒有什麼問題。」翡翠將手機還給結花，以微彎的食指抵著下唇，沉吟一會後說道：「抱歉，能不能請你們在外面稍等一下呢？」
「咦？好……」
香月與結花雖然心中狐疑，還是乖乖走出了房間。
「這靈媒未免太年輕了吧！」
結花在香月的耳畔低聲說道。
「嗯，我也嚇了一跳，而且長得好漂亮。」
「漂亮倒是不見得……反正一定是靠化妝。」

結花如此咕噥之後，輕輕哼了一聲。

過了一會，千和崎走進了客廳，她得知兩人被翡翠要求暫時離開房間之後，也顯得有些驚訝。

「要不要喝杯冰咖啡？」

千和崎馬上問道。

兩人於是在客廳的圓桌邊等待著。

不久千和崎又走了回來，伴隨著一股迷人的咖啡香氣。香月接過冰咖啡後啜了一口，不僅氣味芬芳，而且明明是黑咖啡，卻有一股淡淡的甜香，相當好入喉。

「哇，這冰咖啡真好喝。」

結花的感想也相同。

「好喝嗎？能聽到你們這麼說，我真開心。」千和崎笑著說：「最近我正沉迷於紙濾式咖啡呢！」

「真的嗎？我也很喜歡製作冰咖啡。」

結花興奮地回應，沒想到兩人會在這種意外的地方發現共通的興趣。

「我想起來了，妳好像從讀大學的時候，就很喜歡泡咖啡？」

香月說道。

「嗯，那時候我在咖啡廳打工，學會了紙濾式咖啡的泡法，後來就迷上了。尤其是急冷式的冰咖啡，真的美味極了。可惜很難只泡一杯的量，所以總是會泡太多。再加上我一次沒辦法攝取太多的咖啡因，所以每次都喝不完。如果放著慢慢喝，滋味又會變差，而且也沒有合適的容器……」

「哇，沒想到妳知道的比我還多。」千和崎說道：「我愛上紙濾式咖啡，還是今年過年之後的事……而且只能自己摸索，每次泡出來的味道都不太一樣。直到最近，我才感覺自己的技術有明顯的進步，泡出好喝咖啡的機率變高了……可惜老師完全不懂咖啡的美味，每次喝咖啡都倒入一大堆牛奶，把原本的滋味都破壞了……」

正當千和崎露出無奈的笑容時，翡翠的房間忽然傳來一陣鈴聲。

千和崎轉身走進房間裡，一會兒又走了出來。

「不好意思，老師請香月先生單獨進去。」

千和崎說道。

「我嗎？」

香月不由得與結花面面相覷。雖然完全摸不著頭緒，香月還是依照指示單獨回到了那間陰暗的房間裡。

翡翠依然坐在巴洛克藝術風格的椅子上，她以手勢請香月坐下。

「請問……為什麼只找我進來？」

香月帶著滿心狐疑問道。

「因為你不相信我。」

翡翠微微將頭傾向一側，以平淡的口吻說道。在搖曳燭光的照耀下，翡翠的雙眸流露出了一絲失望。

「我相不相信……很重要嗎？」

「對倉持小姐來說，或許很重要。」

「什麼意思？」

「我要怎麼做，你才願意相信我？」

翡翠微微蹙眉，臉上帶著一點迷惘。

「好吧……如果妳能猜出我的職業，我就相信妳。就像妳剛剛猜出倉持的職業一樣。」

「這個嘛……」

那美麗的容顏因困擾而微微扭曲，香月當然注意到這細微的變化。

翡翠垂著頭略一思索，馬上又抬起頭來。

「好，我試試看。」

她以下定決心的口吻說道。

香月似乎感覺到空氣有了微妙的變化。一股令人不寒而栗的無機質氛圍，將翡翠徹底籠罩。那種感覺，就好像是死者的魂魄進入了一具人偶之中……在營造出如此錯覺的死寂氣氛裡，那一對翠綠色的眼眸不斷地反射著火焰的光芒。

「你跟倉持小姐不同，你從事的是需要一個人好好靜下來的工作。」

「唔……確實可以這麼說……」

「而且這是一個相當特殊的工作，根據氣味來判斷，似乎是將某種囤積在內心深處的事物向外釋放的工作……」

氣味？不可能，她絕對猜不到的。

然而，翡翠的下一句話，卻讓香月感覺一股涼意自背脊向上竄升。

「似乎是藝術方面的工作，類似畫家或作曲家……還是漫畫家……啊，是作家……你是一位小說家。」

「妳是……怎麼猜到的？」

「我只是有這種感覺。」翡翠的表情毫無變化。「平常我不會在他人面前表演這種有如變魔術一般的把戲，但這次的情況，是我需要獲得你對我的信任。」

「為什麼？」

「我想請求你一件事，那就是好好關心倉持小姐。」

「妳的意思是……她目前的狀況很不妙嗎？」

「或許是我杞人憂天，但我有不好的預感……由於沒有明確的證據，所以我不想告訴當事人，以免引起不必要的擔憂。」

「不好的預感？這樣的說法未免太籠統了一點。」

「我希望你能明白，通靈能力並非萬能。」

「原來如此……好吧，我會多加注意。」

「還有，我需要找出真相的機會。」

「機會？」

翡翠沒有回答，只是默默起身，朝著布簾的另一頭比了比手勢，示意香月離開房間。香月點點頭，跟著翡翠一同回到客廳。

結花與千和崎正在客廳裡開心談笑著。相較之下，從昏暗的房間進入了明亮空間的翡翠，表情卻帶著幾分憂鬱。

「倉持小姐，請問……妳最近是否曾看見地板出現不明的水滴？」

「咦……？」

結花的表情剎時有如凍結一般。

「請問……那跟我作的夢有什麼關係嗎？」

「曾經看見過嗎？」

「哎，有的……」

「那麼為了保險起見，如果可以的話，我想找一天到妳的住處看一看，親自感受一下那個地方的氣氛。或許這麼做，就能夠解決妳的煩惱。如果妳不放心，也可以找香月先生陪同，如何？」

結花一臉不安地望向香月，香月朝她點了點頭。

「呃……好吧……」

結花點頭答應。剛剛關於水滴的問題，似乎引發了她心中的驚慌與恐懼。

三人於是開始討論前往結花家拜訪的日期。

根據翡翠的說法，想要釐清夜晚所發生的種種狀況，最好的時間是清晨。三人最後約定下個星期五的早上八點，在最靠近結花所住公寓的車站集合。

這天是平常日，結花取出粉紅色的記事本看了老半天，最後表示在她所有放假的日子之中，只有這一天還沒有安排事情。香月則是這天下午有事，但早上可以赴約。

約好了下次見面的日子之後，兩人便起身告辭，結花順勢詢問要支付多少費用。

「我不收錢。」

翡翠搖了搖頭說道。

「我們老師可是不愁吃穿的千金大小姐呢！」

站在翡翠背後的千和崎笑著說。

翡翠似乎不希望談及這個話題，微微將頭別向一邊，顯得有些難為情。

這是香月第一次看見她露出如此帶人味的表情。

回程的路上，香月向結花借了手機，想要確認結花剛剛給翡翠看的照片。

手機裡的照片共有數張，分別以不同的角度拍攝了每個房間的景象。從照片上可以明顯看出房間相當凌亂，是為了拍照才稍微整理過，怪不得結花剛剛會那麼尷尬。但是除此之外，照片並沒有其他可疑之處，當然地板上也沒有類似水滴的東西。

香月一張張照片看過去，不小心操作得太快，畫面上出現了一張結花跟朋友的合照。結花之外的另一個女孩，有著一頭及肩的黑髮，臉上戴了一副紅色的鈦框眼鏡，表情有點嚴肅。但兩人看起來感情非常好，而且那個女孩也是香月認識的人。

「我記得……她好像叫舞衣，是嗎？」

「啊！不能看其他照片啦！」

「妳說跟朋友一起去找算命師，那個朋友就是舞衣？」

香月將手機遞還給結花，接著又開口問道。

「嗯，對啊。」

「妳們現在還是感情很好？」

「嗯，上個星期還一起去咖啡廳聊天。你剛剛看的照片，就是那時候拍的。」

「妳們見那個算命師的時候，曾經提過自己的職業嗎？」

「沒有……」結花搖了搖頭後說道：「啊，我懂了……你懷疑那個叫翡翠的女孩子猜得出我的職業，是因為我跟算命師提過，而算命師告訴了她？」

「是啊，既然那個算命師會介紹這個靈媒給妳，代表他們應該有些交情。但既然妳沒提過，那就奇了……」

「當時向那個算命師問問題的是舞衣，我只是陪她去而已。而且舞衣問的都是戀愛方面的問題，完全沒有提到工作的事。」

「原來如此……那妳曾經在網路上寫過關於自己的事情嗎？」

「當然沒有。我看這位靈媒搞不好是真的有本事，不知道是什麼來頭。她看起來年紀跟我差不多，不曉得今年幾歲？」

香月沒有回答這些問題，而且或許是因為有些不甘心的關係，香月也沒有把翡翠同樣猜出了自己的職業一事告知結花。

「學長，今天真的很謝謝你。」

到了車站的入口處，結花先向香月鞠躬道謝，接著詢問要不要一起吃飯。

對香月來說，這當然是相當具有吸引力的邀約，可惜香月截稿在即，工作已經堆得像山一樣高了。

兩人要搭的電車並不同線，因此必須在車站分手道別。

「是我該謝謝妳，讓我有了一次寶貴的經驗。」

「學長，你怎麼看這件事？我自己因為真的遇上了怪事的關係，現在滿腦子只想向人求助，那個翡翠成了我眼裡的唯一救星……但是以學長站在第三者的立場來看，是不是覺得我被騙了？」

「老實說，我也不知道。」香月搖著頭說：「但是妳現在正因為靈異現象而煩惱，這是不爭的事實，而且我完全幫不上忙……既然如此，不如我們就先相信那位靈媒老師的話，走一步算一步吧！至少她今天沒有強迫我們買奇怪的壺。」

「嗯，有道理。學長，下星期又要麻煩你了，真的很謝謝你。」

結花再度低頭道謝。

「沒想到竟然有機會拜訪女孩子的閨房。」

香月以開玩笑的口吻說道。

「我得趕快整理房間才行……不曉得時間夠不夠。」結花說完這句話後，又笑著說：「下個星期，你一定要喝喝看我泡的冰咖啡，真的很美味喲！」

「我很期待。」

由於電車抵達時間已近，兩人便在這時分開了。

那是香月史郎最後一次看見倉持結花的笑容。

——

那是一場夢。

夢境中，自己還是個幼童。

因為睡不安穩而睜開雙眼，發現身旁坐著一個女人。

自己內心隱約明白，女人在守護著自己。

因為逆光的關係，女人的五官朦朦朧朧，沒有辦法看得真切。

即使如此，自己依然能夠隱約猜到這個女人是誰。

自己伸出了手，想要呼喚她，卻發不出半點聲音。

過了一會，女人開始啜泣。

女人低頭望著自己，眼淚撲簌簌落下。

她為什麼在哭？什麼事情讓她如此悲傷？

難道是為了接下來即將遭遇的不幸……？

就在這時，香月從夢中醒了過來。

———

相約見面的星期五早晨。

香月史郎走在車站月臺上，低頭看了一眼手錶，七點五十分，距離約定的時間還有十分鐘。最近香月已經很少跟人約在這麼早的時間見面了。

季節雖然已進入六月，今天早上還是頗有寒意，而且回想起來，似乎是從昨天晚上就開始降溫了。腦袋裡依稀記得，昨晚還曾經因為太冷而在半夜醒來關窗戶，也因為這個緣故，今天早上實在不知道該穿什麼出門才好。

出了剪票口之後，香月環顧四周。由於正值通勤時間，放眼望去不少上班族，但結花還沒有出現。驀然間，香月看見了一群舉止有些不尋常的男女。

在售票機的附近，三個男人包圍著一名年輕女孩，似乎是在搭訕她。一般來說，一大清早很少有人會幹這種事，仔細聽那三個男人的對話，他們似乎是昨天喝了一整晚，如今才正要回家。再加上那年輕女孩是相當容易引人側目的絕世美女，就這麼被三人纏上了。

男人們的聲音都有些亢奮，一下子問年輕女孩的名字，一下子問要不要一起去唱卡拉OK。受包圍的年輕女孩嚇得縮起了身子，顯得有些不知所措。

香月搔了搔頭，一時不曉得該不該出手相助。但他從遠處仔細觀察，發現了一件事——那個受包圍的年輕女孩，竟然是那個靈媒。

香月沒有馬上認出來，是因為她的臉上帶著驚慌的表情。當初在那陰暗房間裡所散發出的神祕而冷酷的氛圍，此刻已消失無蹤，女孩不再是面無表情的人偶。此時的她臉色發白，皺起了眉頭，一副畏畏縮縮的狼狽模樣，有如遭狼群盯上的羔羊。

簡直像變了一個人，但是那對令人印象深刻的綠色眼珠，香月絕對不會認錯。於是香月走上前去，打算幫她一把。

男人強拉住翡翠的手腕，對著她嘻皮笑臉。翡翠錯愕地轉過頭來，臉上的表情驟然從困擾轉變為驚訝。

「嬰靈……」

她忽然瞇起了雙眼，嘴裡呢喃說道。男人們一聽，全都狐疑地將頭歪向一邊。

翡翠緊閉雙唇，像是鼓起了勇氣，惡狠狠地瞪著男人，接著她甩開男人的手，重重吐了一口氣後，大聲指責。

「你的身上帶著嬰靈！不，還不止這樣……你最近才剛欺負過一個女人！」翡翠氣得滿臉通紅，繼續對著男人大吼：「這裡有一顆痣的短髮女人，因為受了你的欺負而過世了！你一定又想幹相同的事情吧？真是……真是……太可惡了！」

男人們見翡翠忽然氣呼呼地罵個不停，全都錯愕地面面相覷。就連原本想要上前幫忙的香月，見了翡翠那副氣急敗壞的神情，也不禁停下了腳步。

「喂……你跟這女的認識？」

「根、根本沒見過呀！」

「那她怎麼會知道涼子的事？」

「我怎麼知道？這一定是個瘋子！」

男人們一邊咒罵，一邊匆匆轉身離去。

翡翠以激憤的情緒趕走了男人們之後，將一隻手掌緊握在胸口處，吁出了一口長氣。原本在旁邊圍觀的上班族們，也像是時鐘的指針突然開始轉動一樣，各自朝不同的方向散去。

「翡翠小姐。」

香月朝著依然因憤怒與激動而緊緊握拳的翡翠喊了一聲。

靈媒少女吃驚地轉過頭來，一看見香月，臉頰脹得更紅了，視線漫無目的地左右飄移。

「啊……哎……你看見了？」

她結結巴巴地問道，尷尬地摸著自己的長髮，視線完全不與香月交會。

「嗯，看見了。本來想過去幫忙，但好像沒有必要了。」翡翠低著頭沉默不語，香月接著說道：「妳的性格跟上次見面時完全不同，讓我有點驚訝，我本來以為妳是位充滿神祕感的女性。」

翡翠聽到這句話，更是縮起了脖子，整個人彷彿小了一號。

「那個……如果可以的話，請不要告訴倉持小姐……」

今天的翡翠散發出的是一種截然不同的形象，就連說話的口吻也改變了。

當初那神祕而陰鬱的翡翠，原來是靠房間的燈光及化妝所營造出來的形象；如今翡翠臉上的妝，變得自然而明亮。當然有一些部分是屬於天生麗質，例如，那宛若人偶一般的美貌，以及一對翠綠的眼珠。不過，雖然五官給人的印象比當初看起來更加稚嫩，那修長而苗條的身型還是有如模特兒一般，穿著一件胸口有著細蝴蝶結的深藍色連身裙，手裡拿著一個手提包及一把深色的陽傘。

「當初那個神祕感……是演出來的嗎？」

「呃……那個是阿真……啊，是千和崎的點子。」翡翠嬌怯怯地仰視著香月。「她說我平常總是一副散漫、沒擔當的樣子，一點威嚴也沒有……明明有才能卻沒有辦法讓人信服，所以最好想辦法營造出一點氣氛……那個，我不是故意要欺騙你們的……」

「今天妳連化妝的方式也完全不同呢！」

「我可不敢塗著那麼濃的眼影搭電車。」

翡翠不僅滿臉通紅，而且聲音也畏畏縮縮。香月看在眼裡，忍不住笑了出來。

此時的翡翠不知所措地皺起眉頭，反而讓眼神顯得嬌弱又溫柔，十足是個充滿魅力的可愛少女，正符合她的年紀……不，甚至有些過於羞澀。

「我不會告訴結花……呃，我的意思是倉持小姐。其實，現下的翡翠小姐比上次那樣好得多，我認為現在這樣子才能增添妳在他人心中的好感呢！」

「真……真的嗎……？」

翡翠抬起視線，朝香月瞥了一眼，但馬上又慌慌張張地別過了頭。

「不……這畢竟是工作……等到倉持小姐來了，我就會恢復原本的態度。」

她一邊玩弄著呈現波浪狀的髮梢，一邊說道。

「沒那個必要吧！我想她應該也不會在意這種事才對。」

香月笑著說道。翡翠卻噘起嘴，鬧起了脾氣。

原來這才是靈媒少女的真面目。不過一般人談到靈媒，大多會聯想到一臉嚴肅的老人，像她這樣一個冒失又柔弱的少女，確實會讓求助者心生狐疑，甚至是大感失望。

香月一看手錶，這時早已過了約定的時間，但是結花依然不見人影。

在等待結花的時間裡，翡翠一直靜靜地站在剪票口的旁邊，看上去是在醞釀自己的情緒。每當香月朝她望去，她就會露出鬧脾氣的表情，以眼神示意「現在別跟我說話」。

雖然香月很想詢問剛剛她對那些男人們說的話是什麼意思，但此刻更讓香月掛心的，是為什麼結花還沒來。

「未免太慢了，我打電話問問看。」

香月說道，翡翠點了點頭。

於是香月拿出手機，撥打了結花的手機號碼，但是電話一直沒有接通，電話另一頭只是不斷響著呼叫鈴聲，沒有人接聽。

香月五分鐘前傳送的訊息，也沒有出現『已讀』的字樣。

香月心想，或許她還沒有起床也不一定。

「請問……怎麼了嗎？」

翡翠走到香月的身邊，歪著頭問道。

「沒什麼，只是她一直沒接電話。好奇怪，她以往從來不曾睡過頭。」

「你知道倉持小姐的住處嗎？」

「哎……啊，搞不好查得到。」

香月回想起過去結花每一年都會寄來賀年卡，自己的雲端資料庫裡，應該保存著她家的地址。香月以手機登入自己的雲端系統，將結花的地址資料傳送至地圖APP軟體。

繼續在這裡等下去也不是辦法，兩人決定慢慢朝著結花所住公寓的方向走去。一路上，香月又打了好幾次電話，同樣無人接聽，香月與翡翠之間也沒有對話。

翡翠再度板起了臉孔，似乎為了重新建立起神祕感與威嚴，又開始培養起了情緒。但走了一會後，翡翠突然在什麼障礙物都沒有的平坦處絆了一跤，整個人往前撲倒，她發出「哇啊」的尖叫聲，香月趕緊將她抱住。

「這件事，也請對倉持小姐保密……」。

翡翠滿臉通紅地低下頭，以宛如蚊子振翅聲的細微聲音呢喃道。

香月心想，看來自己對這位靈媒少女的認知得徹底改變才行了。

兩人就在這種尷尬的氣氛下，走到了結花的公寓前。

結花所住的公寓為四層樓建築，外觀比香月原本所想像的還要宏偉。

結花一個人住在這裡，房租想必不便宜，停車場也很寬敞，或許原本是設計給小家庭居住的公寓吧！香月驀然想起過去曾聽說結花有個親戚在經營不動產事業，或許是透過了關係，結花才能住進這種地方。

結花的住處在二樓，雖然沒有電梯，但一走上樓梯，前方便是結花的家門口。香月在確認翡翠也上了樓梯之後，按下了對講機的按鈕。

等了好一會，沒有聽到任何回應。

「就算睡過頭，聽到聲音也該醒了……難道她搞錯了約定的日期，今天出門去了？」

但是這個可能性也很低，因為結花平常是個做事一板一眼的人，會把每一天的行程清楚地寫在記事本裡。

翡翠默默凝視著門板，忽然間，她瞇起了那一對翠綠色的眼眸。

「香月老師[2]。」

「什麼事？」

翡翠依然直盯著門板，並沒有轉頭望向香月。不，那模樣與其說是盯著門板，不如說是……盯著門板後頭的某樣東西。

翡翠的臉上浮現了焦急之色。

「最好快點把門打開，如果打不開，就叫管理員吧！」

「為什麼……」

「快一點。」

香月在翡翠的催促下，慌忙握住了門把，沒想到隨手一轉，門竟然開了。

「門沒鎖……」

香月於是直接走進了門內。玄關的空間並不大，擺著好幾雙高跟鞋，前方有一扇門呈半掩狀態，門後似乎就是客廳。香月脫下了鞋子，踏上屋內地板。

「結花？」

香月一面呼喊，一面拉開那扇半掩的門板，朝內探頭看了一眼，一股咖啡的香氣竄入鼻中。下一秒，香月看見眼前的景象，不由得倒抽了一口涼氣。

客廳的左側是一座吧檯式廚房，上頭擺著空的咖啡壺，旁邊還有玻璃杯，玻璃杯內放著

＊注2：日本人多習慣以「老師」來尊稱作家。

濾紙。吧檯的另一頭有一張四人座的餐桌，兩張椅子面對著東側的牆壁，上頭堆滿了雜物，完全維持著當初照片裡的模樣，並沒有經過整理。面對陽臺的南面窗戶呈開啟狀態，窗簾正不停搖擺。窗戶的旁邊有一張背對著東側的兩人座沙發椅，另一頭則放置著一臺液晶電視機，中間隔了一張低矮的圓桌。整個客廳的地板上，只有圓桌附近鋪著地毯。

倉持結花就倒在客廳的中央，以位置而言，大約在四人座餐桌與圓桌的中間。

「結花……」

香月趕緊上前，跪在結花的身邊，輕輕觸摸那動也不動的軀體，皮膚早已冰冷了。鼻中聞到了死亡的氣息，那正是經常在夢境中，令香月膽戰心驚的氣味。轉頭一看，翡翠就站在自己的身邊，她也正驚愕地俯視著結花的遺體，臉上毫無血色。

「我勸妳最好別看……」

香月好不容易才擠出了這句話。

「她……死了……？」

香月點了點頭。除了點頭之外，香月已不知該作何反應。

這到底是怎麼回事？怎麼會發生這樣的事情……？

翡翠忽然拿出手機，打起了電話。香月聽到對話的內容，才明白她正在報警。雖然她的聲音也微微顫抖，但搞不好比自己還要冷靜。

「對……已經過世了……呃，地址是……」

翡翠向香月露出詢問的眼神，香月依著記憶說出了地址，接著他開始觀察現場的狀況。通往陽臺的那扇窗戶是開著的，連紗窗都是開啟的狀態。再看向結花的遺體，頭髮上有乾掉的血跡，餐桌的邊角也有血跡。一個手提包掉落在遺體的右側，原本放在裡頭的錢包、手機及記事本都撒了出來，錢包呈翻開的狀態。椅子上掛著一件外套，結花身上的服裝是看起來頗為高級的女用罩衫、裙子及絲襪，臉上的妝也沒有卸掉，看起來像是剛下班回到家。雙眼是睜開的狀態，臉部有些不自然地微微偏向左側，簡直像在瞪視著什麼。

香月站了起來，繞過結花的遺體，走向客廳深處。

結花的身體左側地面有一些碎玻璃，似乎是從餐桌上掉下來摔碎的玻璃杯。這種種跡象，都顯示結花在生前曾經跟人發生過爭執。

香月接著走向陽臺。既然這裡的窗戶開著，是否代表有人曾經從這裡……

「香月老師……那扇窗戶，是不是能看到墳墓之類的東西？」

翡翠突然問道，她一直站在客廳的入口處，並沒有移動腳步。

香月愣了一下，轉頭望向窗外。放眼望去盡是一些有點老舊的住宅，但遠方似乎有類似卒塔婆[3]的物體，如果凝神細看，更遠處還有貌似寺院的建築。

香月不禁感到納悶。**為什麼翡翠會知道這一點？她根本沒有走進客廳，從她所站的位置應該看不見才對。難道……她能夠看見一般人看不見的東西？**

為了不破壞現場，香月決定先離開窗戶邊再說。

「在找什麼……？」

「咦？」

香月以為翡翠這句話在問著自己，但是轉頭一看，翡翠的視線根本沒有朝自己望來，她只是一臉茫然地凝視著什麼都沒有的空間。

不知道為什麼，香月忽然感到背脊發涼，簡直像是看見了什麼可怕的景象。

「翡翠？」

翡翠的身體突然開始搖晃，那看起來像是貧血造成的暈眩，香月趕緊奔過去將她扶住。

翡翠跪在地板上，緊緊閉上雙眼，發出了微弱的呻吟聲。

「妳沒事吧？」

「香月老師……」翡翠呢喃道：「凶手是個女人。」

「咦……？」

「啊……」

翡翠沒有進一步解釋，只是一臉驚恐地喘著氣，視線投射在地板上，彷彿看見了什麼可怕的物體。視線所投射的方向，就在結花的頭部附近。

其實香月第一眼看到遺體時，就注意到那個了，只是香月原本並不認為那具有什麼特別的意義。

「泣婦……」

翡翠凝視著那個，戰戰兢兢地說道。

那是一滴相當不起眼的透明水滴，宛如滴落在地上的淚珠。

*注3：卒塔婆，原意為佛教文化中用來祭祀、供奉亡者的高塔，但日本的葬禮文化，多以雕刻成塔形的平面木板代替，故又稱「平塔婆」。

＊＊＊

案發數天之後。

香月史郎正在星巴克的店內寫著稿子，坐在靠窗邊的吧檯座位，翻開了筆記型電腦。小說的進度大幅落後，卻完全想不到該寫什麼樣的劇情。

事實上，此時的香月根本無法專心寫作，他的胸口正燃燒著一股熊熊怒火。那個不知名的殺人凶手，竟然將倉持結花從自己的身邊奪走了。

沒錯，這是一起凶殺案。

在翡翠報了警之後，香月與翡翠便前往了鄰近的警署，接受員警的口頭詢問。剛開始的時候，員警的態度很明顯在懷疑兩人就是凶手。畢竟兩人身為第一發現者，一個的職業是推理作家，一個是靈媒，要不受到懷疑也難。

雖然警方的調查並沒有強制力，但為了消除警方的懷疑，香月還是盡量配合警方提出的各種要求。後來員警甚至在未經法院同意的情況下，要求香月接受DNA鑑定。香月沒有想到事情會搞得這麼麻煩，但是擔心如果拒絕的話，事後警方可能會使出跟蹤、監視等招數，也只好無奈地同意了。

結花的推測死亡時間，為發現遺體的前一天晚上八點到十二點之間。那天晚上，香月和作家朋友在居酒屋裡喝酒，數天後，警方調閱店內的監視器畫面，才終於讓香月獲得了不在場證明。直到這一刻，警方才徹底解除了對香月的懷疑。

至於翡翠，則似乎早已獲得警方的信任。但是自從案發之後，香月就再也不曾與翡翠聯絡過，因為只有結花才知道翡翠的聯絡方式，香月並不清楚。

翡翠當時在現場說出的那句話到底是什麼意思，當然也無法向她問個清楚。

——凶手是個女人。她為何會這麼說？

「嗨，大作家。」

一名身穿西裝的魁梧男人在香月的身旁坐下。

「鐘場……」

「聽說這次過世的是你的大學學妹？該說什麼好呢……請節哀？」

男人一臉橫肉，目光如電，只朝香月瞟了一眼，就將視線移往別處。

這男人名叫鐘場正和，身分是警視廳搜查一課的警部，在數年前因某案子而結識香月。

那是一起凶手模仿推理小說情節殺人的凶殺案，而被模仿的推理小說，剛好就是香月的作品。某刑警察覺到案情與小說劇情的相似性，因此與鐘場警部一同拜訪了香月。

當然現實狀況跟小說情節不能相提並論。鐘場警部當時拜訪香月的唯一理由，只是想詢問香月有沒有認識什麼可疑的死忠讀者，或是曾經遭到可疑人士跟蹤。換句話說，他只是單純想要釐清案情，而不是想要仰賴推理作家的犀利推理才能。當然香月自己也是摸不著頭緒，完全沒辦法提供什麼有用的線索。

沒想到，香月隨口說出的一句話，竟然真的成了破案的關鍵。

那真的只是一句無心之語，並不是什麼經過深思熟慮的推論。香月有自知之明，自己並不像推理小說裡的神探那樣擁有過人的推理能力，若要勉強找出自己的優點，就只是對犯罪者心理的觀察及描寫多少有點自信而已。

然而，鐘場卻誤以為香月擁有一種推理作家所特有的跳脫性思維，此後每當遇上難以破解的案子，鐘場就會前來徵詢香月的意見。當然有很多案子最後還是成為石沉大海的懸案，但是因為香月的建言而成功破案的例子也不在少數。

在正常的情況下，辦案人員當然不能隨便把案情透露給像香月這樣的一般民眾。鐘場警部與香月的關係曾經好幾次遭媒體記者發現，但鐘場警部總是辯稱兩人的關係只是「私交」，到目前為止還沒有鬧出什麼大問題。而且每次鐘場與香月見面，也總是利用非值勤的時間。

「大作家這次想知道什麼？」

鐘場啜了一口咖啡，瞪著窗外的景色問道。

「在你可以告知的範圍之內，我想知道所有的案情。」

香月看著自己的筆電畫面說道。

鐘場沉默了數秒之後，開始說明起了目前已知的案情細節。

根據驗屍結果，倉持結花的推測死亡時間為晚上十點半到十二點之間，時間範圍比當初香月所聽到的縮小了不少。死因是頭部後側凹陷，警方推測可能是結花與某人發生扭打，摔倒時頭部後側撞擊餐桌邊角致死。除此之外並沒有明顯外傷，衣著雖然有些凌亂但沒有遭受性侵的跡象。

「我們推敲案發當時的狀況，應該是這樣的……死者在當天晚上十點左右下班，這點已經向她的同事求證過。下了班之後，死者搭上電車，在十點三十分左右回到家中。不過，回家的時間並沒有明確的證據，我們只知道從死者上班的地點回到公寓住處，若沒有去其他地方的話，所需時間大約是三十分鐘。如果車站或住處附近的監視器能夠拍到她的身影，我們就能將時間範圍縮得更小，可惜全部落了空，什麼也沒拍到。總之，她大約在十點三十分回到家，偏偏運氣相當不好，遇上了闖空門的歹徒。」

「闖空門的歹徒？」

「沒錯，陽臺窗戶是開的，歹徒大概就是從那裡侵入房間。窗戶本身並沒有遭到破壞的跡象，多半是死者出門前忘了上鎖吧！陽臺附近的排雨管上有遭人踩踏的腳印，但是屋內一片腳印也沒有。排雨管上的腳印也不完整，難以判斷鞋子的廠牌型號。死者的住處一帶最近剛好常發生闖空門的案件，搜查三課已鎖定了一個名叫立松五郎的慣犯。死者的住處正是這傢伙最喜歡下手的住家類型，而且這傢伙在進屋行竊前會把鞋子脫掉，也符合這個案子的現場特徵。不過，目前我們還沒有掌握明確證據，所以暫時還是別指名道姓。總之，在當天晚上十點三十分左右，這個闖空門的歹徒看倉持結花的住處沒開燈，以為沒人在家，就沿著排雨管爬上二樓。由於死者忘了把窗戶鎖上，所以歹徒完全沒有動用任何工具，就進入了屋內。歹徒正在屋內物色值錢的物品時，剛好死者回來了。她走進一片漆黑的客廳，脫掉外套，掛在椅子上，接著在打開電燈的時候，看見了躲在暗處的歹徒……」

「接下來就發生了扭打？」

「歹徒原本應該沒有打算殺人，只是看死者是個女人，所以想要將死者推倒之後從大門逃走。可惜死者的運氣實在太差，腦袋竟然撞上桌角，而且一撞竟然就這麼死了。歹徒當然慌忙逃走，但是臨走前也不忘了取走死者皮包裡的現金及信用卡。」

「凶手搶走了現金？」

「我們並不清楚搶奪了多少，只知道錢包裡的鈔票全都被拿走了，只剩下一些折價券及零錢。」

「有沒有發現什麼指紋？」

「找到了一些不屬於倉持結花的指紋，但沒有一個在前科犯的指紋資料庫之中。聽說死者經常邀請朋友到自己的住處過夜，那些應該都是死者朋友的指紋吧！不過，我們發現玄關大門的內側門把上的指紋有抹痕……不是指紋故意被人擦掉，而是例如戴著手套轉動門把時，原本在門把上的指紋會被抹去一部分。」

「既然是闖空門，為了不留下指紋而戴手套犯案，似乎也是合情合理的事情。」香月輕按著自己的額頭，接著問道：「我記得現場還破了一個玻璃杯，是扭打的時候摔破的嗎？」

「似乎是這樣沒錯。原本杯子裡似乎裝有咖啡，餐桌下方的木頭地板除了有玻璃杯碎片之外，還有一些疑似咖啡的液體痕跡。但法醫在驗屍時，並沒有在死者的胃袋裡發現咖啡成分，或許是前一天喝剩的咖啡一直擱置在桌上吧！除此之外，廚房還有一些過濾咖啡的器具、吃剩的食物，以及使用過的杯子，看來死者是個不太喜歡洗碗的人。」

「冰咖啡……」

香月回想起結花那天臉上的笑容，胸中頓時感到一陣苦澀。

——下個星期，你一定要喝喝看我泡的冰咖啡，真的很美味喲！

「這麼說起來，你們應該是將那個立松五郎鎖列為嫌犯了？」

「是啊！但懷疑歸懷疑，我們並沒有找到明確證據。目前我們正針對附近的監視器進行詳細調查，還有尋找目擊證人，可惜沒有任何斬獲。所以我們與搜查三課互相配合，正緊盯著這傢伙的一舉一動。只要他再度犯案行竊，我們就會立刻以現行犯的身分將他逮捕，到時候我們追究其他罪責，或許有機會讓他坦承行凶……」

「這種只能被動等待的狀況，真讓人心焦……除了這個人之外，你們是否還鎖定了其他嫌犯？」

「你要沉住氣，別那麼心急。為了保險起見，我們當然也調查了死者的人際關係。」

在人際關係這方面，警方鎖定的是一個名為西村玖翔的男人。他是大型婚禮設計公司的職員，據說從一個星期前就開始熱烈地追求倉持結花。

「我們在死者住處的垃圾桶裡，發現了這傢伙向死者強烈表達愛慕之意的情書。由於情書所寫的內容已經有侵犯隱私的跡象，行徑有些類似跟蹤狂，死者多半是因為感到不舒服，所以把情書扔進了垃圾桶裡吧！我們在情書上採到了西村的指紋，但是與死者住處採到的其他指紋都不相符。我們曾經請西村到案說明，他聲稱從來沒到過死者的住處，甚至連死者住在哪裡也不知道。我們手上沒有他犯案的明確證據，但他也沒有不在場證明，如果要舉出可疑人物，確實可以算他一份。」

「假設他是兇手，你們認為犯案過程，應該是什麼樣的狀況？」

「那還需要問嗎？他在死者的推測死亡時間裡闖進了死者的住處，兩人發生口角，他一時氣憤，推了死者一把，沒想到對方就這麼死了。他心中害怕，於是打開窗戶，偽裝成有強盜侵入，然後帶著死者的現金及信用卡逃走了。」

「如果是這樣的假設，那排雨管上的腳印要怎麼解釋呢？」

「那腳印有可能跟本案毫無關係。例如，過去立松五郎曾經企圖闖入該棟公寓的其他樓層行竊，只是受害的住戶沒有報案，或是根本沒有人發現。」

「還有另外一個疑點。你說結花過世的時間是晚上十點三十分到十二點之間，但一個獨居的女性，怎麼會在這個時間讓糾纏自己的男人進入家中呢？」

「你這個懷疑確實不無道理，但也有可能是西村硬闖進去的。」

「如果是硬闖進去的，結花應該會尖叫才對，但你們並沒有問到這方面的證詞，不是嗎？」

「是的，我們並沒有蒐集到有人聽見尖叫聲或不明聲響的證詞。但是那棟公寓的隔音效果還不錯，再加上隔壁沒有人住，或許只是剛好沒有人聽見而已。」

「問題是，如果凶手從大門硬闖，照理來說，門口附近應該會更加凌亂才對。如果我記得沒錯，結花的高跟鞋還整整齊齊地擺在門口。而且結花所撞擊的餐桌邊角，是在客廳偏中央的位置，結花整個人呈仰躺姿勢，頭部朝著玄關大門的方向。由這幾點來判斷，結花很可能是在房間中央遭人推倒，因此凶手從窗戶入侵的可能性比較大。」

「但也有可能是凶手向死者道歉，聲稱自己已經反省了。死者原諒了他，答應讓他進房間說話。如果這個假設成立，現場的狀況就沒有太大的矛盾之處。破損的玻璃杯，也有可能是為了招待這個突如其來的客人。何況西村有足夠的動機，這個嫌疑還是不能忽視。」

「結花跟西村是怎麼認識的？」

「聽說是透過共同的朋友居中介紹。那是一個名叫小林舞衣的女人，跟西村是同事關係，跟倉持結花則是曾經就讀相同的學校。」

「啊……原來是她。」

舞衣是香月也認識的人物，而且香月最近才看過她的照片。

「我竟然沒想到這一點。大作家，既然倉持結花是你的大學學妹，你跟小林是不是也認識？」

「沒錯，她也是攝影社的成員，就跟結花一樣。」

「原來如此。這個姓小林的女人在事發當天的晚上十點二十三分，曾經打電話給倉持結花，我們還為了這件事而找小林問過話。」

「她曾經打電話給結花？」

「根據小林的說法，她跟死者約好了下個月要去死者的住處玩，打電話是為了確認日期與時間。她們兩人好像交情不錯，小林經常到死者的住處過夜，簡單來說，就是閨密的聚會。據說她們每個月會找一天，兩個人一起熬夜看外國的連續劇。小林還聲稱，當時她打電話給死者，死者的口氣並沒有任何異狀。」

「小林把她的同事西村介紹給了結花？」

「正確來說，是舉辦了一場聯誼。大約一個月前，死者在小林舉辦的聯誼會上認識了西村，後來西村就熱烈追求死者。」

「結花原本沒有固定交往的對象嗎？」

「至少我們沒有查到這號人物。不過以獨居女性而言，她住處的家具也未免太齊全了，所以我們也感到懷疑。如果你知道些什麼，請務必告訴我們。」

「我確實不曾聽過她有男朋友，不過就算有，我也不會感到意外。」

「除此之外，我們並沒有發現任何死者與人結怨的跡象。在人際關係及動機方面，就只查到了這一些……啊，對了，還有那個姓城塚的少女。」

「城塚？」

「就是跟你一起發現屍體的那個少女，自稱是靈媒的那位。」

「噢……原來她姓城塚。」

「嗯，全名是城塚翡翠。原來你連她叫什麼名字都不知道？」

「我只知道她叫翡翠，跟她也只見過兩次面。她在接受問話的時候說些什麼嗎？」

「她說第一次因為工作的關係，與你們見面時……也就是你與倉持結花第一次前往城塚翡翠的工作地點的時候……她好像靠著靈視能力看見了不乾淨的東西。」

鐘場聳肩說道。

「不乾淨的東西？」

「但她說不想造成當事人無謂的不安，而且也還不敢肯定，所以約好一起前往死者家中看看，想要進一步確認實際狀況再說。她還聲稱那個不乾淨的東西，搞不好會讓死者有性命之憂。」

「有性命之憂？她真的這麼說？」

「是啊！但她知道說出這種話絕對不會有人相信，所以不敢隨便說出口。大作家，但她說她對你提出了一點忠告。」

「啊，我想起來了……她叫我多關心結花……」

「除此之外的供詞，都跟你大同小異。『因為委託人沒有出現，所以跟一位作家老師前往了委託人的住處。』走到門外的時候，她又感覺到了那個不乾淨的東西。」

香月回想起了當初翡翠站在門外時，臉上露出的緊張神情。

「鐘場，你對翡翠這個人有什麼看法？」

「當然是個騙子啊！人都已經死了，隨便她愛怎麼說都行。她就是靠著這樣的話術，從有錢人身上騙走大把鈔票的吧！而且以她的美貌，別說是老人，就算是年輕男人也會被她耍得團團轉。」

「嗯，正常人都會這樣想吧！」

「我們甚至可以反過來懷疑，她為了讓自己的預言成真，故意把人殺了……」

「這應該不可能……」

「事實上，我們早已針對這個方向進行過調查，但我們發現這個姓城塚的少女擁有不在場證明。她跟一個名叫千和崎真的女傭住在一起，那個千和崎願意作證，在推測凶手犯案時間裡，她們兩人一直沒有分開。而且她們所住的摩天大樓到處都有監視器，包含電梯、一樓大門、緊急逃生口跟停車場，城塚絕對不可能在不被監視器拍到的情況下溜出公寓。我們實際確認過了監視器畫面，事發當天的下午四點左右，城塚與千和崎一同回到公寓之後，一直到隔天都沒有離開過公寓。」

「這麼說來，目前嫌疑最大的，就是闖空門的慣犯立松？」

「沒錯，相信再過不久，這案子就能偵破了。我明白你的心情，但這不是什麼大不了的案子，不必勞煩大作家出馬。只要以現行犯逮捕立松，再追究其他罪狀，他應該很快就會招供了。」

正如同鐘場所說的，這案子看起來要破並不難。但是香月還是不禁擔心，只把目標鎖定在立松五郎身上，似乎不是萬全之策。

立松五郎確實很可疑，但西村玖翔的嫌疑也不小。

殺死結花的人到底是誰？不，等等……

「在調查的過程中，有沒有發現什麼可疑的女性？凶手有沒有可能是個女人？」

香月試探性地問道。

「死者似乎是個人見人愛的女孩，包含剛剛提到的小林舞衣在內，死者不管是在現今的職場上，還是從前的學生時代，似乎都有不少交情不錯的女性好友。但我們完全不曾聽過她與人結怨的傳聞……怎麼突然問這個？」

鐘場一臉詫異地回答。

「沒什麼……」

香月沉默不語，心中回想起當初將腳步虛浮的翡翠攙住時，她呢喃說出的那句話。在警察到來之前，香月好幾次向翡翠詢問那句話的意思，但翡翠卻堅持不肯吐露，只低著頭說道：「**應該是我想太多了。**」

泣婦……那到底是什麼意思？

香月的腦海裡，浮現了那一對翠綠色的雙眸，在黑暗中閃爍著妖異的光彩。

城塚翡翠……**那個靈媒到底看見了什麼**……？

＊＊＊

數天之後，香月以相當意外的方式與翡翠重新取得了連繫。

香月經營著一個專門用來公開著作的網站，翡翠竟然透過那個網站寫了一封電子郵件給香月，信中聲稱有事想要商量，於是兩人相約在香月經常光顧的那間咖啡廳見面。香月基於工作上的需要，可說是那間咖啡廳的老主顧。

距離約定的時間還有十分鐘，翡翠已走進了咖啡廳內。

今天她上半身是柔軟的白色領結式罩衫，下半身穿著深藍色的刺繡裙，臉上的妝是以明亮澄色為基底的自然妝扮。然而，平切劉海底下的一對翠綠色雙眸，卻流露出嚴峻的神情。

「這裡好找嗎？有沒有迷路？」

香月一面請翡翠在對面的座位就坐，一面問道。

「沒有，這間店看起來很棒。」

翡翠環顧左右說道，表情卻顯得有些僵硬。

「這裡的咖啡很好喝，而且也賣咖啡豆。買一些回去給千和崎，她應該會很開心。」

翡翠看著菜單，猶豫了好一會之後點了一杯綜合咖啡。

「香月老師……首先，我得向你道歉才行。」

翡翠凝視著香月，翠綠色的雙眼中微微含著淚水。

「我不記得妳做過什麼必須向我道歉的事。」

「是關於倉持小姐的事……當初我應該老實說出我看見了什麼才對。至少……我不應該隱瞞你。」

「翡翠……妳看見了不尋常的東西？」

「是的……」

翡翠低下了頭，劉海微微掩蓋了她的表情。

「我看見倉持小姐有生命危險……但因為沒有明確的證據，我以為你們一定不會相信……所以沒有說出來。沒想到竟會演變成這樣的結果……」

「泣婦，到底是什麼意思？」

香月再也按捺不住，問出了這幾天來一直占據在腦海的問題。

翡翠抬起頭來，雙眸微微搖曳，流露出些許躊躇之色，她似乎依然不認為香月真的會相信自己所說的話。

「老師……你聽過一種名為『班西』（banshee）的妖精嗎？」

「我記得那好像是愛爾蘭地區的傳說吧？聽見『班西』的哭聲，就表示有人會死。」

「『班西』也被稱作『泣婦』。從前有一種職業，是在喪葬儀式上為死者流淚哭泣。若從民俗學的觀點來研判，應該是這樣的習俗經過長年的變化，才產生了妖精『班西』的傳說……然而，事實可能剛好相反。」

「剛好相反……？」

「老師，我開始察覺自己擁有特別的能力，是在我八歲的時候。從那天起，我就一直努力想要查出那些奇怪的感覺到底是什麼。沒有任何人能夠教導我關於這個能力的真相，任何教科書及專業書籍都找不到相關知識，我只能靠自己持續進行研究。所以我開始從事這個工作，盡可能多觀察一些人，至今也有十年的時間了。」

香月凝視著翡翠的雙眸，努力想要聽出她所傳達的言下之意。

「有一天，我發現好幾位委託人所遭遇的靈障現象頗為相似，那就是看見了泣婦。雖然每位委託人的狀況不盡相同，有些泣婦是出現在枕頭邊，有些是出現在夢境之中，但共通點都是當事人覺得那個女人在看著自己。」

香月聽到這裡，剎時感覺一股寒意自背脊往上竄升。

「妳的意思是指，結花……倉持小姐所遭遇的狀況，從前也有其他人遇過？」

「沒錯，光是我所接到的案子，過去就有四件。而且這四件案子還有一個共通點，那就是委託人都在說出這件事後的一年之內過世了。」

「不可能吧……？」

哭泣的女性之靈……遭到凝視的人，在一年之內必死無疑……

香月感覺心頭湧起了一股莫名的恐懼。

「我是直到最近，才發現了這個共通點。基本上，委託人在眼前的問題解決之後，就不會再與我聯絡，因此我一直都沒有發現，跟我提過類似狀況的委託人都過世了。」

「那些人的死因是什麼？」

「兩位是病死……」翡翠低下了頭，一臉哀戚地說：「一位是跟丈夫發生爭執時遭丈夫殺害，兩年前還上了新聞版面。最後一位則是死於自殺……據說是得了憂鬱症。」

痛苦的喘息聲自那雙唇之間流洩而出。

「我細細回想當初跟他們的對話，想起其中有兩位提到了不知來自何處的水滴。他們的說法，大致上是經常發現家裡地板上有水滴，卻完全想不出來那到底是什麼東西的液體。至於其他兩位，我猜應該也有類似的狀況，只是他們可能自己也沒察覺，或是不認為那也是一種靈障現象……」

「我想起來了，結花的遺體附近也有水滴……」
「沒錯，而且這些人的描述還有一個共通點，那就是水滴的量非常少……就像是一滴眼淚滴在地上。」
「所以妳那時候……才提到了泣婦……」
翡翠輕輕點頭。
「回到剛剛的『班西』話題……最奇妙的一點，是世界上許多地區都有著類似的泣婦傳聞。在資訊傳遞相當困難的古代社會，很難想像為什麼類似的傳說會出現在世界各地。」
「或許這就是榮格[4]心理學中的集體潛意識吧！人類的潛意識深處存在著許多共通的原型，許多聯想都是由此而來。所以世界各地的人想像出類似的傳說，並不是什麼不可思議的事情……」
香月說到一半，忽然感覺到背上寒毛直豎。

＊注4：卡爾・榮格（Carl Jung，一八七五～一九六一）瑞士心理學家，分析心理學的始創者。主張把人格分為意識、個人無意識和集體無意識三層，他的理論和思想至今仍對心理學研究產生深遠影響。

如果那不是想像呢？「泣婦」有沒有可能是真實存在的現象？結花看見了泣婦，而且真的死了，這是不爭的事實。

「或許古代也有一些靈異感受能力較強的人，他們在死亡之前提到了泣婦……正因為這是人類共通的現象，所以才會在各地形成泣婦的傳說……妳想說的是這個意思？」

這實在是一個令人心裡發毛的假設。

結花正是被這種可怕的靈異現象纏上了，所以才丟了性命？

「我是這麼解釋的。當然真相如何，誰也不知道，誰也無法證明。天底下沒有人能夠說出明確的答案，大部分的人都會認為這種事情荒誕不經……在一般人的眼裡，我也是個腦袋有問題的女人吧！」

香月在翡翠的雙眸之中看見了強烈的懊惱。

翡翠此刻的心情，香月並非不能理解。她沒有對倉持結花說出泣婦的事情，是因為她自己也沒有十足把握，如果一切只是自己杞人憂天，當然沒有必要給結花造成無謂的煩惱。實際上，結花原本就煩惱於難以解釋的靈異現象，或許真的會相信也不一定，但當時的香月肯定會嗤之以鼻吧！

所以翡翠決定把這件事藏在心裡，沒想到結花真的死了，因此翡翠感到懊悔不已。

「我沒有及早說出來，真的很對不起……」

她今天親自前來向香月道歉。

「一來我不斷告訴自己，一切只是偶然，是我想太多……二來，我並沒有料到倉持小姐會過世得那麼快……我以為只要到她家看一看，應該能找到一些確認的方法……」

翡翠低下了頭，那嬌小的肩膀在微微顫抖著。

「請抬起頭來，這不是妳的錯。」

翡翠輕吁了一口氣，抬頭看著香月，眼眶中依然含著淚水。

「你願意……相信我？」

「是啊！我相信。」

她閉上雙眼，深深吐了一口長氣，似乎是放下了心中的一塊大石，但是她想傳達的話，似乎並不只這些。

「……香月老師，我想請求你一件事。」

翡翠緊閉雙唇，凝視著香月，以下定了決心的口氣說道。

「什麼事？」

「我稍微調查過了老師的經歷，得知你曾經好幾次協助警察破解懸案。」

「噢……其實那也沒什麼大不了，只是有幾次剛好運氣不錯而已，完全沒能幫上忙的案子反而更多呢！」

「就算真的是這樣，那也是非常了不起的才能，絕對不是一般人能夠輕易做到的事情。」

翡翠那一對圓滾滾的碧綠眼珠直盯著香月看，令香月不由得一顆心七上八下。受到絕世美女如此殷切的懇求，香月竟然像個十多歲少年般害羞了起來。

「老師，求求你……請利用我的能力，找出殺害倉持小姐的凶手。」

翡翠將身體整個湊了過來說道。

服務生送上新的咖啡，香月史郎端起來喝了一口，接著香月抬頭望向前方正不知所措地看著自己的翡翠。

剛剛香月答應了她的請求，她的眼神流露出了完全符合年紀的興奮神采，但是香月接著陷入沉思，她的表情也瞬間轉變為不安。

城塚翡翠。利用她的能力，找出殺害倉持結花的凶手……？

「老師……？」

「啊，抱歉！我在思考該怎麼做才好。」香月放下咖啡杯，凝視著翡翠說道：「當初發現結花的遺體時……妳曾說過凶手是女人，為什麼妳會這麼認為？」

總不可能只因為是被泣婦纏上而死，所以凶手是女人吧？

「我經常……遇上這種事。」翡翠遲疑了一會兒，低著頭說：「通常是在不知情的狀況下經過車禍現場時，會突然感到頭暈目眩，瞬間失去意識……然後腦袋裡會浮現模糊的景象。那很可能是……死者在過世之前所看見的景象。」

「妳的意思是說……妳看見了結花臨死前看見的景象？」

「應該……是吧！」翡翠點了點頭，但口氣顯得相當沒有自信。「不過，我看見的景象通常不太清晰。就好比我們在作夢的時候，明明什麼都看得很清楚，但是一旦醒來之後，通常夢中的記憶就會變得相當模糊，不是嗎？類似那種感覺，簡直像眼前籠罩著一層濃霧一樣……甚至我會變得毫無自信，開始懷疑一切只是我的幻想或錯覺……」

「那這次妳看到了什麼？」

翡翠依然有些不安，似乎是不敢肯定香月會不會相信自己的話。

「好像是女人的側臉。我倒在地上，那個女人蹲在我的旁邊，低下了頭……但是景象真的很模糊，如今我只記得這麼多。當初發現倉持小姐的遺體時，這個景象占據了我的腦海，所以我一時魯莽地認定凶手是女人……對不起，其實我沒什麼自信。或許那個女人並非凶手，而是倉持小姐看見的泣婦……」

「看見臨死之前的景象……那種感覺是否就像是被亡魂附身了？」

「或許吧……千和崎稱這種現象叫做『靈魂共鳴』。」翡翠一臉悲傷地說：「而且每當遇上這種事，我似乎就會說出一些奇怪的話，但我自己完全不記得。我從小就經常發生這種狀況，所以在我小時候，我的父母總以為我得了某種疾病……」

「我想起來了，妳那時候說了一句：『在找什麼？』我本來以為妳是在對我說話，但口氣又不太像。這麼說起來，那可能是結花心中的念頭？」

「咦？我說過那樣的話……？」

「沒錯，妳說了一句：『在找什麼？』」

「在找什麼……？」

翡翠一臉困惑地不斷默唸這句話。

看來她似乎是真的不記得了。這麼說來，那真的是結花臨死前心中的念頭？如果是的話，那代表什麼意思？

香月驀然想起，遺體的雙眼是睜開的狀態。

那雙眼睛看見了什麼？如果結花不是立刻斷氣，很可能是倒在地上的時候，看見了某種景象，心中因而產生了「在找什麼」的疑問。她臨死前所看見的，就是翡翠所說的「女人的側臉」嗎？那個女人在結花瀕死之際，蹲在結花的身邊，在尋找著某樣東西嗎？

如果凶手是闖空門的竊賊，在殺死結花之後尋找屋內的財物，似乎也是合情合理的事情。實際上結花的手提包確實掉在遺體的旁邊，而且錢包裡的現金及信用卡都被取走了。

不，等等……

手提包的掉落位置，是在遺體的右側，但是結花的臉，卻是朝著左側。如果凶手是在搜刮手提包內的財物，照理來說結花應該看不到才對。換句話說，凶手在找的應該是結花視線前方的某樣東西？

但是仔細回想當時屋內的狀況，結花的身體左側除了散落一地的玻璃杯碎片之外，似乎也沒有什麼特別引人注意的東西。或許在結花臨死之前，那個東西還在，只是後來被凶手給拿走了。

有什麼東西，是曾經放在結花的視線前方，而且會引起闖空門竊賊的興趣？

不對，翡翠明明說她看到的是一個女人。如果凶手是闖空門的竊賊，照理來說會是那個名叫立松五郎的男性慣犯。假如認定凶手為女性，那麼最可疑的應該是包含小林舞衣在內的那些女性朋友。但是結花的女性朋友太多，目前還找不到任何一個人有犯罪動機。

凶手到底在現場尋找著什麼？如果凶手將那個東西帶走了，是否意味著凶手正是為了這個目的而殺死結花？

或許是因為香月一直沒有說話的關係，當香月回過神來，驀然發現翡翠正以不安的眼神看著自己，秀氣而端正的雙眉下垂成了八字形。

香月暗叫不妙，繼續這麼想下去也只是鑽進死胡同裡而已，於是他話鋒一轉，問了另外一個問題。

「除了剛剛說的這些之外，妳還有什麼特別的能力？上次妳不是猜出了我跟結花的職業嗎？那是怎麼做到的呢？」

「唔……我靠的是氣味。」

翡翠一邊說，一邊在桌上扭扭捏捏地動著手指。

「氣味？」

「啊，你別誤會我的意思。該怎麼說呢……我指的是靈魂的氣味。當然氣味只是一種比喻而已，不是真的味道。正確來說，有點像是第六感吧……」翡翠一邊說，一邊不斷在早已涼掉的咖啡裡加入奶精及砂糖。「只不過如果要選擇一般人比較容易理解的方式來比喻，就像是一種氣味吧……人類的靈魂所散發出的氣味。對不起，我只是自己有這種感覺，但是無法加以證明。」

翡翠攪拌著咖啡，臉上露出了充滿歉意的表情。

「不管是活人還是靈魂，我都能夠感受得到，雖然偶而能以肉眼看見，但還是以氣味感受的方式居多。根據靈魂所散發出的氣味，我可以大致明白一個人所懷抱的感情及生活方式。至於職業，則是靠過去的經驗推測出來的，氣味相似的人通常生活方式相同，所以工作往往也很類似。當然有時也會猜錯，但從前我曾經接受某作家的採訪，老師的氣味跟那位作家很像，所以我才猜想你應該也是位作家……」

翡翠接著又進一步說明了以「氣味」進行靈視的各種限制。

要感受一個人的氣味，先決條件是必須親眼見到這個人，如果有兩個性質類似的人聚集在一起，會因為氣味混雜的關係，而搞不清楚哪些氣味是由誰所發出的。

由於分辨氣味是一種需要集中精神的事情，因此若能在放鬆心情的狀態下進行，準確度也會提升。尤其是置身在黑暗之中，由於可以阻擋不必要的外界訊息，也會較容易集中精神，所以她將工作地點布置成那個樣子，並非只是為了裝腔作勢而已。

根據氣味還能分辨一個人的健康狀態及精神狀態。例如，身體是否虛弱、有沒有生病、精神是否處於亢奮或恐懼狀態、有沒有說謊、有沒有懷抱罪惡感……這些都能聞得出來。但只是能夠大致明白，並不能得知細節。

「例如，雖然聞到了罪惡感的氣味，卻無法分辨那是婚外情的罪惡感，還是殺了人的罪惡感……是這個意思嗎？」

香月好奇問道。

「應該大致能夠分辨得出來，但我也沒有十足的把握……婚外情的氣味，我已經聞到過很多次了，但殺人凶手的氣味，平常根本沒有什麼機會能聞到。」

香月心想，原來對氣味的判斷，最終還是得仰賴過去的經驗。

除此之外，翡翠還提到了一個關於精神氣味的有趣現象。

那就是當一個人的精神受到他人影響時，不管當事人是否察覺，都能夠聞得出來。例如，當人物B深深愛著人物A的時候，翡翠能夠從人物A的身上聞到「受到喜愛」的氣味，就算人物A並不知情也一樣。

「這能力聽起來很有幫助。例如，當一個人遭到他人怨恨，自己卻不知情，妳也能夠聞得出來？」

「應該吧……這有點像是來自他人的祝福或詛咒。例如，受到他人怨恨的話，詛咒的力量會啃噬當事人的精神。而我能看見因此造成的傷痕……但是必須全神貫注才行。」

雖然有不少的限制，但還是非常驚人的能力。

然而，在實際的調查行動上，要怎麼讓翡翠的靈視能力派上用場？

例如，可以讓有可能殺害倉持結花的嫌犯——以現階段而言，就是立松五郎、西村玖翔，以及結花的那些女性朋友們——這些人逐一與翡翠見面。如此一來，翡翠應該就能從凶手的身上聞出殺害結花的罪惡感，以及擔心遭到逮捕的恐懼感等等。

但如果這麼做，將面臨兩個問題——

第一個問題，凶手的心中可能完全沒有這一類的感受。假如是個精神異常的人，可能既沒有罪惡感，也不感到恐懼。如此一來，翡翠恐怕將無法找出凶手是誰。

第二個問題則更為棘手。例如，嫌犯X的心中抱持著對殺人的悔意，翡翠聞出來了，但接下來呢？

靈視的結果當然不能成為證據。就算聞出了凶手是誰，也不能加以逮捕。當然事先得知凶手的身分，有助於縮小搜查的範圍，但若將前一個問題也納入考量，先入為主的認定可能反而會造成誤判。

「原來如此，但要根據氣味來找出凶手，恐怕並不容易。」

「對不起……雖然我很想為倉持小姐做點什麼，但我對犯罪調查一無所知……而且不太喜歡看推理小說……」

「或許我們可以換個方向。」

香月喝了一口咖啡，對著垂頭喪氣的翡翠說道。

真正的關鍵，恐怕還是在於翡翠所看見的那個女人，以及結花所留下的那句話。但是討論這兩個疑點，多半還是會再度鑽入死胡同，既然如此，不如試著從其他的疑點下手。

「換個方向？」

「沒錯！例如，泣婦的問題。我剛剛聽妳提到泣婦，心裡就產生了一個疑問，我想先針對這個疑問盡可能找出答案。」

「什麼樣的疑問？」

「針對這種靈異現象進行理性分析，似乎有點荒唐……但我想先確認是雞生蛋，還是蛋生雞的問題。也就是……結花是因為被泣婦纏上，所以死了；還是因為注定要死，所以被泣婦纏上？」

翡翠張著嘴看著香月發愣，好一會說不出話來。

「我對這一點實在感到很好奇，妳有什麼看法呢？」

香月問道。

「你想知道倉持小姐是不是遭泣婦咒殺的，是嗎？」翡翠微微瞪大了眼睛，接著說道：「我並不認為她是遭泣婦咒殺了。」

「理由是什麼？」

「呃……理由有好幾點……但都只是模糊的感覺，要加以說明實在不太容易……」翡翠沉思了片刻之後說道：「我能夠靠氣味來聞出靈體。在進入倉持小姐的家中時，我確實聞到了靈體的氣味，但那並不是邪惡的靈體，並不帶有想要傷害或咒殺人類的惡意。我只感覺到了一股悲傷，以及一股無力感。如果能夠再次進入那個屋子，或許我就能感受到更多細節……」

「妳的意思是說，如果結花是因為遭泣婦纏上而死，泣婦應該帶有濃濃的惡意，但妳感受不到那樣的惡意，是嗎？」

「是的。第二個理由，根據我的經驗，靈體不可能對活人造成實質上的危害，頂多只能施加精神上的迫害，造成精神衰弱而已。但是倉持小姐的死因，卻是遭到了殺害。」

「有沒有可能是泣婦附身在另外一個人身上，誘使那個人殺害了結花？」

「又不是在演電影。」翡翠嘟著嘴說：「當然我不能保證百分之百不可能，但就算是這樣的情況，我應該也能感受到靈體的惡意。」

「我明白了。現在我想問另外一個問題……妳能夠靠靈視的力量預知未來嗎？」

「你想問的是，我是不是靠買彩券發了大財，對吧？」

翡翠以自暴自棄的口吻反問。

「我想應該不是吧？」

香月笑著說道。

「我能預知的未來只有一個，那就是我的死因。」

翡翠忽然垂下了長長的睫毛，露出一臉落寞的表情。

「死因？」

「很遺憾，我沒辦法看見任何未來的景象。」

下一瞬間，翡翠又露出了溫和的微笑，彷彿香月剛剛看見的表情只是一場錯覺。

「是嗎……？」香月雖然感到狐疑，但沒有繼續追究，接著說：「過去我好像也沒有聽過幽靈能夠預告未來的說法……例如，靠著幽靈的幫助，得知樂透的號碼之類的。」

「當然，那是不可能的事。」

「既然如此，那我又有另外一個疑問……為什麼泣婦能夠預知未來？」

「啊！這麼說起來，確實很奇妙。泣婦是怎麼做到的？」

翡翠發出一聲輕呼疑惑道。

「難道幽靈擁有跨越時間的能力？」

「應該不可能。根據我的瞭解，人的靈魂……也就是人的意識，應該是在死亡之後就停滯不動了。」

「停滯不動？」

「在死亡的瞬間，意識會斷絕，但是斷絕前的意識有時會遺留在人世間。」

香月忍不住將腦袋歪向一邊，聽得似懂非懂。

翡翠也沒有進一步解釋，或許那是因為她的理解全來自於長年的經驗及感覺，所以很難加以說明吧！

「總而言之，幽靈沒有預知未來的能力，泣婦卻能預知結花將會死亡，這兩者之間有著明顯的矛盾。所以……我想到了一種可能。翡翠，妳過去聽到的四起關於泣婦的死亡案例，有兩起是病死，有一起是自殺，還有一起是遭到殺害，對吧？有沒有可能……泣婦也像妳一樣，能夠聞出靈魂的氣味？」

「啊……」翡翠明白了香月的言下之意，接著說：「沒錯，很有可能是這樣。泣婦就跟我一樣，能夠聞到氣味，所以知道當事人生了重病，或是精神狀況出了問題……」

「明明知道如果不設法挽救，這個人一定會死……但是靈體無法干涉活人，所以泣婦才會落下眼淚……換句話說，這只是單純對未來的推測，而不是預知能力。」

「但如果是這樣的話，倉持小姐的狀況要怎麼解釋？她既不是生病，也不是自殺……啊，對了，過去的例子之中，也有一位是遭到殺害。」

「沒錯，這就牽扯到妳剛剛所說的詛咒。例如，有個人非常憎恨結花，想要把她殺死，這股恨意啃噬了結花的精神，而泣婦聞到了那股氣味……」

「這樣下去的話，這個人一定會遭到殺害……但泣婦只能袖手旁觀，完全幫不上忙，所以才會哭泣落淚……」

但如果這個假設成立，立松五郎就不可能是凶手。因為立松五郎進屋子偷東西卻誤殺結花，這完全只是偶然，並非長期累積憎恨所導致的結果。像這樣的情況，泣婦應該沒有辦法預知才對。

而且在這個奇妙的假設之下，西村玖翔的嫌疑同樣可以排除。因為西村玖翔向結花提出交往請求卻遭到拒絕，是在結花遭殺害的一星期前，然而在更早之前，泣婦就已經開始出現在結花的夢境中了。若說西村玖翔在提出交往請求前就憎恨結花，這絕對不合理。

當然，這假設畢竟只是毫無根據的推測。但不知道為什麼，這樣的推論卻一直殘留在香月的腦海，再也揮之不去。

假如這兩個人都不是真凶……翡翠所看見的那個女人到底是誰？

就在這時，香月的手機驀然發出了鈴聲。香月向翡翠道歉後，接起了電話，內心已隱隱猜到了幾分。

來電者果然是鐘場警部。

「大作家，有個不好的消息，我想還是應該讓你知道。」

「該不會是關於立松及西村的事吧？」

「噢，你已經察覺了？沒錯，他們在犯案時間都有不在場證明，所以不會是凶手。」

這件事情發生在昨晚。

搜查三課的持續跟監終於奏效，立松五郎在侵入民宅行竊時，以現行犯的身分遭警方逮捕。然而，到了調查其他罪責的時候，員警們赫然發現立松在倉持結花遭殺害的時間點，有著完美的不在場證明。當時他在一家他經常光顧的酒吧裡喝得爛醉如泥，店內的監視器拍到了他在店裡醉得不省人事，就這麼睡到了隔天早上。至於排雨管上的鞋印，他是這麼解釋的……他確實曾企圖侵入該公寓的某戶陽臺，但時間是發生命案的數天前。而且當他要破壞窗戶的時候，忽然聽到了巡邏車的警笛聲，嚇得他趕緊找地方躲藏，當天也沒有繼續行竊，就這麼離開了。換句話說，那鞋印跟命案毫無關聯。

至於西村玖翔，則是在發生命案的當下，正在一家違法經營的特種行業店內接受性服務。他原本一直對警方隱瞞此事，直到發現警方將他列為命案的嫌犯，他才趕緊據實以告。就跟立松的情況一樣，附近的監視器拍到了他的身影。

聽完這些消息之後，香月掛斷了電話。

香月一邊收起手機，一邊告訴翡翠，警方原本懷疑凶手是闖空門的竊賊，但後來證實凶手另有其人。由於香月明白鐘場是相信自己不會洩漏出去才告知這些內情，所以不敢對翡翠說得太詳細，只大致提了梗概。

「原來如此……」翡翠一臉懊惱地說：「我原本以為我的能力可以提供一些協助，但似乎完全沒幫上忙，真是非常抱歉……」

「別這麼說，至少這樣的結果，並不與我們對泣婦的推論互相矛盾。看來殺死結花的凶手，是個對她懷抱恨意的人，所以泣婦才能事先預測她將遭遇不測。」

「但也只是不互相矛盾而已，並沒有任何證據證明這個推測是正確的。」翡翠縮起了肩膀。「或許我對泣婦的認知是錯的，也或許對靈體進行理性分析的做法是錯的……不，或許打從一開始就是我自己在胡思亂想……」

「但既然原本警方鎖定的兩名嫌犯都有不在場證明，妳當初看見的那個女人才是真凶的可能性就更高了。」

香月向翡翠鼓勵道。

但就算凶手真的是女人，找不到證據還是無濟於事。住家附近的監視器是重要的線索來源，偏偏那一帶的監視器數量並不多，相信鐘場也正為這一點感到苦惱不已吧！而且結花的女性朋友很多，還經常招待她們到家裡遊玩，再加上遇害時間是深夜，一般人沒有不在場證明也是很正常的事，光是要縮小調查的範圍就可說是難上加難。

除非能夠找到其他的線索……

凶手到底在殺害現場尋找什麼？

如果能夠解開這個謎，應該就能找出凶手的身分了……

「對了，我有一個疑問。翡翠，妳說妳是個靈媒？」

「咦……？」

她錯愕地抬起了頭。

「妳的身分並不是算命師，也不是通靈者，而是靈媒？」

「呃，是的……」

「這一點讓我有些納悶。所謂的靈媒，應該是像降靈師、潮子[5]之類，能夠將死者的想法傳達出來的人，對吧？翡翠，既然妳能做到這件事，為什麼不讓結花親口說出事發當時的詳細情況……？」

翡翠的眼神此時流露出了遲疑之色。

「老師……我確實是個靈媒。我能夠讓死者依附在我的身上……正確來說，是讓死者的意識進入我的體內。」

「既然如此……」

＊注5：潮子（イタコ），指日本東北地區傳統信仰中的女性降靈師，尤其以青森縣恐山一帶的潮子最為有名。

「我以前曾經做過類似的事情。」

翡翠不等香月說完，便搖頭說道。

「類似的事情？」

「為了查出命案的真相，死者的家屬委託我進行降靈，讓遭殺害者的靈魂依附在我的身上。只要能夠幫得上忙，我當然不會拒絕，於是我就答應了。」

「後來呢？」

「我剛剛也曾提過，當一個人死去之後，意識會呈現停滯不動的狀態。平常我進行降靈的對象，大部分都是壽終正寢的往生者，由於他們的意識相當安詳平和，大致上可以溝通。但如果是在痛苦或恐懼之中斷氣的死者……」

翡翠說到這裡，停頓了片刻，此時她臉上的表情，彷彿想起了什麼可怕的回憶。

「亡魂依附在我身上的時候，我是沒有意識的，我不會記得亡魂藉由我的嘴說出了什麼話。但是……該怎麼說呢……亡魂所帶有的情感，卻會深深烙印在我的心中。如果是對在世親友的愛情及關心，或者是後悔、懺悔的心情，那還可以承受。但如果……」

翡翠輕輕咬住了嘴唇，長長的黑色秀髮垂掛到了眼前。

「為凶案受害者進行降靈的過程，我同樣不會記得。不過根據千和崎事後的描述，我簡直像發了狂一樣，完全無法交談，只是不斷喊著快救我、好可怕之類的話……而且受害者臨死前所感受到的恐懼，會深深留在我的心裡，讓我連作好幾天的惡夢。」

「原來如此……」

——人的意識會停滯在死亡的當下。

香月仔細思考著翡翠這番話所代表的意義。

結花在臨死之際感受到了什麼？是恐懼？是絕望？還是痛苦？既然死亡時的意識會停滯在那個當下，代表著那股恐懼感將永遠不會消失。所謂的停滯，就是沒有結束的一天；既沒有起點，也沒有終點。

如果讓結花降靈到翡翠的身上，是否意味著結花必須再一次經歷那種可怕的感覺？而且這股強烈的情感，可能會烙印在翡翠的心頭，令翡翠永難忘懷……

「就算忍受得了那種痛苦……聽到的可能也是一些毫無意義的呻吟與哀嚎，是嗎？」

「是的……對不起，我真是太沒有用了……」

翡翠垂頭喪氣地說道。

突然，她的身體卻僵直不動，像是想起了什麼，猛然抬起頭來。

「不，嚴格來說，並非全部都是毫無意義的話。千和崎後來告訴我，在降靈的當下，我似乎會說出了一些跟身處地點有關的話。那起命案的受害者曾經遭到監禁，但監禁的地點不明，如果能夠找出地點，將能成為破案的重要線索。可惜在降靈過程中問出的那些話，最後還是沒辦法讓警方找出監禁地點……」翡翠一鼓作氣說完這些之後，將身體湊了過來。「老師，我想再去一次倉持小姐的家。」

「再去一次……妳想做什麼？」

「我要讓倉持小姐降靈到我的身上。老師，到時候請你盡量從她的口中問出一些線索。不管是有助於找出真凶的線索，還是能夠成為證據的線索都好……就算是乍聽之下毫無意義的話，只要加以組合分析，或許就能看出一些端倪。現在的我跟當初最大的不同，就是多了老師的幫助。」

香月凝視著翡翠那殷切的眼神。若要加以比喻，那就像是明知道將承受後悔與恐懼，還是決定鼓起勇氣挖掘真相的眼神。

「老師，請你為死者所提出的謎題找出解答……」

＊＊＊

兩人來到了倉持結花在世時所居住的公寓內。

警方的現場蒐證作業已經結束，香月向結花的母親商借了公寓的鑰匙。結花的母親似乎原本就知道香月這號人物，還說結花在生前常一臉自豪地聊起關於香月的事。

「請務必把凶手揪出來，我想知道為什麼那孩子非死不可。」

結花的母親最後朝著香月深深低頭鞠躬，以顫抖的聲音說道。

香月聽了結花母親的懇求，雖然點頭同意，內心卻感到無奈。就算抓到了凶手，又能改變什麼呢？不管怎麼做，都無法改變失去結花的未來，結花的母親接下來只能有如行屍走肉一般，過完失去了愛女的人生。

一個人要變成行屍走肉，是一件非常簡單的事情。但是到底要怎麼做，才能讓人重新振作起來？

香月一面思索著這個問題，一面在靜謐的房間內環顧左右。聽說有些東西被警方當成證物帶走了，但是房間裡的模樣與當初幾乎分辨不出差異。

今天的天氣非常炎熱，但這種時候總不能隨意開啟房間內的冷氣，香月只好打開通往陽臺的窗戶。不過，在翡翠的要求下，香月拉上了窗簾。

此時，翡翠正神情緊張地坐在沙發上。

「妳還好嗎？」

香月低頭看著翡翠問道。

「我沒事。只要老師準備好了，我們隨時可以開始。」

今天的翡翠雖然沒有畫上濃妝，卻穿上了當初第一次見面時的那套深色服裝。或許這樣的穿著有助於集中注意力吧！

香月拉出了餐桌的椅子，將椅子朝向翡翠的方向，坐了下來。翡翠閉上雙眼，胸部在黑暗中上下起伏，似乎正在調勻呼吸。

根據翡翠的經驗，能夠維持降靈的時間只有數分鐘而已。在這短短的時間之內，香月必須與陷入發狂狀態的結花亡魂對話，問出有用的線索。

「那麼……請開始吧！」

香月做好了心理準備之後說道。翡翠閉著雙眼點了點頭。

香月的耳中聽見因緊張而微顫的呼吸聲，但此時的香月已分不清那是誰的呼吸聲了。聲音完全消失，整個世界變得一片死寂。

翡翠一動也不動，她整個人癱坐在沙發上，既像是放鬆了精神，也像是已進入了夢鄉。

香月只聽得見自己吞口水的聲音，明明什麼聲音也沒有，卻感覺兩耳刺痛。

就在這時，不知從何處隱隱傳來物體的摩擦聲響，緊接著是一串細微的破裂聲。若是木造的房子，偶而聽見這樣的聲響是很正常的事情，但這棟公寓並非木造建築，唯一的解釋是自己聽錯了。

香月感覺到掌心已滿是汗水，明明不應該聽見任何聲音，卻不知從何處傳來了女人的啜泣聲。不，或許只是錯覺吧！心臟因驚恐的情緒而劇烈鼓動。

就在這時……翡翠的身體開始緩緩顫動，指尖微微振動，膝蓋輕輕彈跳。接下來……

「啊啊啊啊啊啊啊！」

刺耳的尖叫聲，令香月感覺心臟彷彿被人用力揪住了。尖叫的同時，翡翠的上半身向上彈起，宛如沉睡之人因惡夢而瞬間驚醒。香月趕緊起身，走向翡翠。

翡翠的四肢開始胡亂甩動，雙眼因驚恐而睜大，雙腳有如溺水一般在空中亂踢，長髮胡亂甩動，身體扭個不停。

「翡翠……」

「好冷好冷……好冷好冷好冷！」

情況不太對勁。那充滿了恐懼的眼神，令人不忍心多看一眼。轉眼之間，翡翠的眼眶已積滿了淚水。

「翡翠！妳冷靜點！翡翠！」為了不讓翡翠從沙發上跌落，香月必須將她的身體緊緊按住，同時對著她的臉大喊：「保持清醒！」

香月凝視著翡翠那一對碧綠色的雙眼，她的眼睛既像正在看著香月，又像什麼也看不見。就在這時，香月驚覺一件事——眼前的人已不是翡翠。

「結花……？」

香月錯愕地問道。

空洞無神的雙眼，這時才逐漸聚焦，看見了香月。

「學長……？」

「對，是我。妳認得我，對吧？」

「不要……」
翡翠的身體再度開始胡亂彈跳。
「結花……」
「不要不要不要不要不要……啊啊啊啊啊啊！」
香月使盡全力押住翡翠的身體。
「妳冷靜點……」
「這裡好冷！好冷！學長救我！救我！」
翡翠的膝蓋狠狠地撞在香月的胸口。
香月終於明白了！這就是死；所謂的死，就是這個意思。
「告訴我！」香月壓抑下自己的感情，對著翡翠大喊：「是誰把妳殺了？」
「把我殺了？」淚流滿面的翡翠露出了困惑的表情。「學長，你在說什麼……這是騙人的吧……我在作夢吧……！」
香月緊緊咬住了嘴唇。這樣的對話，只是在浪費時間而已。
「這不是夢……妳已經死了，已經被殺了。」

「被殺了……」

「妳到底跟誰在一起？那個人是誰？是妳的朋友嗎？」

「我不是跟學長在一起嗎？跟學長……」

「不！我的意思是……妳死的時候，是不是跟某個人在一起？」

「我……死了……？」

翡翠的身體逐漸變得疲軟無力。

「好冷……」

她表情變得恍惚，眼睛似乎什麼也看不見，就連香月彷彿也已從她的眼前消失。

「妳是不是看見了某個人？妳知道那個人是誰嗎？」

「我不知道……我倒在地上，動不了了……學長，你說得沒錯……」

「妳是不是看見了什麼？妳一定看見了什麼，對吧？」

「那女的好像在找東西……」

「在找什麼？那女的在找什麼？她是誰？」

「誰……？這沒道理……」

「那個女人在找什麼東西？」

「我不知道……好像……掉了什麼東西……」

「除此之外，妳還看見了什麼？」

「原來……我真的死了……」

「結花……」

「學長……」

翡翠以空洞的眼神看著香月，嘴角微微上揚，抬起了冰涼得令人毛骨聳然的手指，輕輕觸摸香月的臉頰。

「我……一直對學長……」

香月緊緊咬住了嘴唇。

「好想讓……學長喝我的冰咖啡……」

結花面帶微笑地說道。

香月緊緊握住了那隻冰冷的手掌，手指之間，可以感覺到對方的力氣正在流失。翡翠閉上了雙眼，接著她的身體就完全靜止了。

大約十分鐘之後，翡翠才慢慢轉醒。

香月依然坐在椅子上，看著她微微蠕動身體。在微弱的呻吟聲中，翡翠睜開了雙眼，以一臉茫然的表情環顧四周。

「老師……」

香月默默點頭回應。翡翠坐起上半身，以手掌抵著額頭，或許是感到頭痛的關係，她蹙起了雙眉，緊閉著雙眼，嘴唇毫無血色。

「還好嗎？」

「我沒事。」

翡翠的聲音微微顫抖著。

就在這時，一滴閃爍著光芒的淚水，再度滑過早已滿是淚痕的臉頰——她正在哭泣。

「啊啊……」

翡翠發出了哽咽。香月起身取出手帕，朝她遞去。

「老師……」

翡翠伸出了手，似乎想要抓住手帕，但最後什麼也沒有抓到，又疲軟無力地垂下。

「倉持小姐……對老師……」

結花的情感，如今已深深烙印在翡翠的心中，她帶著淚水呢喃細語。

「別說了……這句話，我只想聽她親口說出來。」

香月卻打斷了她的話。翡翠低下了頭，發出了悲傷的啜泣聲。

為何會發生這種事？如今不管再怎麼大吼，發洩心中的憤怒，都無法改變現實了。

當初如果知道會發生這種事，應該要早一點……早一點以自己的雙手……

「以這雙手……將她緊緊抱住……」

兩人離開了公寓，走在夕陽的餘暉之中。

香月斷斷續續地對翡翠說出了剛剛向結花詢問的結果，翡翠只是低著頭默默走著，什麼話也沒有回應。果然就跟以往一樣，她對於降靈後的對話完全沒有記憶，但結花在臨死之際所釋放出的強烈情感，卻在翡翠的心中留下了極深的傷痕。

翡翠曾經說過，進行降靈之後往往會連作好幾天的惡夢。這次結花所遺留下的情感，恐怕也會讓她接下來每天都睡不安穩吧！

為了查出真相，翡翠做出了這麼大的犧牲，最後換來了什麼？

「真的……非常抱歉……」翡翠呢喃道：「從老師轉述的情況聽起來，這次我還是沒能幫得上忙……」

「妳說當一個人死後，靈魂會進入停滯的狀態……這意思是結花的靈魂會一直像那樣……承受著痛苦？」

「這我也不清楚。」翡翠搖頭說道：「人死後到底會變成什麼樣，沒有人知道。這世上根本沒有一個人有資格找出這個問題的答案。」

翡翠這句話或許道出了真理，但是想盡辦法要為死亡找出真相，可說是人的天性，因為活人總是處在被死亡糾纏的狀態。

「但可以肯定的是……我的任性行為增添了倉持小姐的痛苦，卻沒有帶來任何幫助。」

翡翠低下了頭，緊緊握住了下垂的雙拳。

「並非沒有幫助，我們不能讓她的痛苦變得毫無意義。」

「但是……」

「妳放心。」

香月瞇起雙眼，仰望染成了橘紅色的晚霞。

「我已經知道凶手是誰了，而且我相信應該能找到證據……」

＊＊＊

「謝謝妳特地前來。」

香月史郎等到訪談對象在桌邊坐下之後，才開口說道。

「不會……是關於結花的事？」

小林舞衣輕輕頷首，接著露出了疑惑的神情。

切齊的劉海給人嚴肅的印象，和當年就讀大學時的她幾乎沒有什麼不同。今天的舞衣戴了一副頗大的黑框眼鏡，身上穿著一件看起來很穩重的罩衫。當年香月剛認識她的時候，還是個畏畏縮縮的內向女孩，如今看起來成熟了不少。

此時是星期六的下午，相約見面的地點是香月從前就讀的大學附近的咖啡廳，店內聚集了不少經常光顧的學生常客。香月選擇這個地方作為見面的地點，正是因為香月聽說舞衣從前在學期間也經常造訪這家咖啡廳。

「就像我在電話裡說的，結花的母親委託我調查結花的死因。這位是……」

「敝姓城塚，是老師的助理。」

香月身旁的翡翠鞠躬說道。今天的翡翠穿著一件白色洋裝，全身上下並沒有暗色配件，可說是非常適合十多歲少女的裝扮。

「小說家也有助理？」

舞衣一臉狐疑地問道。

在翡翠的堅持之下，香月只好答應帶著翡翠一同會見舞衣，但香月完全沒有料到她會說出這樣的自我介紹。

「不，呃……對，她可以幫忙查一些資料。」

香月瞪了翡翠一眼，翡翠卻裝作沒有看見，她只是以挑釁般的眼神凝視著小林舞衣。

「舞衣……妳看起來成熟多了呢！換眼鏡了？」

香月問道。

「上一次我們見面，已經是大約兩年前的事了，換了眼鏡也很正常。」舞衣有些羞赧地低下了頭。「學長，你找我出來，到底想跟我說什麼？」

「我就開門見山了。」香月淡淡地說：「我希望妳自首。」

舞衣一聽到這句話，剎時露出了僵硬的笑容。

「什麼自首……學長，你別開這種奇怪的玩笑……」

「事發當天，妳曾經到結花的家裡玩，對吧？聽說妳常常到結花的住處過夜，兩個人熬夜看連續劇。那一天，我猜妳也是抱著這個打算，在深夜前往了結花的住處。當天妳打了一通電話給她，妳向警方聲稱打這通電話是為了確認去她家玩的日期與時間，但我猜測真正的電話內容，應該是告知等等就要去她家吧？」

「你在說什麼啊？別隨便誣賴我，真是太過分了……」

舞衣的目光左右飄移，結結巴巴地提出抗議。

「但後來妳們發生了爭吵，演變成扭打。其實妳早就深深恨著結花，這一天終於爆發出來，妳用力將她推了出去。雖然妳恨不得把她給殺了，但那天妳並不是真的想殺了她，偏偏她的頭部撞上了桌角，竟然就這麼死了。妳一時不知所措，趕緊打開窗戶，取走她的錢包裡的現金跟信用卡，偽裝成遭強盜侵入後匆匆逃離了現場。」

香月沒有等她說完，繼續說道。

「你沒有證據，怎麼可以含血噴人……」

「證據是有的。」

香月從口袋裡取出一個小型的塑膠夾口袋，輕輕放在桌上。從遠處看，袋子裡似乎什麼也沒有，但如果凝神細看，會發現裡頭有一些小小的透明碎片，在燈光下閃閃發亮。

舞衣倒抽了一口涼氣。香月接著取出手機，點出了一張照片。

「這原本是結花手機裡的照片。上頭的兩個人，正是妳跟結花。拍照的時間，是她過世的兩個星期前。」

舞衣一直將頭別向一旁，對照片連看也沒看一眼。

「從照片可以看出來，那時候妳戴的是紅色的鈦框眼鏡，跟現在的眼鏡不一樣。」

「眼鏡這種東西，當然會看每天的心情更換……」

「我向妳公司的同事確認過了。結花過世之後，妳上班就換了一副眼鏡。」

「那是因為……」

「這些是遺留在命案現場的東西。原本用來喝咖啡的玻璃杯摔在地板上，碎片撒了滿地，這些碎片就是其中的一部分。乍看之下，這些碎片跟一般的玻璃杯碎片沒什麼不同，所以警察剛開始也沒有仔細查看。但是我將這些碎片交給警方進行詳細分析之後，發現這是眼鏡的碎片。」

舞衣一句話也沒說，只是默默低著頭。

「多半是發生扭打的時候，妳的眼鏡跌落地面，被某一方的拖鞋給踩碎了。玻璃鏡片比起塑膠鏡片，雖然有著不容易刮傷的優點，卻也有著容易碎裂的缺點。妳從以前就常到結花的住處玩，因此屋內有妳的指紋並不會遭人懷疑。當然門把上最後殘留的指紋不能是妳的，但要解決這一點很簡單，只要離開的時候，戴上從廚房拿來的橡膠手套就行了。相較之下，如果在現場遺留下眼鏡碎片，將成為事發當時妳也在屋內的決定性證據。妳當然是盡可能想將所有眼鏡碎片全部帶走，但由於扭打時除了妳的眼鏡之外，你們還打碎了一個玻璃杯，有些細小的眼鏡碎片混雜在玻璃杯碎片中，沒能全部帶走。妳沒了眼鏡之後，眼前一片模糊，也沒有辦法從玻璃杯碎片中挑出所有的眼鏡碎片。」

玻璃杯的碎片裡竟然混雜著眼鏡的碎片，想必連警方的鑑識人員也料想不到吧，警方頂多是挑出比較大的碎片來採集指紋。除非是打從一開始就知道碎片裡混雜了異物，否則絕對不會詳細分析每一片微小碎片的成分。更何況警方是認定這是一樁強盜殺人案，甚至連嫌犯的身分也已經鎖定了，當然更不可能在鑑識行動上這麼吹毛求疵。

香月以平淡的口氣說明完，舞衣依然不發一語，她垂下頭，彷彿已放棄為自己辯解。

「為什麼會發生這樣的悲劇？妳們原本不是感情很好嗎？」

如今香月尚無法釐清的疑點，只剩下動機了，想來想去，實在想不出理由。

「那個女的……奪走了我的一切。」

舞衣呢喃道。

「妳的一切？」

舞衣依然垂著頭，沒有再說話。

「妳喜歡西村先生？」

原本默不作聲的人，竟然開口了，那個人正是翡翠。

「妳怎麼會……」

舞衣驚訝地抬頭望著翡翠。

「我只是有這種感覺。」翡翠面帶微笑說道，接著她臉色一變，以悲傷的表情接著說：

「打從學生時期，妳就覺得倉持小姐奪走了妳的一切，但倉持小姐從來不認為她曾經奪走屬於妳的東西。只是命運捉弄人，妳們剛好喜歡上了相同的事物。例如，原本是妳先加入攝影社，後來妳才邀她加入，沒想到對拍照沒什麼興趣的她，反而在社團內大受歡迎，成為眾人注目的焦點。在戀愛方面，我想應該也有類似的情況吧！妳一直偷偷喜歡著妳的同事西村先生，沒想到西村先生卻愛上了倉持小姐……」

「結花總是這樣……」

舞衣的聲音逐漸開始顫抖。

「我好恨她……真的好恨好恨她。我也知道她並沒有惡意，我知道她是真的想要跟我當好朋友，但我就是壓抑不了我的嫉妒心……這一次，她真的太過分了。我明明那麼喜歡西村，卻得不到西村的心……她得到了西村的心，卻在我面前說西村的壞話……說西村這個人很噁心……」

那一天，舞衣特地向公司請了隔天的假，想要到結花的家裡，針對西村的事情和結花好好說清楚。舞衣用想要一起看連續劇當作藉口，打算到結花的家之後，等時機成熟再說出真正的來意。結花由於隔天早上還有重要的約定，原本不想答應，最後是舞衣承諾會幫結花打掃家裡，結花才勉為其難地同意了。沒想到那天晚上舞衣還沒切入正題，結花就已開始向她抱怨西村這個人有多麼噁心……

「到後來我再也聽不下去，氣得將結花狠狠罵了一頓，起身想要離開她家……結花將我拉住，要我別走，我甩開了她的手……」

舞衣因為嚥不下這口氣，接著又伸手打了結花一巴掌，結花立刻回擊，也打了舞衣一巴掌。舞衣的眼鏡摔落在地上，更是讓舞衣徹底失去了理智，兩人終於扭打成一團，長年的積怨完全爆發。

「我心裡只想著乾脆結束這一切算了。我彷彿聽見有人在告訴我……只要沒有這個女的，我就自由了……」

接下來有好一會，舞衣一直低著頭，兩人只是凝視著她那不斷抖動的肩膀。

香月見舞衣想要說的似乎都說完了，整個場面陷入了幾乎令人窒息的沉默之中，於是朝著躲在另一張桌子旁的鐘場使了個眼色。

鐘場起身走上前來，詢問舞衣是否願意隨他前往警署。舞衣點點頭，靜靜地起身朝香月行了一禮，接著就被鐘場帶出了店外，店內只剩下香月及翡翠兩人。

「剛剛妳對舞衣說的那些……靠的是靈視能力嗎？」

「是的……」翡翠點頭說道：「她給我的感覺和倉持小姐非常像……簡直就像是姊妹一樣。」

或許正因為太像，反而釀成了悲劇。在結花的內心深處，又是如何認定舞衣這個人呢？可惜這個問題已經不可能從當事人口中問出答案了。

香月不禁在心中想像這起悲劇的發生過程。

打從就學期間，舞衣對結花的憎恨就不斷膨脹。那股恨意隨時都有可能爆發，只是靠著名為友情的自制心才勉強壓抑了下來。泣婦察覺到結花的心靈正在遭受即將爆發的怨恨所啃噬，明白結花此時的處境非常危險。

泣婦……驀然間，一股可怕的想像閃過香月的腦海，令香月頓時感到不寒而栗。

剛剛那些解釋，是正確的嗎？雖說翡翠能感受到靈體的惡意與邪念……但是這世界上有很多人在殺人的時候，內心根本不會抱持惡意與邪念。香月非常清楚這種人有多麼可怕。同樣的道理，會不會有一種殺人無數卻不帶邪念的惡靈，自古便存在於這世上？結花會不會是死在這種可怕的惡靈手上？例如，那惡靈並不親手殺人，卻不斷在舞衣的耳畔呢喃細語……如今那惡靈或許還橫行在這世上，正在尋找著下一個犧牲者……

「對了，老師，你能察覺眼鏡的事，真是太了不起了。」

「噢……只是運氣好而已啦！」

香月趕緊將這股擔憂拋出腦外，想這種事，根本是杞人憂天，因為沒有任何方法可以判斷真偽。

香月拉回了心思，開始向翡翠說明自己的推理過程。

結花的亡魂曾經說了一句：「那女的好像在找東西。」這代表翡翠靠「靈魂共鳴」所看見的那個女人，確實是凶手沒錯。結花還透過翡翠的身體，問了一句：「在找什麼？」但是在結花的心中冒出這個疑問的時候，她早已倒在地上淹淹一息了。結花的遺體一直到斷氣都沒有闔眼，而她眼前所能看見的東西，就只有玻璃杯的碎片而已。可見凶手想要尋找的東西，應該就在那些碎片之中。翡翠藉由共鳴的靈視看見女人蹲在地上，這點也與推測的情境相符。但是凶手真正在意的當然不可能是那些玻璃杯碎片，由此推測，在那些碎片之中，應該混雜了其他某種東西……

當然除了舞衣之外，結花應該還有許多同樣戴眼鏡的女性朋友。但有另一個值得注意的線索，那就是案發當時，結花的記事本明明從手提包裡掉了出來，凶手卻沒有將筆記本取走。如果凶手跟結花事先約好了要見面，結花一定會把這個預定計畫寫在記事本內。而如果記事本內寫著結花跟某人約好了當天要見面，警方一定會將那個人物列為重要涉案人。就算將記事本的內容設法塗抹或修改，警方也一定會看出端倪。但是在警方所找到的線索之中，完全沒有這個部分，由此可知，凶手很可能是在案發的不久前才突然打電話，提出前往拜訪的要求。

換句話說，結花在遭到殺害之前，一定正在家裡招待客人。桌上的冰咖啡，就是結花為客人準備的飲料。法醫在結花的胃裡檢查不出咖啡的成分，很可能是因為結花還沒有喝就死了，或是喝的量非常少，因此檢查不出來。

舞衣是唯一臉上戴著眼鏡，而且在案發之前曾經打電話給結花的朋友。

翡翠的靈視結果並不具證據效力，但是以此作為重要依據，再設法找出物證的做法並非不可行。

「老師，真的很謝謝你。」

翡翠突然說道。

該道謝的是自己吧！香月看著坐在身旁的翡翠，內心如此想著。

「從小到大，我一直在思考自己為什麼會擁有這樣的能力。」翡翠垂下頭，縮起了身子說道：「過去有好幾次，我想要救人，卻是心有餘而力不足。我空有特別的能力，卻完全不知道該如何加以運用，所以我一直活在煩惱、痛苦與後悔之中……今天多虧了老師的幫助，我感覺心情輕鬆了不少。」

香月沒有說話，內心想像著翡翠所擁有的能力，以及結花的死所代表的意義。

倘若真如翡翠所說，死者的意識會停滯，結花的靈魂將會永遠停留在死亡的瞬間，再也無法前進，就算逮捕了凶手，結花的靈魂或許也不會受到淨化或安撫。

翡翠的情況也是一樣，她必須永遠帶著死者的意念活下去。結花所感受到的恐懼與絕望，已烙印在翡翠的心頭，未來將永遠折磨著她。這就是她為了追查真相而喚出死者的魂魄，所必須付出的代價。

死者將永無安息之日，但自己還能做到一件事，那就是陪伴在活人的身邊。與其繼續想著死人，不如開始想想活人吧！

「翡翠，妳是一個靈媒。」

翡翠露出了納悶的神情，似乎不明白香月為什麼會突然說出這句話。

「所謂的靈媒，就是活人與死人之間的媒介。而我，則想要以推理的力量來幫助妳，成為妳與現實世界的媒介。」

香月凝視著翡翠的雙眸說道。

「老師……」

翡翠睜大了雙眼，瞳孔微微搖曳，映照出光芒，接著她露出靦腆的微笑，點了點頭。

驀然間，不知何處響起了細微而清脆的聲響，翡翠與香月不約而同地轉頭朝聲音響起的方向望去。原來是舞衣剛剛所點的那杯冰咖啡，裡頭的冰塊因為稍微溶化的關係，碰撞出了聲響。

「最適合享受美味咖啡的季節，馬上就要到了。」

香月呢喃道。

「是的。」

翡翠點頭回應。香月聽著翡翠的聲音，閉上了眼睛。

"Iced coffee" ends.

間奏 I

女人的美豔裸體在昏暗的空間中隱隱浮現。

鶴丘文樹站在一旁俯視著女人。有如業務員的庸俗短髮及眼鏡，混在人群裡能夠完全不受注意的西裝。鶴丘有著難以讓人記住的平凡外貌，臉上卻有著一點也不平凡的表情——那是一種正陶醉於歡愉之中的輕薄微笑。

鶴丘靠近躺在地上的女人，解開了女人嘴上的轡環。

「求求你……饒我一命……」

女人的求饒聲劇烈顫抖，臉上原本濃豔的妝早已花了，眼睛附近更因淚水而糊成一片，由於雙手被反綁在背後，女人動彈不得，只能蠕動著身體。

此時的女人早已失去了強烈抵抗的能力，就像蟲子一樣在地上爬著。女人的肉體雖然纖細，卻有著豐滿的乳房，那對乳房在鶴丘的眼前不斷晃動，成了一幅美景。

鶴丘坐在客廳的椅子上，欣賞著眼前的畫面。但是他再也按捺不住了，無法再壓抑衝動，心中的激動情緒已經到了極限。於是他拔出了短刀，刀鋒在燭火的照耀下熠熠發亮。

女人一看見短刀，驚恐得瞪大了雙眼。

「別殺我……別殺我……救命……誰快來救救我……！」

原本沙啞的哀嚎聲逐漸變得刺耳，女人在地板上不斷掙扎著。

「沒用的，妳叫破喉嚨也不會有人聽見。」

有誰會聽見隱藏在深山別墅裡的慘叫聲？

「接下來，我將要進行一場重要的實驗。」

鶴丘緩緩走向女人。

「我……我願意做任何事！你叫我做什麼，我都願意做！請你不要殺我！我不會告訴任何人！真的，我絕對不會告訴任何人……！」

女人一邊搖頭一邊大喊。

「好吧，那妳願不願意幫我一個忙？」

鶴丘問道。女人拚命點頭。

「妳只要回答兩個問題就行了。」

「什麼……問題……？」

「第一個問題，會不會痛？」

鶴丘在女人的身旁跪了下來，女人一邊扭動身體一邊吶喊著。

鶴丘舉起了短刀。

「妳一定要告訴我……」

短刀揮落。

女人的呼救聲，轉變為毫無意義的悶響。刀尖一碰觸到肌膚，下一瞬間已完全沒入。

終於習慣這個動作了，終於能做得既完美又乾淨俐落——刀刃直接貫入軀體的深處。

剛開始的時候，這個動作做得糟糕至極，不是刺得太淺，就是卡到了骨頭，完全沒有辦法讓自己滿意。

這次終於不再失敗了，而且成果已經非常接近理想，畢竟同樣的實驗已做了十次以上。

女人的身體漸漸不動了，僅剩下微弱的抽搐，頭部失去了支撐力，後腦杓在地板上撞出了聲響。

「告訴我，會不會痛？」
鶴丘掬起在地板上散開的女人頭髮問道。
女人還睜著雙眼，還剩下最後一口氣，雙唇不停抖動，似乎正在喘著氣。
鶴丘心想，可別就這麼死了。
「告訴我……應該不會痛，對吧？」
鶴丘拔出短刀，紅色鮮血噴灑而出，宛如一道委靡無力的噴泉，染紅了鶴丘的臉頰。
「啊……啊……啊……」
女人的五官嚴重扭曲，發出了呻吟。
「完全不痛，對吧？」
女人沒有回答這個問題，只是以一雙空洞無神的雙眼看著鶴丘。
「一定不會痛的，我沒說錯吧？」
眼神變得茫然，似乎已失去了焦點。
糟糕……再這樣下去，實驗又要失敗了。
「喂，明明不會痛，妳怎麼好像要死了？快醒醒……」

鮮血不斷自女人的腹部湧出，女人的臉上慘無血色。

鶴丘接著又問了好幾次，直到女人完全斷氣為止，鶴丘一次又一次地對著她說話。

「第二個問題還沒問呢……妳不能死……喂，那一邊有什麼東西？妳看見了什麼？快告訴我，妳看見了什麼……」

女人終於還是徹底失去了生命。

實驗失敗了。強大的打擊與失望，令鶴丘一時不知如何是好。

怎麼又失敗了……真糟糕，得謹慎處理才行……

鶴丘將女人的屍體拖向浴室，以蓮蓬頭將沾滿血跡的屍體沖洗乾淨，不留下一點與自己有關的證據，沒有任何線索能證明女人跟自己曾經有所接觸。警方直到現在依然沒有找出自己挑選下手對象的規則，接下來還是一樣，警方絕對不會懷疑到自己的頭上。

不過最近出現了一個隱憂，雖然多半只是杞人憂天，但小心謹慎總是沒有壞處。洗去證據的步驟必須比從前更加完美而確實，拋棄屍體的時候也要更加提高警覺，實驗才能繼續進行下去。

鶴丘摸摸自己的臉頰，朝著浴室的鏡子瞥了一眼。平凡的眼鏡，平凡的髮型，無法在任何人心中留下印象的平凡臉孔，再配上一套平凡的西裝，看起來就是個隨處可見的業務員。

鶴丘在犯案的時候，總是盡量避開所有監視器，但就算不小心出現在監視器畫面上，也不會引起任何人的注意。

有人稱自己為亡靈，有人稱自己為死神。

偵辦人員都嘖嘖稱奇，不敢相信有人能夠將犯罪的過程做得這麼毫無破綻。

沒有錯，天底下沒有任何人能夠抓到自己。一來自己的計畫極為縝密，二來自己向來相信預感與直覺。只要依循著這些原則，就不可能失敗，好運將永遠站在自己這一邊。

如果天底下真的有人能夠發現自己是凶手……

那個人必定不是警界人士，而是某個擁有不尋常力量的人物。

鶴丘一邊清洗著女人的身體，一邊哼起了歌。

第二話

水鏡莊凶殺案

香月史郎觀察著伏臥在眼前的屍體。

屍體的身分是作家黑越篤，鮮血自他的頭部汩汩流出。大約半天之前，他還和香月等人快樂地舉辦著烤肉大會，如今卻成了一具屍體。

黑越在水鏡莊有一間工作室，屍體就是倒臥在裡頭。工作室內的家具並不多，只有一座小小的書架、一張L型的大書桌，以及一個廢紙簍。L型書桌上除了一臺筆記型電腦之外，就只有角落放著一盒面紙。一條電源線自筆記型電腦延伸而出，接在插座上。書桌的造型相當單純，連抽屜也沒有。

殺害死者的凶器，是原本放在桌上的一座獎盃，此時獎盃掉落在地板，上頭沾滿了鮮血。筆記型電腦的螢幕雖然是翻開的狀態，但是畫面一片黑。桌子的角落有著不少放射狀的飛濺血跡，還有一個看起來像是以血寫成的奇妙符號。寫出這符號的人有可能是凶手，也有可能是臨死前的死者。但前者的可能性較大，因為如果是出自於死者之手，照理來說，這個符號應該寫在地板上。

香月環顧室內，想要找出是否還有其他可疑之處，但整個室內除了屍體、凶器及血跡之外，都與今天傍晚時的狀態沒有什麼不同。若要勉強找出差異，大概就只有廢紙簍已經被清空了。雖然書桌上滿是血跡，但放置在另一個方向的書架則是毫無異狀，上頭甚至沒有被噴濺到一點血。或許工作室內太過空曠，又沒有什麼家具，也是發生命案後看起來毫無改變的原因之一吧！

香月回想起來，當初在烤肉的時候，黑越曾經提過他故意不在工作室內放太多東西，是為了防止在寫作時分心。書架上除了參考用的資料之外，甚至連他自己的著作也不放，電腦也沒有連上網路。這一切的苦心，都是為了順利產出新作品，但如今這個心願已經無法實現了……

香月不禁陷入了沉思。憑自己的經驗，要推測出大致的死亡時間應該不難。但推測出死亡時間之後呢？

誰的嫌疑最大？誰有不在場證明？以血寫成的奇妙符號是什麼意思？凶手是為了什麼目的而殺人？到底該從哪一點開始推理起？

原本吵鬧不休的走廊，終於恢復了平靜。

為了保存現場的狀態，在警察到來之前，香月決定不再踏入死亡現場。由於這裡的地理位置屬於東京都內，這一起命案由鐘場負責偵辦的可能性並不低。

「老師，我知道凶手是誰了。」

翡翠走了回來，站在香月的旁邊低聲說道。

「咦？」

香月吃了一驚，轉頭望向翡翠。

「凶手是別所先生。」

翡翠一臉認真地點頭說道。

「妳的意思是……妳靠靈視能力看見了？」

「是的。」

城塚翡翠面色凝重地點了點頭。

這可真不得了……香月低頭望向屍體，忍不住輕嘆了一口氣。

能夠靠真正的通靈能力找出凶手的偵探，對犯罪者來說想必是最可怕的敵人吧。凶手不管設下再高明的障眼法或詭計，都會變得毫無意義。

香月凝視著凶手為了誤導辦案而在桌上留下的血字，細細回想這半天以來所發生的種種事情……

＊＊＊

自山巒之間透出的夕陽餘暉，令香月史郎忍不住瞇起了雙眼。

香月放下車內遮陽板，朝著坐在副駕駛座的少女瞥了一眼。名為城塚翡翠的少女，一直端正筆挺地坐著不動，有如一具洋娃娃。

細緻的肌膚像雪一樣白皙，碧綠色的雙眸綻放出異樣的神采。一頭黑色秀髮從耳畔位置到髮梢呈現平緩波浪狀，就連劉海也向著內側微微彎曲。像這樣閉著嘴不講話的時候，整個人看起來就像是放置在玻璃櫥窗內的精緻機關人偶。

今天的翡翠並沒有進行靈視時所散發出的那種超然脫俗的神祕感，整個人反而因為緊張而顯得有些僵硬。

「哇！」

香月轉動方向盤，操控車子行駛在蜿蜒崎嶇的山區小徑上。每當翡翠的身體因為離心力而斜向一側，她就會緊張地屏住呼吸。

香月轉頭一瞥，發現翡翠正伸長了纖細的手腕，緊緊抓住副駕駛座上方的安全握把，晶瑩透亮的雪白腋下若隱若現。今天的翡翠穿的是，一件肩膀附近完全敞開的白色削肩洋裝，宛如蛋糕表面一般光滑柔嫩的肌膚，可明顯看到突出的鎖骨。

「抱歉……」香月說道：「這條路有點可怕，對吧？我會盡量小心開車。」

「對……對不起……我第一次坐車經過這種地方……」

翡翠幾乎整個人緊緊攀附在握把上，嘴裡低聲呢喃。

這條路雖然有著柏油路面，卻是一條相當狹窄又彎彎曲曲的山路，而且路旁並沒有護欄。一旦方向盤操控失當，整輛車子可能就會撞斷樹木，摔到山谷底下。

「對不起……因為我的關係，害你開那麼慢。」

「沒關係，反正時間還很充裕。」香月笑著說：「我想妳應該很害怕坐雲霄飛車吧？」

「呃……我從來沒有坐過。」

「因為不敢坐？」

「不，是因為……我從來沒有去過遊樂園，從小到大都沒有機會去。」

翡翠的口氣有些沮喪，顯然原因並不只是這條路太過可怕。

「如果是這樣的話，下次要不要找千和崎一起去？」

「真的可以嗎？」

身旁傳來了心花怒放的聲音。香月想要轉頭看翡翠的表情，卻又怕看得太過著迷而讓車子摔下山谷。

「當然，光是看妳坐雲霄飛車的反應，應該就是一件相當有趣的事。」

「嗚嗚，別故意說這種欺負人的話嘛。」

香月轉頭一瞥，她依然緊抓著握把不放。

「請問這裡……真的是東京嗎？」

「勉強還算是在東京的範圍內。」

「真的嗎？老師，你沒有騙我吧？除了剛剛看見的那輛公車之外，一路上完全沒有車子，甚至連建築物也看不到……這裡該不會是群馬縣之類的吧？」

「這裡真的是東京。群馬縣可是比這裡可怕多了，聽說還會有妖魔鬼怪出沒呢！」

香月一看身旁，發現翡翠正睜大了眼睛看著自己。

「真……真的嗎？阿真也是這麼跟我說……她說那裡是全日本最可怕的地方，魑魅魍魎四處橫行，像我這種體質的人去了那種地方，可能三秒鐘就不省人事……」

糟糕，她好像當真了。

「翡翠，我記得妳曾經說過，妳小時候住在國外？」

「啊，嗯，差不多在我開始懂事的時候，我就搬到了紐約……後來還在倫敦住過一陣子。直到十五歲的時候，我才回到日本。」

香月自從結識翡翠，到今天已過了大約兩個月。在這段期間裡，香月得知了一件事，那就是翡翠不僅是個千金大小姐，而且從小住在外國，所以對於他人隨口瞎掰的胡言亂語也會輕易相信。她跟另一個名叫千和崎真的女性住在一起，千和崎雖然名義上是她的女傭，實際上兩人則像是知心好友，千和崎似乎常常拿一些荒唐的謊言來誆騙她，以看她的反應為樂。

今天兩人一同開車出遊的理由，得從一個星期前說起。

香月接到了一通作家黑越篤打來的電話。

黑越是一名怪誕推理作家，作品風格融合了靈異、驚悚與本格推理的要素，相當受讀者歡迎。打從香月還是個毛頭小子的時候，黑越就已經成名，可說是個相當老牌的作家。正如同作品風格，他是個極度熱愛靈異傳說及鬼故事的人。

黑越跟香月也頗有交情，不久前，香月向他提及自己結識了一名靈媒，他似乎一直記在心裡，一天到晚要香月將翡翠介紹給他。根據他的說詞，他去年買了一棟據說鬧鬼的別墅，後來那棟別墅裡真的出現靈異現象，他的家人們都很害怕。

黑越自己其實並不把靈異現象放在眼裡，反而有些樂在其中。家人們都盡可能不去那棟別墅，黑越卻往往會為了專心創作，把自己關在別墅裡好幾個星期。不僅如此，而且他還經常在別墅內舉辦烤肉大會，邀請朋友及熟識的作家前來參加。

「我下個星期又要辦烤肉大會了，你要不要帶那位靈媒來參加呢？別墅很大，而且空氣清新！如果你想的話，住一晚也可以。」

黑越這麼告訴香月。

香月煩惱了一會之後，決定聯絡翡翠，問她有沒有興趣跟千和崎一同參加。

當然香月特別向翡翠強調，如果沒有興趣可以不用勉強。考量到別墅的地理位置及集合時間的問題，不太可能當天往返。翡翠畢竟是個年輕少女，兩人的關係也沒有親密到可以隨便邀約對方在外頭過夜。

香月本來以為翡翠多半會拒絕，沒想到她在電話中做出的回應完全超出了香月的預期。

「抱歉……千和崎說她那天不方便。」
「啊，請不用在意。既然時間上不方便，那也是沒有辦法的事。」
「所以……那個……如果只有我一個人，也可以去嗎？」
「咦？啊……不……」香月完全沒有想到會是這樣的結果，一時之間不知該如何措詞。
「可以是可以，但可能要住一晚，妳願意嗎？」
「我願意……」
電話另一頭的翡翠害羞地說道。
香月的心情也有些緊張，不明白她這句話是什麼意思。
「你剛剛說……要舉辦烤肉大會，是嗎？我從來沒有參加過，難得老師邀約，我想要挑戰看看。」
翡翠接著出乎意料地說道。
「挑戰？」
原來參加烤肉大會也是一種挑戰。
不過，香月擔心如果讓大家知道翡翠是一名靈媒，可能會引來眾人的好奇目光，因此除了黑越之外，香月向其他人只聲稱自己會帶一個有一點感應力的朋友參加。

於是香月與翡翠便開著車子朝著別墅前進……

「那棟別墅……叫做水鏡莊？」坐在副駕駛座的翡翠問道：「那是什麼樣的地方？聽說好像不太乾淨……」

「嗯，是有鬧鬼的說法，但多半只是謠傳而已吧！」香月小心翼翼地操縱車子過彎。「聽說那棟別墅的歷史相當悠久，建於明治年代，當時的日本正處於文明啟蒙的時期。別墅的主人是一個來到日本的英國人，至於那個人的身分……這說來有些邪門，他是個巫師。」

「他會使用巫術？」

「這就不得而知了，那個年代還有很多人相信這種東西。當時的英國正流行唯靈思想，很多像妳這樣的靈媒都聲名大噪，當然絕大多數都是玩弄魔術手法的騙徒。但我曾經調查過，裡頭有些人看起來是真的擁有特別的能力。」

「這方面的歷史，我也曾經研究過，畢竟那可以說是我的根源……」

「那棟別墅現在雖然取名為水鏡莊，但是聽說當年叫做黑書館。」

「黑書館？」

「黑色書籍的黑書。聽說那個巫師當年蓋那棟建築物，是為了將巫術、降靈術等各種神祕儀式的作法記錄下來……簡單來說，就是用來撰寫巫術書[6]的場所。但是在完成著作的同時，那個巫師也從黑書館裡消失了，地上只留下了大量的血跡……」

坐在旁邊的翡翠嚇得屏住了呼吸，完全不敢吭聲。

「後來黑書館經過改建，就成了現在的水鏡莊。聽說水鏡莊被轉手過很多次，每一代的屋主都會遭遇不幸事件。後來有很長的一段時間，水鏡莊完全找不到買主，直到去年才被黑越以半開玩笑的心態買下。那個作家擅長寫恐怖小說，卻一點也不害怕這種事，直說這屋子的鬧鬼傳說帶有西洋味，跟日本的鬼屋不太一樣。」

「那傳說是真的嗎……？」

「這我也不清楚，但我總覺得有點像是編出來的。」

開了這麼久的車子，前方的道路才變得寬闊。一棟古色古香的西式建築，就座落在前方的湖畔，湖水在夕陽的映照下閃閃發亮。

「我們到了，那裡就是水鏡莊……」

＊＊＊

黑越特地出來迎接兩人，並且帶著兩人參觀別墅。

庭院裡已經聚集了五、六個人，正在進行著烤肉大會的準備工作。裡頭有不少香月也認識的作家及編輯，香月朝著每個視線對上的人點頭致意。

當然香月身邊的少女還是成為眾人注目的焦點，每個人看起來都對翡翠的身分感到好奇，這讓香月不禁有些得意。

「開始烤肉之後，恐怕就沒有時間帶你們好好參觀了。」

黑越篤一邊撫摸著花白的落腮鬍，一邊介紹著客廳的裝潢。

這個人已年近六旬，直到前幾年為止，他除了寫作之外，聽說還在某大學開課教授民俗學。此時的他雖然還不到退休的年紀，但這兩年他以想要專心寫作為由，已經辭去了大學裡

＊注6：巫術書（Grimoire），是中世紀術士撰寫的有關魔法和魔術的書籍。其中摻雜了許多迷信成分，也記錄了被當時教會禁止和妖魔化的古代傳說。

的工作。他的表情除了七分的爽朗矍鑠之外，還帶了三分有如退休大學教授一般的威嚴。

「聽說在將近三十年前，這棟屋子經過徹底的翻修改造，現在的模樣已經跟當年的黑書館截然不同，只有少數幾件家具奇跡般地留存了下來。」

擺放在客廳裡的家具，確實有幾件看起來特別老舊。附鐘擺的掛鐘、老式壁爐、大鏡子、水晶吊燈……在氣氛上與翡翠家有幾分相仿。

「翡翠，妳應該很喜歡這種風格吧？」

香月轉頭朝翡翠問道。靈媒少女並沒有答話，只是面色凝重地看著天花板的一角。

翡翠的表情與剛進別墅時完全不同。剛剛走進水鏡莊的時候，她看見出來迎接的黑越，還以戲謔的口吻在香月的耳邊說了一句：「被那個鬍子扎到應該很痛。」但如今她臉上的笑容完全消失，只是目不轉睛地凝視著半空中。

「翡翠？」

翡翠轉頭望向香月，臉色有些發白。

「怎麼了？」

「……沒什麼。」

她低下了頭說道。

「我老婆跟女兒、女婿經常抱怨這屋子鬧鬼，有時說半夜聽見奇怪的聲音，有時說看見鏡子裡出現陌生的女人，但我從來沒有遇上這些靈異現象。我本來以為他們在跟我開玩笑，但現在他們打死也不肯靠近這棟別墅，看來他們說的都是真的。」

黑越似乎沒有察覺翡翠的神色有異，繼續說道。

接著，他又依序介紹了別墅裡的每個房間。水鏡莊的房間有個特徵，那就是每一間房間裡必定有一面老舊的鏡子。再加上別墅鄰近湖畔，所以才有了水鏡莊這個稱呼。

黑越在介紹完香月與翡翠今晚要住宿的客房之後，讓兩人先把隨身行李拿到房間裡擺放，客房裡也有著古老鏡子及簡易的洗臉設備。

翡翠一直沉默不語，不斷以銳利的眼神觀察著周圍環境。**她到底看到了什麼？**

最後黑越帶著兩人參觀了他自己的工作室。整個室內看起來冷冷清清，沒有任何多餘的物品，反映出了黑越有著一絲不苟的性格。唯獨這個房間，裡頭沒有鏡子。一座小小的書架上塞滿了各種參考資料，沒有一點縫隙，那些看起來都是怪誕推理作家黑越在寫作時必須用到的資料。

「參考資料永遠買不完，不如乾脆讓自己沒有地方擺。」

黑越笑著說道。

參觀完了所有的房間之後，黑越帶著兩人走向庭院，與其他參加者會合。

「城塚小姐，如何？有沒有感覺到奇怪的東西？」

走出玄關大門後，黑越如此詢問翡翠。

「是有一點不好的感覺，但是……這種氣味對我來說有點陌生。」

「氣味？」

對翡翠的靈視能力不清楚的人，聽到「氣味」這種說法應該會感到一頭霧水吧。

「進入深夜之後，或許會更加清楚吧！」

烤肉大會比原本所想像的更加熱鬧而有趣。

「哇，好多肉！這些全部都可以吃嗎？」

翡翠的雙眸閃耀著興奮的神采。或許因為說出這句話的翡翠，是個宛如精緻洋娃娃的美麗女孩，有些人聽得啞口無言，有些人則是捧腹大笑。

「翡翠，妳一個人吃不完這全部的肉啦！」

香月調侃道。

「我、我不是那個意思。香月老師，你把我當成什麼了？」

翡翠眨了眨那一對水汪汪的大眼睛，尷尬得滿臉通紅，慌忙說道。

「抱歉、抱歉。不過，食量大也不是什麼壞事……」

或許因為翡翠一直盯著烤肉看，還露出一副很想吃的表情，所以大家才產生了這樣的誤解。如果手上再握著刀叉，看起來就更像一個貪吃鬼了。

正因為這天真無邪的態度，翡翠與其他參加者們馬上就打成了一片。畢竟她是參加者中最年輕的女性，而且還是個絕色美女，不斷有人走過來想要向她搭話。就連年紀與她相近的新谷由紀乃，也一下子就跟她聊開了。新谷似乎是為了捉弄她，每次一有烤好的肉，都故意拿給翡翠。當然一方面也是因為翡翠明明身材削瘦纖細，卻總是三兩下就把眼前的肉吃得一乾二淨。

參加者絕大部分都是出版業界人士，但新谷由紀乃聽說是黑越從前的學生，黑越似乎很喜歡這個女孩子，經常邀請她來參加像這樣的聚會。

香月取了飲料回來，發現兩人正聊得開心，話題似乎與化妝品有關。香月將飲料交給兩人，翡翠笑臉盈盈地接過，道了謝。

「我們用的是同一個牌子的化妝品。新谷小姐竟然一看我的臉，就猜出來了。」

翡翠向香月解釋道。

「只是碰巧而已啦！我因為工作的關係，對化妝品還算熟悉。」

新谷接著向我們解釋，她任職於一家化妝品交流網站的營運公司。

「啊，我知道那個網站。」

站在旁邊的別所幸介突然說道。他似乎也是黑越從前的學生，由於想當個作家，因此一直跟隨在黑越的身邊，立場就像是黑越的弟子。

「新谷，原來妳在那裡上班。現在你們的公司好像遇上了一點麻煩呢！」

「啊，嗯。」新谷的表情蒙上了一層陰影。「你指的是個資外洩的風波吧？幸好目前還沒有傳出什麼重大災情。最近個資外洩的事件經常上新聞版面，受害的不只我們公司。」

新谷上班的公司，不久前傳出個資外洩的消息，鬧得沸沸揚揚。近年來許多大規模網路服務公司都曾發生個資外洩事件，類似的新聞可說是層出不窮。

「當作家的弟子，平常要做些什麼事？」

翡翠在新谷離席的時候這麼詢問別所。

別所喜形於色，滔滔不絕地說了起來。他從剛剛就一直跟隨在翡翠的身邊，明顯可以看得出來他對翡翠有意思。

「每星期撥個幾天，為老師做一些生活上的瑣事。雖然主要的工作是處理文件，但老師從來不把文件資料帶進水鏡莊，所以當老師待在這裡的時候，我是沒有什麼事要做的。如果是在老師的府上，我經常要幫忙整理合約書，還有把需要回覆的文件挑出來等等，其實就是一些雜務。相對地，老師會回答我一些關於寫小說的疑問，還會讀我的稿子，給我一些建議……不久前老師才告訴我，憑我現在的實力，要拿到新人獎應該不成問題。城塚小姐，妳喜歡推理小說嗎？」

「對不起，我實在對推理小說沒有什麼興趣。」

「噢……」別所流露出失望的表情。「咦？那妳跟香月老師是怎麼認識的？」

「呃……那個……啊，香月老師是我就讀的大學的畢業學長，而且我們都是攝影社的成員……對吧，香月老師。」

翡翠似乎不太會說謊，她結結巴巴地說完之後，忽然轉頭問了香月這麼一句。

「啊……嗯……」

別所似乎心下起疑，但也沒有繼續追問。

「城塚小姐，聽說妳的感應力很強？妳覺得這棟水鏡莊如何？會不會很可怕？」

「我從小就能看見那些東西，所以也習慣了。別所先生，你好像也不太害怕？」

「既然要當推理作家，就不能相信那種毫無道理可言的東西。不過，有本跟新谷好像都曾看見過，他們怕得不得了呢！」

別所話中所提到的有本，指的是K出版社的編輯有本道之，他是個相當優秀的編輯，香月也曾受過他不少幫助。但香月對這個人的評價是，在人際關係上過於粗線條，因此算是個有點難相處的人物。

如今有本正和一個他所負責的作家一起坐在角落，只見他一邊吃著肉，一邊卻神情緊張地左顧右盼。從那態度看來，他似乎是真的曾經在水鏡莊裡看見過幽靈。

「對了，那個連續殺人棄屍案，好像又有新的受害者了。」

某個年輕的推理作家說道。

這是最近幾年在關東地區鬧得人心惶惶的重大命案，不斷有年輕女性遭殺害的遺體在深山之類的地點被人發現。若加上前幾天發現的遺體，光是目前已知的犧牲者就有六人。

由於日本很少出現像這樣的連環殺人案，整個社會都受到了相當大的震撼。凶手在犯案時從不留下證據，簡直就像是亡靈或死神一般，有不少媒體雜誌更是針對這點加以大肆渲染，引發了民眾的恐慌。

或許是因為在場有許多推理作家的關係，大家開始討論起凶手是什麼樣的人，有著什麼樣的犯案動機。

「香月老師，你不是曾經幫警察破解過好幾起懸案嗎？」別所一邊吃著肉，一邊說道：「警察有沒有跟你提過關於這起連環命案的內幕？」

「他們什麼也沒有跟我說。我想他們在調查這個案子的時候，應該是相當謹慎，不敢隨便走漏消息吧！不過，因為調查時間拖得太長，還是被新聞媒體探聽到了不少事情。」

香月本人對於這起案子的調查進展也很感興趣，卻是一無所知。因為鐘場並非這起案子的特別搜查本部成員，當然也不曾針對這起案子向香月尋求協助。

「凶手不曉得是什麼樣的人物。」黑越也說道：「根據目前已知的線索，沒有辦法推理出一部分的真相嗎？香月，你不是常靠人物側寫[7]的手法為警方提供建議？」

「確實曾經做過幾次。」

「香月老師對於殺人魔的描寫可是很高明的。或者應該說，是很擅長描寫人性吧！」有本也跟著說道：「香月老師，請你推理看看，凶手是個什麼樣的人？」

香月摸著自己的下巴，沉吟了起來。根據目前已知的線索，可以看出凶手是個什麼樣的人？香月謹慎分析著腦中的資訊，說出了自己所想到的凶手特徵。

「根據新聞報導，警方完全沒有採集到凶手的指紋及ＤＮＡ。從這一點，可以得知凶手有著相當慎重的性格，屬於智慧型罪犯。遺體的身上並沒有凶手的體液，可以得知凶手並不是一名性變態，下手的動機與性無關。受害者的年紀與外貌頗有相似之處，這或許意味著犯罪動機與過去的精神創傷有關。受害者都是在週末或假日失蹤，推測凶手應該是一名上班族。而且既然凶手非常聰明狡猾，在公司裡的階級應該不低，是個頗有社會地位的人物。」

「這麼說起來，凶手並非不管三七二十一地胡亂殺人。」

別所說道。

「如果是魯莽犯案，警方早就驗出凶手的ＤＮＡ了。當然，如果凶手沒有前科，就算有

ＤＮＡ，也沒有辦法鎖定對象。但這名凶手似乎還會刻意避開監視器，可見凶手不僅做事謹慎小心，而且還有著很強的自制力。在下手之前，凶手必定會先將受害者調查得一清二楚，而且會事先訂定縝密的計畫。除此之外，凶手在綁架受害者之後，總是會先將受害者監禁在某個地方，等到過了一段時間之後再加以殺害並棄屍，推測凶手的家裡可能還有其他家人，凶手能夠自由運用的時間有限。從受害者失蹤到遺體被人發現，時間最短的只有十二個小時，估計監禁並不是凶手的目的，凶手打從一開始就打算將人殺了。」

香月點頭回應道。

「不趕快破案，以後女性民眾可都不敢走夜路了。」

可惜警方到目前還沒有掌握任何有利的線索，由此可知，凶手是個多麼謹慎小心的人物。受害者的共同特徵只有外貌而已，要從中分析出凶手的犯案動機可說是難上加難。再加上監視器拍不到，ＤＮＡ也採集不到，就算警方的科學偵辦技術再先進也是束手無策。

「殺了那麼多人，卻沒有留下任何證據，我們不得不承認確實如同新聞媒體所說的，這

＊注７：側寫（profile），源自於犯罪心理學，是指根據警方所掌握到的線索，推斷罪犯的背景與特徵。

個囟手簡直就像亡靈一樣。實在很難想像有人能做到這種事，這幾乎是天方夜譚。雖然我不清楚囟手是如何逃過警方的搜索網，但我相信囟手一定是個天才。」

天底下如果有人能夠阻止這個凶手繼續犯案，那個人物必定是……

「我記得沒錯的話，囟手挑選的對象都是二十歲出頭、膚色白皙、身材嬌小、留著長髮的美麗女子……是嗎？」

別所這句話一說出口，所有人的目光都聚集在翡翠及由紀乃身上。

或許是為了提醒社會大眾注意，警方在相當早期階段就公佈了受害者的共同特徵。

翡翠只是愣了一下，沒有做出特別的反應，由紀乃的臉上則露出驚恐的表情。

「好了啦，你們別嚇我。」

「對不起……不過我說真的，新谷、城塚，你們晚上走路一定要非常小心。尤其是城塚，妳看起來就是很容易被囟手盯上的類型。」

別所被由紀乃瞪了一眼，他搔搔頭說道。

「真……真的嗎……？」

翡翠聽到這句話，也跟著露出了不安的表情。

「別擔心，我會保護妳。」

香月走到她的身邊說道。

「老師……」

翡翠流露出了一絲羞赧之色，微低著頭看了香月一眼。

「咦？原來你們已經是這種關係了？」

黑越出言調侃，接著哈哈大笑。

「不、不是啦！」翡翠乾脆澄清：「真的不是你們想的那樣。」

「哇，香月老師被甩了。」

由紀乃眉開眼笑地說道。香月則是故意露出逗趣的表情，聳肩帶過這個話題。

烤肉大會結束，大家協力收拾善後，接著便進入了水鏡莊的客廳。由於客廳的座位不夠讓所有人都坐下，有些人便跑到了後頭的撞球室打撞球。

香月選擇待在客廳裡，一邊喝著黑越珍藏的葡萄酒，一邊和眾人閒聊。別所還是一樣緊緊黏著翡翠不放，翡翠走進客廳之後，別所也趕緊在她旁邊的沙發坐下，不斷向她示好。翡翠聽著別所閒扯淡，不時發出歡笑聲，她的臉頰有些紅暈，或許是喝醉了。

過了一會，黑越與有本聲稱要討論工作上的事，一同走進了工作室，但不到十分鐘就出來了。黑越喜孜孜地告訴香月，他的作品可能要被翻拍成電影了。

接著又過了三十分鐘，黑越正在向香月描述他最近聽到的鬼故事，森畑貴美子忽然從走廊探頭進來。森畑是水鏡莊的女傭，但並不住在水鏡莊內，晚上會回到位在附近的住處睡覺。每次黑越來到水鏡莊，都是由她照顧黑越的生活起居。

「老師，還有其他垃圾嗎？」森畑問。

「唔，工作室的垃圾已經清了嗎？」黑越抬頭反問。

「剛剛清了……」森畑露出溫厚的微笑，眼角的皺紋變得更明顯了。「呵呵，還順便讀了一點老師的新作。」

「噢，妳不說，我都忘了。」

黑越似乎想起了什麼，起身暫時離開客廳，不到一分鐘之後又走了回來，手上拿著一個包裹。

「我剛剛才拿到新書的試讀本，大家如果不嫌棄，請拿去讀吧！森畑，妳也拿一本。」

香月這才想起，剛剛在烤肉的時候，確實看見快遞員送來了包裹。這件事香月記得很清楚，是因為翡翠當時說了一句：「原來黑貓會跑到這麼遠的地方來啊！」香月驚訝她怎麼會說出這麼可愛的話。

黑越取出包裹裡的新書，分送給眾人。那新書是文庫本[8]尺寸，封面看起來怵目驚心，標題為《黑書館慘案》。

「這是……以這棟別墅為舞臺的故事？」

香月問道。黑越沒有答話，只是揚起了嘴角。

打撞球的一群人回到客廳之後，黑越也將書送給了他們，包裹裡的書剛好夠分給所有人。大家看到標題，都有些錯愕，以自己身處的地點為舞臺的殺人推理作品，大家過去都不曾讀過。

在場的作家們紛紛說出了感想……

「哇，還附上了建築物的平面圖，看來是本格推理。這真的是這裡的平面圖嗎？」

＊注8：文庫本，日本常見的小型圖書出版形式，尺寸大多為A6，也就是臺灣常用尺寸的菊32開。

「當然。」

「未發表新作卻採用文庫本尺寸？這可真是少見。」

「噢，這年頭的書要是採用四六判[9]，可是完全賣不出去的。」

接下來，眾人熱烈討論起了《黑書館慘案》這部作品。

聊了一會之後，赤崎、新鳥、灰澤這三名新進作家起身告辭，其他人也各自萌生了解散的念頭。由於新鳥並沒有飲酒，因此由他負責開車載赤崎及灰澤回家，就連女傭森畑，也說要搭他的便車離開。黑越則表示還有一些稿子必須處理，所以進入了工作室。離去之前，黑越告訴香月：「今天晚上你們想怎麼過都可以。」或許言下之意指的是，就算為了等待靈異現象而熬夜一整晚，他也不會干涉。至於剩下的有本、別所及新谷三人，則似乎從一開始就打算要住下，所以陸續回到了自己的房間。原本一直緊跟在翡翠身邊的別所，此時早已喝得酩酊大醉，只好也心不甘情不願地回房間休息去了。

最後客廳只剩下香月及翡翠兩人。

「現在該怎麼做比較好？」香月問道：「要在這裡等著怪事發生嗎？不曉得是會聽見奇怪的聲音，還是那面大鏡子裡會出現幽靈……？」

兩個人並肩坐在沙發上，香月轉頭看著身旁的翡翠。靈媒少女似乎也頗有醉意，不僅雙頰泛紅，而且眼神已帶著睏意。香月心想，看來還是讓她回房間休息比較好。

「我送妳回房間吧！」

「沒關係，我被叫來的理由，就是為了釐清真相。我只是……有點累了而已。」

翡翠聽香月這麼說，緩緩搖頭說道。

「好吧！那我倒一杯水給妳。」

香月於是走向廚房，心裡想著剛剛在幫忙森畑收拾善後的時候，好像看到冰箱裡還有一瓶礦泉水。香月取出礦泉水，以杯子倒了一杯，回到客廳交給翡翠。

「謝謝……」翡翠雖然笑著道謝，雙眼卻已有些呆滯。她舉起杯子喝了一口，低聲呢喃道：「我很害怕人多的地方，因為會一口氣感受到太多東西。」

「妳指的是氣味嗎？」

翡翠點了點頭，香月在她的身旁坐下。

＊注9：四六判，日本常見的圖書尺寸，較文庫版為大，大約相當於臺灣常用尺寸的32開。

「我很喜歡接觸人群，但因為很容易感到疲累，所以覺得一個人獨處比較輕鬆……真是任性的想法，對吧？」

「沒那回事……但妳既然累了，怎麼不回房間休息？就算沒有熬夜守在這裡，黑越也不會生氣的。」

「不，我沒事。」翡翠垂下頭，揚起視線朝香月瞥了一眼，她以一雙嬌小的手掌包裹住玻璃杯，略帶靦腆地說道：「不知道為什麼，跟香月老師獨處的時候，我一點也不會感覺累……」

那惹人疼愛的動作與表情，讓香月看得張口結舌，一時說不出話來。

「啊，不是的，那個……」翡翠似乎察覺自己說錯了話，趕緊澄清：「我的意思是老師跟我已經是朋友關係了，所以相處的時候不會感到拘謹……」

「原來如此。」香月忍俊不禁，點頭說道：「不拘謹很好，我很開心。」

「呃，那個……啊，我覺得我跟新谷小姐應該能變成好朋友。」

翡翠突然換了話題，接著從小手提包中取著智慧型手機，點開某傳訊APP的畫面，舉到香月的面前。朋友一覽的畫面裡只有「千和崎真」及「新谷由紀乃」這兩個名字，看起來冷冷清清。

「互傳貼圖真的很有趣。阿真很少用這個APP，我一直很嚮往呢！」

翡翠露出了溫柔的微笑，看著手機畫面說道。

「那我們也互加好友吧！只靠電子郵件聯絡實在很沒意思。」

「咦？可以嗎？」

翡翠露出了喜出望外的表情，波浪狀的柔軟髮絲輕輕飄揚，一股醉人的香氣探入了香月的鼻中。那股香氣不斷鑽進香月的心坎裡，令香月感覺一顆心噗通亂跳。

兩人互加好友之後，開始互相亂傳一些毫無意義的貼圖。香月挖出自己所知道的所有可愛或有趣的貼圖，一股腦地全傳送給翡翠。翡翠一邊看，一邊嗤嗤竊笑。笑到激動時，她捧著肚子彎下了腰，嬌小可愛的香肩微微抖動，那裸露在外的肩膀肌膚在燈光照明下看起來既白皙又豔麗。每當她笑得花枝亂顫的時候，波浪狀的髮絲及秀髮的油亮光澤也會隨之起舞。

如此甜美的時光，讓香月將屋裡鬧鬼的事情拋到了九霄雲外。兩人接著又天南地北閒聊了起來，聊著聊著，話題轉到了《黑書館慘案》這本書上。

「像我這種對推理小說沒興趣的人，也讀得下去嗎？」

翡翠如此詢問。香月聽聞於是拿起書，稍微翻了翻內容。

「既然有建築物平面圖，可見得應該有著很強的本格推理要素。但除此之外，字裡行間還帶有濃濃的恐怖小說氛圍，若是對恐怖小說感興趣的人，應該也會感興趣吧！」

香月如此告訴翡翠。

「老師，既然是這樣，我們一起讀好嗎？」

翡翠以手撐著沙發，將身體微微朝香月湊來，面帶微笑說道。

「啊，呃……可以呀！」

香月心想，既然要等到靈異現象出現，熬夜大概已是無可避免。看書雖然是個好選擇，但好不容易聊天聊得氣氛極佳，如果兩人各自拿起書來讀，實在有點沒意思。不過既然翡翠想這麼做，也就只能順著她的意思了。

香月翻開了書本，就在這時，香月聞到了一陣甜香，轉頭一看，翡翠竟然將她的肩膀貼了過來，低頭看著香月手中的書。纖細而滑嫩的手臂與香月微微碰觸，沙發因同時承受了兩人體重而深深陷了下去。

香月看著翡翠的側臉，翡翠則目不轉睛地看著書中的文字。

「妳說的一起讀，原來是這個意思？」

「咦？」翡翠愣了一下，接著嗤嗤一笑說道：「放心，我看書的速度很快。」

「妳該不會是喝醉了吧？」

「我哪有……」

翡翠嘟起了塗著粉紅色口紅的嘴唇，嘟囔道。她似乎正在笑，香月可以感受到她的身體傳來的細微顫動。下一秒，翡翠將頭倚靠在香月的肩膀上，香月嚇得忘了呼吸。

「我只是覺得好開心喔！老師，原來這就是傳說中的在朋友家過夜，我終於實現了一個心願。」

「所謂的朋友家，其實是一棟名稱很不吉利的屋子。」

香月皺起眉頭，轉頭望向掛鐘，此時的時刻已接近午夜十二點。

接下來有好一會，香月只是默默翻著書頁，但是翻沒十頁，耳畔已聽到規律的呼吸聲。香月轉頭望向肩膀上傳來體溫的臉龐，雪白的眼皮已經闔上，宛如陶瓷般光滑的臉頰染上了一抹桃紅色。

到目前為止，她到底過著什麼樣的人生？香月忍不住想像。

多半是遭到疏遠、遭到畏懼，沒有人敢接近吧！

香月的心頭浮現了她的雙眸，那對凝視著自己，流露出堅定意志的雙眸。在那對瞳孔之中，香月看見了決心，看見了不安，也看見了恐懼。

翡翠曾經說過，她一直在尋找著她的特殊能力所代表的意義。為什麼上天會讓她擁有這樣的能力？為什麼她必須背負這樣的命運？

香月感受到了翡翠身體的重量，同時也感覺到自己的身體變得越來越僵硬。每當香月微微移動身體，那波浪狀的烏黑秀髮就會輕輕飄下一些，落在香月的手腕上。帶著濕潤光澤的粉紅色雙唇微微張開，隱約可看見裡頭的白皙玉齒。那是彷彿具有某種吸引力的豔麗雙唇，兩人的距離近得嘴唇幾乎快要碰在一起。

香月撫摸著她的秀髮，指尖傳來柔軟的觸感，但香月還是勉強將自己的臉拉遠了一些。

就在這時，驟然有股令人寒毛直豎的可怕感覺竄上了胸口。眼角餘光所看見的那面大鏡子裡，似乎出現了某種不尋常的東西。

那個東西……正在看著自己。香月感覺不斷有冷汗自背上流過。

鏡中的那個東西……赫然是個有著藍色眼珠的白人女子。那女子的臉上，帶著毫無感情的空洞表情。

她的眼珠，正在盯著香月看……

＊＊＊

黑越篤的遺體被人發現的時間，是隔天早上九點。

第一個發現的人，是女傭森畑。早上她來到水鏡莊，是為了替過夜的客人們做早餐。她以備份的鑰匙進入別墅，準備好早餐之後，便走向黑越的寢室，打算把黑越喚醒。但黑越並不在寢室內，森畑接著又進入工作室，才發現黑越倒臥在地，頭上滿是鮮血。

香月原本就是個無法熟睡的人，一聽到森畑的尖叫，旋即醒過來，立刻奔進工作室。

「受害者的推測死亡時間，是在凌晨十二點到兩點之間？」

香月史郎看著遺體搬走後地板上留下的痕跡問道。

鐘場面色凝重地點頭，鑑識課人員拍照的閃光此起彼落。

「目前除了這一點之外，我們幾乎毫無頭緒。這房間的門只能從內側上鎖，如果受害者原本將門鎖上了，這表示他很可能是在半夜主動開門讓凶手進入房間。而且受害者是遭凶手從背後攻擊致死，更能證明一定是熟人所為。你說你想到了一些疑點，能不能說來聽聽？」

「是這樣的，其實我從昨晚還不到十二點的時候，就待在那邊的客廳，一直待到了凌晨三點左右。」

「那又怎麼樣？」

「這是水鏡莊的平面圖。在你到來之前，我已經確認過，這張平面圖是正確的，完全符合這棟建築物的格局。」

香月拿起手中的書，翻開第一頁說道。

「原來如此。」鐘場看了一眼平面圖，已明白香月想要表達的意思。「從這張圖看起來，水鏡莊分為東棟及西棟，客廳的位置剛好就在中間。想要在兩棟之間往來，一定要通過客廳才行……」

鐘場一語道出了關鍵。

事實上，東棟和西棟並非各自獨立的建築物，但從格局來看，以「棟」來稱呼確實比較容易理解。客廳的東側有著香月等訪客住宿用的客房，以及黑越的寢室；西側則有黑越的工作室、撞球室、浴室、盥洗室及廁所。其實原本東側也有盥洗室及廁所，但是黑越曾經告訴大家，東側的廁所水管不通，暫時無法使用，所以晚上睡在東棟的人如果想上廁所，必定要通過客廳前往西棟。

「而且我後來還發現了一件事，那就是昨晚十點左右曾經下過一場雨，到十二點左右雨才停。所以屋外的地面相當泥濘，走在上頭一定會留下痕跡。」

「嗯，但是屋外沒有任何可疑的足跡。」

「換句話說，凶手必定就在這屋子裡。包含我在內，昨晚只有五個客人睡在屋內。其中我跟城塚一直在客廳待到凌晨三點，我們可以互相為對方作證。」

事實上，翡翠昨晚曾經睡著過一小段時間，因此嚴格說起來，香月可以趁她睡著時犯案。但是香月知道自己並不是凶手，為了讓調查過程能夠更順利進行，所以省略了這個部分不提。

「城塚……是那個自稱靈媒的少女嗎？」鐘場皺起了眉頭，心裡似乎疑惑這兩人為什麼又一起發現了屍體。「我不會問你三更半夜跟一個漂亮小妞在一起做什麼……總而言之，你們兩人昨晚看見凶手經過客廳了？」

「是啊，不過很可惜，三個人都曾走過客廳。」

沒錯，這就是所謂的天不從人願吧！根據翡翠的靈視，兩人早已知道凶手是別所幸介。如果昨天深夜只有他通過客廳，接下來事情就好處理多了；但實際上除了他之外，有本道之及新谷由紀乃也都有機會犯案。

香月一邊回想當時的情況，一邊向鐘場說明。

第一個通過客廳的人，是編輯有本道之。

當時翡翠已經熟睡，香月怕她被驚醒，將手中讀到一半的《黑書館慘案》悄悄放在桌上，去了一趟廁所。那時候剛好是半夜十二點，香月被附鐘擺的掛鐘所發出的聲音嚇了一跳，所以記得特別清楚。

當時香月正在盥洗室裡洗手，心裡有些發毛，擔心眼前的鏡面櫃上的鏡子裡不曉得會不會出現什麼鬼影。就在香月胡思亂想的時候，掛鐘突然響了起來，心中的驚懼當然是難以言喻。同時香月又回想起，在客廳的大鏡子上看到的女人，竟然在他眨了眨眼之後就消失無蹤了。或許那只是因為太過害怕，所以才有的錯覺。

就在香月從廁所回到客廳時，翡翠剛好也醒了，只見她害羞得雙頰飛紅，模樣相當可愛。香月正打算要出言調侃兩句，沒想到有本剛好走進了客廳。孤男寡女在深夜裡獨處，其中一方還紅著臉，一副含羞欲顛的模樣，那景象恐怕已經造成了有本的誤解。有本向兩人說了一句：「**我去廁所**。」接著就走向西棟，大約十五分鐘之後，他才走了回來，向兩人以視線行了一禮後，匆匆進入東棟。

他待在西棟的時間似乎有點過長，但一來他有可能是拉肚子，二來有可能是故意不想打擾兩人談情說愛。不過，有本向來是個粗線條的人，從來不懂得體諒他人，因此後者的可能性並不大。別所還曾經偷偷抱怨，有本的身分雖然只是一介編輯，但他相當自負，常說黑越的作品能夠賣座全是他的功勞。在這水鏡莊內，他也是一副意氣風發的態度，宛如把這裡當成了自己的家。

「十五分鐘要殺一個人，應該是足夠的。」

鐘場聽了香月的描述後說道。

沒錯，確實是足夠的。香月沒有強調這一點，只是因為根據翡翠的靈視，可以確定他不是凶手。

「嗯，或許吧！不過打從八點左右，我們在客廳聊天的時候，他就去了好幾次廁所，或許真的是吃壞了肚子。」

第二人正是別所幸介，時間大約是一點左右。

當時香月正好在問翡翠是不是該睡了，所以很清楚地記得時間。別所一走進客廳，看見兩人還沒有睡，臉上的表情似乎有些驚訝，但他馬上就丟下一句：「我去廁所。」便走向西棟。如今回想起來，當時他的態度確實有些可疑，原本一直黏著翡翠的他，竟然對翡翠連看也沒看一眼，就離開了客廳。

「但如果他一直跟在靈媒少女的身邊，或許真的沒有機會上廁所。」

鐘場說道。

「啊，這麼說也有道理。」

正因為一直憋著沒上廁所，所以當酒醒了之後，立即跑廁所也是合情合理的事。香月心中暗叫不妙，或許因為自己已經知道真凶是誰的關係，想像力受到了箝制。何況當時別所的身上還穿著襯衫及牛仔褲，可見得他還沒有換衣服就醉得不省人事，醒來後急著想上廁所也很正常。

就跟有本一樣，別所也是在大約十五分鐘後回到客廳。香月還記得自己當時發現別所的臉色不太好，問了一聲「你還好嗎？」別所只是點點頭，就匆忙走回東棟去了。

最後的新谷由紀乃，則是在一點四十五分左右通過客廳。

這個時間有紀錄可以作證。當時香月正在跟翡翠討論要不要回房間，翡翠聽香月說起剛剛在鏡子裡看見奇怪的女人，主張應該再堅持一下，香月也只好同意了。剛好就在那個時候，香月想起有一封工作上的電子郵件還沒有回覆，因此趕緊取出智慧型手機，回了那封信。信件寄出的時間紀錄，正是一點四十五分，數分鐘之後，新谷由紀乃就出現了。

由紀乃就跟別所一樣，發現兩個人還坐在客廳裡，有些嚇了一跳。翡翠向她解釋自己正在等著靈異現象出現，由紀乃一臉恐懼地說了一句：「你們別嚇我。」看來就像別所說的，由紀乃很害怕待在這棟水鏡莊內。不過，當時由紀乃的身上穿著一件薄薄的白色洋裝，看起來像是睡衣，如果悶不吭聲地站著不動，其實也跟女鬼沒什麼兩樣。如果在暗處遇到，就算是香月，恐怕也會嚇得魂飛魄散吧！

香月及翡翠接著還詢問由紀乃，到底遇上過什麼樣的靈異現象？在這種夜闌人靜的時候問起撞鬼經驗，對由紀乃來說或許就跟故意找碴沒有兩樣，但她猶豫了一會之後，還是回答了這個問題。她說每次住在這棟水鏡莊內，晚上睡覺的時候都會聽見奇怪的敲門聲。而且常常會覺得走廊上的那些鏡子映照出了人影，但轉頭一看，總是一個人也沒有……

「再說下去，我就不敢一個人上廁所了。」由紀乃嘟著嘴丟下這句話後，就走向了西棟。大約十分鐘之後，她走了回來，表情有些驚惶失措。翡翠問她怎麼了，她說剛剛好像在走廊的鏡子裡看見了女人的臉孔。

香月對由紀乃說：「可能是因為剛剛跟我們聊了那樣的話題，所以才產生了幻想，一定是看錯了吧！」

由紀乃稍微恢復了鎮定，對兩人說：「如果你們還不睡，不如我們泡茶來喝吧！」於是香月及翡翠就幫由紀乃泡了茶。

原本只是香月主動說要幫由紀乃泡茶，沒想到後來連翡翠也一起跟進了廚房，或許是因為一個人待在客廳裡，她也會感到害怕吧。

「所以你們三人就在一起泡了茶？在你們泡茶的時候，有沒有可能有其他人通過客廳？」

「應該不可能。在廚房裡可以將西棟的走廊看得一清二楚，如果有人通過，我們應該會察覺。何況我那時候因為沒事做的關係，一直在觀察著周遭環境。」

事實上是因為身穿單薄洋裝的由紀乃實在太性感的關係，香月才刻意避開了視線。隨著泡茶動作輕輕擺動的胸部、彎下腰時顯露出的纖細腰線、自裙底露出的赤裸雙腳……香月不敢一直盯著看，所以刻意將視線移向走廊的方向。正因為這個緣故，香月可以斬釘截鐵地說絕對沒有人通過走廊。

泡完茶之後，香月、翡翠與由紀乃三人一起聊天，聊了大約三十分鐘。由紀乃在兩點半左右離去，香月與翡翠則堅持到了三點左右。在這段期間裡，鏡子裡也沒有再出現什麼可疑的東西。翡翠終於放棄，決定回房間去。香月將她送回房間之後，也回到了自己的房間，不久後就睡著了。

黑越的推測死亡時間為十二點到兩點之間，因此這時黑越早已遭到殺害。

「簡單來說，凶手一定就在這三人之中，但不知道是哪一個，是嗎？」鐘場說道。

「是的。」

香月看著地板上的痕跡，那裡是凶器的掉落地點。

「凶器是推理小說獎的獎盃？你也得過這個獎嗎？」

「怎麼可能。」香月搖頭說道：「像我這種新進作家，哪能高攀得起。」

「鑑識課的人把獎盃帶回去了，正在進行精密檢查，但整座獎盃都有擦拭過的跡象，要找到指紋恐怕不容易。獎盃的重量並不輕，不過也沒有重到女人拿不起來的程度，所以即使是新谷由紀乃，也有可能拿它來殺人。凶手是趁著受害者轉過身的時候，拿著獎盃像這樣從右側朝著受害者的後腦杓敲下去。敲了第一下之後，受害者就跪倒了，後來凶手又敲了兩次，所以地上濺了不少鮮血。從傷痕來判斷，凶手應該是以右手持凶器。你知道那三個人的慣用手分別是哪一手嗎？」

「很可惜，三個人都是右撇子。」

「怎麼說來，唯一的線索只剩下……」

鐘場與香月的視線聚集在同一點上——書桌的角落，那個以血寫成的奇妙符號。那顯然是出自凶手之手，以現場的面紙代替筆，以受害者的血代替墨水。

「看起來像是個卍字。」

「《黑書館慘案》這本小說裡，也提到過類似的符號。」

「這本書的內容，跟這次的命案有關嗎？例如，殺害手法類似，或是使用了相同的圈套？」

「不，完全沒有關係。多半只是一種障眼法而已。」

「原來如此，所以你才叫我下令勘驗盥洗室？」

畢竟兩人已經一起解決過不少案件，鐘場馬上就看出了香月心中的盤算。

「沒錯，凶手寫下這個符號，必定只是為了掩蓋一些對凶手不利的痕跡。根據我的推測，凶手可能是一時沒站穩腳步，不小心伸手在桌面上按了一下。如果只是單純留下指紋，只要像擦拭凶器一樣擦去就行了，但如果以沾了血的手掌按了桌子，就會留下血手印……」

在作為凶器的獎盃上，有不少鮮血沒有擦拭乾淨的痕跡。那很可能是因為凶手在擦拭指紋的時候，不小心手滑了一下，導致鮮血沾在手掌上，而凶手不斷擦拭凶器，所以才會留下大量鮮血被擦拭過的痕跡。雖然指紋可以輕易擦掉，但沾在手掌上的血並沒有那麼容易擦乾淨。後來凶手又不小心伸手按了桌面，所以在桌面上留下了血手印。

當然如果沾在手掌上的鮮血並不多，留在桌面上的血手印可能並不完整，但即使只是手指或手掌的一部分，上頭的部分指紋還是可能成為關鍵性的證據。凶手於是拿現場的面紙將血手印擦掉，但又擔心被警方驗出血手印的痕跡，由此推測凶手的手曾經沾上鮮血，所以凶手又以面紙沾血，在痕跡上畫了一個符號。

如果以上這些假設成立，凶手一定會跑到盥洗室裡洗手。昨天晚上凶手在殺了人之後，必定會通過香月及翡翠的面前，但昨晚他們三人的手上當然都沒有鮮血。

所幸黑越的屍體一大清早就被人發現，所以香月能夠在第一時間要求所有人不要使用西棟的盥洗室。森畑也聲稱她在早上進入別墅後，不曾走進盥洗室內，所以盥洗室裡頭的證據應該保存得相當完整才對。

「現在鑑識課的人正在檢查盥洗室，那三個嫌疑人的指紋也都採集好了。為了保險起見，接下來我還想讓他們做個血跡反應檢查。」

「血跡反應檢查恐怕意義不大，我們昨天舉辦了烤肉大會，他們三人都曾經幫過忙。」

鐘場一聽，不禁咂了個嘴。

血跡反應檢查所使用的發光胺（luminol），會對血紅素及肌紅素產生反應，但肉類上頭必定含有這些成分，他們三人既然幫忙處理過烤肉，手掌驗出反應的機率非常高。何況就算不曾幫忙處理過烤肉，凶手也可以用「流了鼻血」之類的藉口來為自己脫罪。換句話說，血跡反應檢查的證據力非常薄弱。

當然靠這個檢查來找出最有嫌疑的人物還是有效的做法，但香月早已靠翡翠的靈視能力得知了真凶的身分，根本不需要這麼做。

要怎麼證明別所是真凶？這是當前的唯一問題。

要怎麼樣才能以科學辦案的精神，來驗證翡翠的靈視結果？目前根本沒有任何證據能夠證明別所是凶手。要怎麼做才能掌握證據？

「總而言之，凶手必定在這三個人之中。只要詳細勘驗盥洗室，或許就能找到關鍵性的證據。」

鐘場說道。香月心想，確實沒有錯，或許自己什麼也不用做，警察就能自行破案。

當香月走回客廳時，發現翡翠正站在大鏡子前面，她看著那一面古老的鏡子，露出了不知如何是好的表情。

今天的翡翠，身上穿的是一件表面帶有光澤的無袖上衣，裸露在外的雪白肩膀卻無力地下垂著。她臉上的妝化得相當仔細，並非敷衍了事，可見早在遺體被人發現之前，她就已經起床了。跟昨天的妝比起來，她今天的妝多了幾分神祕感，在氣氛上與這座古老的山莊可說是相當合拍。

如果黑越沒有遭到殺害，她今天應該會以靈媒的立場，針對山莊內發生的靈異現象做出一些建議才對。雖然翡翠並不具備驅除惡靈的能力，但只要能夠找出惡靈作祟的原因，加以供奉或採取其他適當的措施，還是能夠提供相當大的幫助。她化這樣的妝，多半是為了讓黑越更加相信她的能力吧！

除了翡翠之外，客廳裡還有一些身穿制服的女警站在牆邊。照理來說，客廳應該也在勘驗的範圍之內，或許是已經結束了。除了盥洗室之外，為了保險起見，警方還將廁所、浴室及撞球室也納入鑑識的範圍。至於涉嫌重大的三人，則在其他房間接受詢問。

「妳還好嗎？」

香月向凝視著大鏡子的翡翠搭話。

「嗯。」

翡翠茫然若失地點了點頭。

「聽說這是維多利亞時代的鏡子，當時正是你們靈媒最活躍的時代。」

香月想起了黑越說過的話，指著大鏡子說道。

「聽說我的曾祖母……是一位英國的靈媒。」

翡翠將視線從鏡子上移開，低著頭說。

在過去的閒談之中，香月得知翡翠有四分之一的北歐血統，她的祖母是英國人。

「怎麼說起來，妳的體質其實是來自於遺傳？」

「應該吧！聽說曾祖母的上一代也是靈媒……根據一些古老的照片，我的祖先打從二十世紀的初期，就已經擁有靈媒的身分了。而且從曾祖母再往上幾代，還可以追溯到一個受到詛咒的法國家族的分支……桑松家族。」

「法國的桑松家族？難道是……」

「其中最有名的人物，應該就是夏爾·亨利·桑松（Charles-Henri Sanson）。」

「法國革命時期的劊子手？以斷頭臺斬殺了無數罪犯的那個……」

「至於是真是假，已經難以考證了。」翡翠露出有氣無力的微笑。「也有可能是曾祖母或前一代的靈媒為了讓名頭更加響亮，故意謊稱自己是桑松家族的後代子孫。但如果這血統是真的……或許我這一生注定要不斷散播死亡。」

桑松家族是一個相當古老的劊子手家族，其第四代的當家亨利·桑松斬殺的人數，據說在人類歷史上的所有劊子手內排名第二。不過，亨利·桑松雖然有著如此駭人聽聞的資歷，但據說是個心地相當善良的人，曾經表示過希望能夠廢除死刑制度。

「黑越遭到殺害，並不是妳的錯。」

繼結花的命案之後，又遇上黑越的命案。短短的時間裡，連續遇上兩個人死亡，似乎讓翡翠感到相當沮喪。

「到目前為止，我的血脈已經害死了許多人，或許這就是擁有異常能力的代價吧！我永遠沒有辦法擺脫這個命運，而且總有一天我將會得到報應。」

翡翠虛弱無力地垂下了雙眸的睫毛，緩緩搖頭說道。

「報應？」

「最後死神一定會來到我的面前，砍下我的腦袋。這個預感在我的心中越來越強烈。」

「沒那回事……」

香月一時之間不知該如何安慰翡翠。

「應該是我想太多了吧！畢竟我根本沒有預知未來的能力。」

原本低下頭的翡翠，驀然抬起頭來，仰望著香月，勉強擠出笑容說道。

回想起來，過去翡翠也曾經提過關於死期的話。真的是想太多了嗎？真的可以一笑置之嗎？她的預感之中，她會以什麼樣的方式死去？

香月看著翡翠臉上那疲軟無力的微笑，心裡明白她不願意再談論這個話題。

「總之，先到我的房間去吧！」

香月帶著翡翠，進入了當初黑越分配給自己的房間。香月讓翡翠在床邊坐下，自己則拉了房內的椅子來坐。躊躇了一會之後，香月還是決定向她詢問跟命案有關的事情。

「翡翠，妳說妳靠著靈視能力得知別所幸介是凶手。妳靠的是什麼樣的靈視能力？妳並沒有進行降靈儀式，對吧？」

翡翠微微頷首，垂下了頭，放在膝蓋上的雙手緊緊握拳。

「是氣味。」

「就是妳以前說過的那個靈魂的氣味？」

「是的……昨晚別所先生上完廁所回來，我突然有種奇妙的感覺。別所先生身上的氣味有了非常大的變化，他開始抱持一股非常強烈的罪惡感，而且靈魂彷彿因為恐懼而不斷顫抖著。如果以顏色來比喻的話，就好像是原本白色的東西突然變成紅色，讓我感到一頭霧水。但我那時候還有些醉意，並沒有完全清醒……而且這個水鏡莊一直給我奇怪的感覺。」

翡翠以帶著歉意的口吻說道。

「奇怪的感覺？」

「這個水鏡莊好像有一種奇妙的氣味……那氣味非常詭異，我也不知道該怎麼形容，卻讓我不由自主地感到害怕。我無法分辨這個氣味的散發者是否帶有惡意……不，甚至連是否具有自我意識也沒有把握。我只能強顏歡笑，不然我感覺連我自己也會遭到吞沒……」

翡翠環抱著自己的雪白肩膀，身體微微顫動。

「那氣味……是否跟傳說中發生在這裡的黑書館事件有關？」

「我也不知道，但確實跟俗稱的『鬧鬼場所』的氣味有幾分相似。如果能夠親眼目擊靈異現象，或許能夠看出一些端倪……」

翡翠垂頭喪氣地搖了搖頭。

「整體來說，就是這股氣味妨礙了我的判斷。就好像是突然聞到一股強烈的惡臭之後，對其他氣味的嗅覺會變得遲鈍一樣。而且我昨天晚上還喝了酒，所以別所先生從廁所回來時，我一直以為是我的感覺變得不正常了。因為我從來不曾遇過一個人的氣味會在這麼短的時間內，發生這麼巨大的變化……」

香月心想，從命案現場的狀況來看，那確實是臨時起意，並非計畫性的犯案。就算是翡翠，應該也沒什麼機會聞到剛剛殺了人的凶手身上的氣味吧！

「這麼說來，妳是在今天早上案發之後再次見到別所，才確信並非自己的感覺出了錯？」

「沒錯，我可以肯定那是懷抱罪惡感與恐懼的殺人者，所散發出的氣味……對不起，我說了那麼多藉口……」

「藉口？」

「這些都只是藉口，不是嗎？如果我早一點把這件事告訴老師……而且對於水鏡莊的氣味，我也沒有說明清楚……」

「不，就算妳提早說了，也不能改變什麼。這次跟上一起命案不一樣，並沒有預告有人將會送命的泣婦，而且死者也不是遭亡靈殺害，妳不必負任何責任。」

「如果我出面作證，警察會逮捕別所先生嗎？」

「靈視並不具證據效力。目前警方只鎖定那三人涉嫌重大，還沒有找到別所是凶手的明確證據。」

「原來如此……對不起，我完全沒幫上忙……」

「別所的志向是當個推理作家，因此他知道如何徹底消除證據，也是理所當然的事情。現在我只希望能夠找到足以將他定罪的證據……這次跟結花那次的情況不同，妳沒有出現所謂的『靈魂共鳴』？」

「是的，因為黑越老師是男性，年紀又相差太遠，跟我是完全不同類型的人。根據我的經驗，要發生『靈魂共鳴』，必須要有某種程度上的affinity……呃，該怎麼解釋呢？類似性？總之，我跟過世者必須要有共同的特徵。」翡翠低著頭繼續說道：「倒是有一點……我也不知道能不能算是線索……」

「請說。」

「我……作了夢。」

「作夢？」

「那是個相當清晰又奇妙的夢，但我不曉得跟命案有沒有關聯。」

「什麼樣的夢？」

「全部共有三段，但因為是睡著時作的夢，我也不敢肯定這三段是同一個夢，還是分別屬於三個夢。」

香月聽得一頭霧水。

「總之你先聽我說明……在第一個夢裡，出現了有本先生。對了，所有的夢都有一個共通點，那就是夢境裡的我，似乎都不是我……我也不敢肯定，在夢境裡是否存在著我這個人……總之在第一個夢裡，我全身動彈不得，我沒有辦法轉動自己的臉，甚至不敢肯定我有沒有身體，而且也沒有辦法發出聲音。」

翡翠看了香月的疑惑的表情，趕緊解釋道，她拚命想要傳達夢境中的所見所聞。

香月看著翡翠的表情，專注地在心中嘗試加以解釋，同時點點頭，催促她繼續說下去。

「有本先生來到了我的面前，對我伸出手。就在他的手快要碰到我的臉的時候，我忽然感覺天旋地轉，接著就什麼也看不見了。」

「然後呢？」

「第一個夢到這裡就結束了，緊接著是第二個夢。在第二個夢裡，出現了別所先生。在一陣頭暈目眩之後，我突然看見別所先生出現在我的面前。他一直盯著我看，距離非常近，鼻子快要碰到我的臉……我覺得很不好意思，但我沒有辦法轉過頭，也沒有辦法移開視線。

接著別所先生摸了我的臉頰，但我完全沒有臉上的皮膚被人觸摸的感覺……不久之後，他就離開了，第二個夢也就到此結束。」

「這麼看來，第三個夢裡應該出現了新谷？」

「沒錯，新谷小姐來到我的面前，也是立刻朝著我的臉伸出手。我又感覺到一陣暈頭轉向，什麼也看不見了……就在我納悶為什麼會這樣的時候，新谷小姐又突然出現。她好像再次摸了我的臉頰，但馬上就縮回手，從我的面前離開了。第三個夢就到此結束。」

「以上就是全部的夢境？」

香月嘆了一口氣，輕輕摸著下巴。老實說，心裡有些失望，但盡量不想表現在臉上。

翡翠所描述的夢境內容，實在太過雜亂無章。一來有可能真的只是單純的夢境，二來就算真的是類似靈視的現象，如果沒有辦法加以解讀，還是沒有任何意義。雖然跟結花事件時的『靈魂共鳴』相比，在細節上比較清楚一些，但這樣的內容實在不太可能對釐清案情有任何的幫助。

「你經常作像這樣的夢嗎？」

「不，這是第一次。」翡翠縮起了肩膀，以充滿歉意的表情說道：「我總覺得……這似乎也算是另外一種的共鳴現象。像是依附在這個水鏡莊的某種東西，想要向我傳達某種訊息，或者可以說是存在於這棟建築物內的某種意識，流入了我的體內……」

翡翠咬住了自己的嘴唇，顯得有些不甘心，似乎在埋怨自己無法提供更明確的訊息。

以現階段的狀況來看，香月與翡翠能做的事情實在相當有限，反正有嫌疑的人物只有三人，搞不好警方再過不久就多能找到物證了。香月因為睡眠不足的關係，現在只想要好好休息一下。

但是到了這天下午，案情卻出現了重大變化。

警方以新谷由紀乃涉嫌重大，將她帶回了警署。

＊＊＊

「首先，我們針對從現場扣押的筆記型電腦進行了調查。黑越在電腦裡設定了密碼，我們原本以為要花上不少時間才能破解，但黑越的兒子告訴了我們幾個有可能是密碼的字串，幫助我們順利從中找到了密碼。我們查看了儲存在筆電裡的電子郵件，從中找出了可能跟犯案動機有關的信件。你也知道我們警察的電腦破解團隊相當優秀，就算是已經被刪除的信件，也是可以救回來。我們找到的是黑越與新谷之間往來的一些信件，從中證實這兩人有婚外情的關係。」

香月正在轄區警署內部的一間小房間裡，聽著鐘場的解釋。

香月坐在一張老舊的鐵椅上，鐘場則拿著偵查資料站在一旁，似乎並不打算拿椅子來坐。開始解釋之前，他告訴香月：「五分鐘就說完了。」或許是打算馬上就要離開的關係，所以懶得坐下吧！

「而且我們調查那張書桌，也發現了新谷由紀乃的指紋。」

「聽說她已經來過水鏡莊好幾次了，就算在黑越的工作室裡發現她的指紋，應該也不是什麼奇怪的事情吧？」

「話是這麼說沒錯，但我們在筆記型電腦的鍵盤及觸控面板上，也發現了她的指紋。雖然難以精確研判每一枚指紋的先後順序及時期，但在『最後使用筆電的是黑越而不是新谷』的前提之下，照理來說，應該會有大量的黑越指紋，將新谷的大部分指紋蓋掉才對，然而實際的情況並非如此。由此可知，她應該是在殺害了黑越之後，為了避免被警察發現動機，所以使用黑越的筆電，將兩人之間往來的信件刪除了。」

「殺害的動機是什麼？」
「多半是情殺吧！不知道是黑越想要分手，還是新谷想要逼黑越跟她結婚，我想黑越應該並不打算跟妻子離婚吧！何況黑越是個暢銷作家，新谷有可能打從一開始就是為了遺產而接近他。」
「新谷承認了？」香月問。
「她說她確實刪掉了電子郵件，但是當她進入工作室的時候，黑越早就已經斷氣了，這想也知道一定是謊言。她還供稱，刪除電子郵件的理由是遭到了威脅。她說她跟黑越提分手，黑越不肯答應，還拿了她的私密照片來威脅她。她很想偷偷把照片刪掉，但是一直找不到機會，直到發現黑越死了，她才趕緊將電腦上的照片都刪除。」
鐘場聳了聳肩回答道。
「這麼說來……你們打算逮捕她？」
「是啊！已經申請了逮捕令。不管是動機還是物證都很充足，接下來只要拿著搜索票到她家搜查，再找出一些證據，就可以起訴了。」
香月不禁皺起了眉頭。這完全是抓錯了人，但自己的手上也沒有任何推論及證據能夠推翻警方的判斷，就算翡翠靠著靈視的能力看見了真相，但是一介靈媒說的話，根本無法當作證據……

「凶手把凶器上及房間各處的指紋擦拭得乾乾淨淨，卻留下筆電上的指紋沒擦，這不是相當矛盾嗎？」

「多半是疏忽了吧！大作家，我說一句可能會讓你覺得不中聽的話，現實畢竟不能跟推理小說相提並論。在現實的案件裡，就是有可能發生像這樣的疏失。別的不說，凶手以沾上了鮮血的手掌摸了桌子，這不也是一個疏失嗎？有一就有二，多幾個疏失也是相當合理。」

「盥洗室的勘驗呢？有沒有發現什麼？」

「有，非常明顯的血跡反應。新谷一定在那裡洗掉了手上的血跡。」

「沒有發現其他疑點？」

「我想想……我們在鏡面櫃的鏡子上發現了一小塊區域，唯獨那裡的指紋被人擦拭掉了。鑑識人員認為不太對勁，於是對那一小塊區域進行詳細檢查。除了發現微弱的血跡反應之外，還找到了兩枚新谷由紀乃的指紋，那兩枚指紋都來自於同一根手指。多半是新谷不小心以沾著血的手指碰觸了鏡面，她趕緊將指紋擦掉，後來又不小心碰到了。」

「兩枚相同的指紋……這意思是她以相同的手指碰觸了兩次？而且是在剛剛才擦拭完指紋之後？」

「這種疏失也不是不可能發生。」

這確實是個疑點，但從另外一個角度來看，似乎反而證明了新谷企圖湮滅證據。

「問題是……她為什麼要觸摸鏡面櫃的鏡子？」香月問。

「這我們也不清楚。我們曾要她說個明白，但她卻說在見到律師之前，不會再說一句話。」

「鏡面櫃裡頭呢？有沒有發現什麼？」

「什麼也沒有。不僅沒有血跡反應，而且只有黑越的指紋，也沒有擦拭的痕跡。」

「既然如此，新谷沒有任何理由必須觸摸鏡子。這實在是說不過去。」

「大概是不小心摸到了吧！除此之外，想不出合理的解釋。」

「但是……」

香月緊咬嘴唇，陷入了沉思。

為什麼新谷要連摸兩次鏡子？既然鏡子上有擦拭過指紋的痕跡，代表凶手也觸摸過鏡子。他們觸摸鏡子的理由到底是什麼？

香月低下了頭反覆推敲，但是想來想去，實在想不出什麼合理的解釋。

鐘場是個相當高明的刑警，香月所指出的矛盾處，照理來說，他不會視而不見。但如今他卻受「凶手是新谷由紀乃」這個先入為主的觀念所束縛，企圖將矛盾點當成單純的疏失。

不，等等……真正的情況有沒有可能剛好相反？

自己是靠著翡翠的靈視，才知道凶手是別所幸介，但如果不知道的話，自己會做出什麼樣的判斷？

如果翡翠並沒有被捲入這樁命案之中……單以現有的證據來看……

自己或許也會懷疑新谷由紀乃是凶手，不是嗎？是否因為早已知道別所幸介是凶手，導致自己的視野變得狹窄了？

問題是……別所幸介真的是凶手嗎？

翡翠擁有特別的能力，這是無庸置疑的事情，但她的靈視能力，仰賴的是靈魂所散發出的「氣味」，她並非擁有千里眼，親眼看見別所幸介殺了人。

有沒有可能別所是基於其他的理由而產生強烈罪惡感，導致靈魂的氣味發生了變化？

這並非不可能，不是嗎？

「怎麼？看你的表情，你好像不太服氣？」

鐘場好奇問道。

「倒也不是……只是總覺得無法釋懷。」

「不然你有其他人才是真凶的證據嗎？」

「沒有……」

「如果你不認同，大可以像過去一樣，以合理的推論來說服我。只要能夠逮捕真凶，要我提供任何協助都沒有問題。但你要是提不出來……我只好請你離開了。」

在鐘場的催促下，香月只好站了起來。

就算再怎麼絞盡腦汁，也不可能找到能夠說服鐘場的推論。

香月史郎走在一片寧靜的警察署內，內心不斷說服自己「**這也是沒有辦法的事**」。

來到了門口附近，香月看見一名少女坐在等候室內。

城塚翡翠。宛如機械洋娃娃一般的美麗少女，臉上的表情蒙上了一股焦躁之色，平常總是梳理得整整齊齊的柔軟黑髮，此時一絲絲疲軟無力地下垂著，顯得有些凌亂。

「老師，結果如何？」

翡翠站了起來，走向香月，一臉不安地問道。香月搖了搖頭。

兩人一同走向門外，通過自動門的瞬間，半冷不熱的微溫空氣撲面而來。外頭已有些陰暗，香月的身體驟然感覺到一陣強烈的疲勞。

香月邁步走向停車場，翡翠必須盡全力追趕，才能夠跟得上香月的步伐。

「為什麼老師什麼也不跟我說？」

「因為我們能做的事情，都已經做完了。」

「可是……」

香月走到車邊，正要解除車門鎖，翡翠的嬌小身體忽然繞到前方，擋住香月的去路。

「老師，求求你想個辦法！新谷小姐真的不是凶手！這樣下去，她會被逮捕的！」

翡翠拚命哀求，香月卻只是默默注視著她。

「凶手是別所先生！你明明知道這一點，為什麼要眼睜睜看著無辜的人……」

「妳有證據嗎？」

「證據……」

翡翠瞪大了眼睛，她驚愕地張開了濕潤的雙唇，卻似乎不知該說什麼才好。

「可是……」

她的身體搖搖晃晃，似乎隨時會摔倒，她伸出了手，彷彿求救一般抓住了香月的手腕。

「可是……老師，你過去不是破解了很多懸案嗎？為什麼你這次如此輕易就放棄了……？」

「過去我協助警方辦案，基本上是鐘場警部找我幫忙。但這次他並不需要我，我不僅是個局外人，而且還是個門外漢。」

「但是倉持小姐那一次不是……」

翡翠的身體微微抖動，而且逐漸彎下了腰，彷彿正在忍受著痛苦，最後她的頭頂碰觸到了香月的胸口。

「結花那一次的情況比較特殊，她跟我有很深的交情，凶手奪走她的性命讓我感到非常憤怒。但是這一次……」

「或許對老師你來說，這只是一起平凡無奇的命案……」翡翠的聲音因悲傷而微微顫抖。「但是對我來說，卻有著特別的意義。」

「怎麼說？」

「我跟新谷小姐……一起參加了烤肉大會。」

「那又怎麼樣？」

翡翠緊抓著香月的袖口，香月忍不住望向翡翠的手指。那毫無血色的手指，緊緊揪住了自己的袖子，看起來像是因憤怒而輕微發抖，也像是因悲傷而不禁嘆息。

「或許我跟她能夠變成好朋友……在我不知所措的時候，她主動向我搭話，還烤肉給我吃。後來我們一起喝酒，她跟我說了很多有趣的事，陪著我一同歡笑，還跟我交換了很多貼圖。這樣還不夠嗎？因為只是這樣的關係，所以我不應該為了她的遭遇而憤怒嗎？」

想要幫忙朋友，有什麼不對？翡翠如此訴說著。

香月不禁嘆了口氣。一場舉辦在傍晚時分的山莊庭園餐會，一場平凡無奇的餐會。香月細細回想著那段時光。

原來翡翠所看見的世界，與自己有那麼大的差異，這甚至跟鬼魂或靈異現象都沒有關係。對自己而言，那只不過是枯燥乏味的日常生活的一部分，但是在她的眼裡，卻有如寶石一般燦爛而明亮。

「可是……我們根本沒有證據，能夠證明別所是凶手。」

「我們一定能夠找到證據。我相信老師一定做得到。」

「但是……我們甚至無法確定，人真的是他殺的。」

香月感覺到翡翠放開了自己的袖子，手腕有氣無力地下垂。

「連老師也……不相信我？」

原本身體所承受的重量驀然消失，翡翠往後退了一步。

「老師，請你告訴我……」

靈媒少女抬起了頭，碧綠的雙眸已是熱淚盈眶。

「如果我什麼也做不到，為什麼我要擁有這樣的能力？明明知道了真相，為什麼我完全幫不上忙……？」

翡翠的臉上露出了悲哀的笑容，宛如在嘲笑著自己的命運。

「我擁有這種特殊的能力，到底是為了什麼？為了讓別人害怕？還是為了獲得憐憫與同情？為了讓大家都認為我是一個滿腦子胡思亂想的瘋女人？」

香月凝視著翡翠臉頰上的淚光。

翡翠微低著頭，長長的睫毛上沾著淚珠，宛如草葉上的朝露，破壞了原本為了營造神祕感而化的妝。如果拿掉那些已經被淚水弄花的神祕感，她就只是一個柔弱無力的女人，不，形容為少女更加貼切。遭到疏遠，遭到憐憫，沒有辦法交到朋友，甚至也沒有辦法幫助他人，只能孤獨地打著哆嗦。

那雪白而光滑的肩膀，正因忍受著孤獨而頻頻發抖。香月並沒有選擇將少女擁入懷中，反而轉身邁步向前。

「老師……？」

香月就這麼遠離了一臉錯愕的少女，如果不這麼做，他將再也無法壓抑心中的衝動。

「鐘場！」

香月重新踏入了警署，不斷朝著深處邁進，並粗魯地大喊著。一名員警一臉狐疑地走上前來，制止香月繼續前進。

「請幫我叫鐘場！鐘場警部！」

「喂，怎麼了？為何在這裡大聲嚷嚷？」

不一會，鐘場來到了走廊上。

「逮捕的行動請先緩一緩。」

香月瞪著鐘場說道。

「為什麼？」

「別所幸介才是凶手。」

「怎麼推論出來的？有證據嗎？」

鐘場也回瞪香月。

「我馬上就去找。」

香月承受著鐘場的犀利目光說道。

「馬上就去找……？」

「請給我一點時間，拜託你了。」

香月不等鐘場回話，轉身邁開大步。

「喂！我只等你一個小時！」

香月背後傳來不耐煩的呼喊聲。
翡翠正在門口等著，香月帶著她走出警署，回到停車場上，坐進了車內。
「我現在要到常去的那家咖啡廳，把案情重新思考一遍。」
香月等到翡翠在副駕駛座坐好之後說道。
「我能幫什麼忙？」
「或許我會問妳一些問題，但是大部分的時間，我可能會保持沉默。如果妳願意的話，請妳陪在我的身邊。」
「我願意！」
翡翠點點頭，眼神流露出興奮的神采，於是香月發動了引擎。
「老師……」
香月沒有回應轉過了身，一面確認後方來車，一面踩下油門。
「謝謝你……」
翡翠的道謝聲傳入香月耳中。
「請老師利用你我兩人的能力找出真相，我相信老師一定做得到的。」

融合怪力亂神與邏輯理論，讓真相水落石出……

自己早已答應過，要當她的媒介，但時間已經所剩不多了。

＊＊＊

香月史郎沉浸在思緒的大海中，芬芳的咖啡香氣不斷挑逗著鼻孔，吸收了咖啡因的意識正處於亢奮狀態。

為了工作而經常造訪的咖啡廳，如今香月與翡翠正坐在包廂裡，店內除了兩人之外並沒有其他客人，耳中只聽得見曲調柔和的背景音樂聲。翡翠正坐在對面的座位，以嚴肅的眼神盯著香月看，並沒有多說一句話。香月翻開了從車上拿來的筆記型電腦，正在整理著關於命案的所有線索。

一個小時之內，必須歸納出別所幸介行凶殺人的合理過程。如今香月正在思考的環節，是關於翡翠所作的夢。

那並非單純的夢境，雖然沒有任何證據，但香月決定以這個假設為大前提。到目前為止，能夠進行推理歸納的線索，就只有那些夢境的內容而已。如今只能相信翡翠所說的，依附在水鏡莊的某種力量讓她作了那樣的夢。

香月首先整理出了三段夢境的大致內容：

①有本出現在翡翠的面前。有本朝翡翠伸出手。翡翠感到一陣暈眩，接著就什麼也看不見了。

②翡翠感到一陣暈眩。別所出現在翡翠的眼前。別所朝翡翠伸出手。別所離開了。

③新谷出現在翡翠的眼前。新谷朝翡翠伸出手。翡翠感到一陣暈眩，什麼也看不見。過了一會，新谷再次出現。新谷離開了。

這些夢境到底代表著什麼樣的意義？當然這樣的設問，是先假設這些夢境確實具有某種特殊的意義。那麼意義是什麼？這是一種抽象的表現方式嗎？

第一段跟第三段夢境雖然出現的人物不同，但發生的現象有共通之處。唯獨第二段不太一樣，是否因為別所就是真凶？

「翡翠。」

香月抬起頭，翡翠瞪大了眼睛，似乎有些嚇一跳。或許是因為臉上的妝都花了的關係，看起來像是個化妝失敗的懵懂少女，反而增添了幾分可愛的稚氣。

「是的，請說。」

「這三段夢境都是發生在相同的場所嗎？妳記不記得背景是什麼模樣？」

「背景……」翡翠皺起了眉頭，她以手指抵著粉紅色的下嘴唇，視線射向半空中，露出思索的表情。「唔……的確好像是某個曾經看過的場所。很有可能是水鏡莊內的某個地方，而且三段夢境的場所應該都相同……」

「妳在夢境裡動彈不得？」

「是啊！」

「他們朝妳伸出手，像是在摸妳的臉，但妳沒有被摸的感覺……？」

「嗯，該怎麼形容呢……那種感覺非常奇怪，好像自己的五感都消失了，變成了沒有生命的物體……」

「沒有生命的物體……」

這麼聽起來……這很有可能是實際發生過的景象。簡單來說，就是翡翠在夢境中，看見了那一晚在水鏡莊內實際發生過的景象。

依照這樣的假設，代表著那三個人都曾經在相同的場所，做出相同的舉動。

這有可能嗎？到底要採取什麼樣的舉動，才能造成這樣的結果？這條線索雖然令人百思不解，卻是目前唯一的希望。

偶然間，香月抬起頭來，看見翡翠正憂心忡忡地望著自己，兩條眉毛不安地垂掛著。

「我勸妳最好補一下妝。」

香月淡淡一笑，對她說道。

「咦？」

翡翠眨了眨她那水汪汪的大眼睛，接著打開了手提包，取出一個造型有如透明寶石的隨身鏡，她翻開鏡子一看，剎時滿臉通紅。

「對、對不起！我立刻去補妝……」

就在這個瞬間，香月彷彿看見了一道光芒。

「等一下！」

香月不由自主地將她喊住，翡翠一臉錯愕地看著香月。

那天晚上，那三人的行動還有一個共通點，那就是曾經通過客廳。既然如此，只要想一想通過客廳的理由，就能得到一個非常簡單的結論。再配上其他的線索，應該就能建立起一套「別所幸介為真凶、新谷由紀乃無罪」的合理推論吧？

香月的頭腦快速閃動，以驚人的速度進行計算及組合。

沒錯……在這樣的推論下，鏡子上的指紋就能得到合理的解釋……

雖然「凶手是別所」是已知的前提，但是在推論的時候，還是必須思考所有可能的情況，其中當然也包含其他人才是真凶的情況。唯有這麼做，才能夠說服鐘場。

「香月老師？」

真的有可能做得到嗎？上述的推論，只能將嫌疑者縮小為兩人，還需要其他的論點，才能讓推論趨於完整。但是要怎麼做，才能排除有本的涉案可能？如何才能排除？

香月將雙手放在筆電的鍵盤上，為了找出更多的論點，香月想要重新審視自己所記錄下的案情。但因為剛剛思考的時間過長，筆電已經自動上了鎖，輸入密碼的動作，令香月感到煩躁不已……

「不，等等……」

香月站了起來，往前走了數步，接著在店內繞起了圈子。

「原來如此……太簡單了……」

香月取出手機，打給了鐘場。

「鐘場，請幫我確認一件事。黑越的筆電，設定成多少時間之後會自動上鎖？」

十分鐘之後，鐘場來電回覆了這個問題。

「一個小時。每隔一個小時，筆電就會自動上鎖……喂，你的意思該不會是……」

不愧是鐘場，他似乎已看穿了香月心中的想法。

「沒錯，這樣嫌疑人就只剩下一個了。」

香月站在包廂的牆邊，對著電話另一頭的鐘場說道。

一旁的翡翠驚愕地抬頭望著香月，香月朝著她默默點頭。

靠著靈視能力，一瞬間就能知道凶手是誰，但是要建立起能夠加以證明的合理推論，卻是一件相當複雜而繁瑣的工作……

＊＊＊

隔天，別所幸介被逮捕了，由於本人也已坦承犯行，偵訊的過程相當順利。

數天之後，香月與翡翠見了面。兩人之所以沒有馬上見面，是因為雙方的行程剛好都排得很滿，沒有辦法擠出時間。

「老師，你到底是使用了什麼樣的魔法？」

一直到今天，香月才有時間向百思不解的翡翠說明真相。而兩人見面的地點，是在翡翠的家裡，據說千和崎誇下了海口，準備要製作超級豐盛的料理來款待香月。

這天還沒到兩人約定的時間，香月已抵達那位於摩天大樓極高樓層的翡翠住處門口，剛好看見一對夫妻從門內走了出來。那對夫妻帶著一臉幸福的表情，似乎長久以來鬱積在心頭的陰霾終於一掃而空了。

翡翠靠著她的特殊能力，能夠讓所有來訪的客人獲得幸福，但是唯有那些親自登門拜訪的人，才會打從心底相信她。

在現代社會裡，光靠翡翠的能力是不夠的，有時還是得借助邏輯分析的力量。

香月沒有辦法把真相告訴長久以來建立起信賴關係的鐘場，心中的焦躁感當然難以言喻。但這股焦躁感若與翡翠在日常生活中所嚐到的苦楚相比，恐怕還是小巫見大巫。明明知道真相，卻說不出口；沒有辦法受到信任，有時甚至還會被當成瘋子。那種難以獲得世人認同的痛苦，將會帶來多麼可怕的孤獨？

翡翠的臉上化著灰暗又陰森的濃妝，或許是為了應付剛剛的訪客吧！香月指出了這一點，她害羞得立即想要躲進房內，嘴裡直嚷嚷著要把妝改一改。香月好說歹說，才終於讓她打消了念頭。

今天來此的主要目的，只是要說明案情分析的細節。

「我用來說服鐘場的推論，該怎麼說呢……有一點點複雜。如果妳有聽不懂的地方，可以儘管發問。」

香月知道翡翠不愛看推理小說，說明的時候必須盡量淺顯易懂。

「首先我做了一個假設，那就是妳所作的夢是『那天晚上真實發生的事情』。翡翠，妳不是曾說過嗎？三段夢境的背景都相同，而且很有可能是在水鏡莊內。」

「你的意思是說，他們三人真的摸了我的臉？趁我在睡覺的時候……？」

翡翠一臉困惑地垂下了眉毛，臉頰出現了一抹紅暈。

「我不是那個意思。」香月笑著說道：「翡翠，妳不是說，妳在夢境中動彈不得，而且沒辦法移開視線嗎？根據這一點，我推測妳在夢境裡的身分只是一個旁觀者，就好像電影或電視的觀眾一樣。因為只是旁觀者，所以妳的視野範圍是固定的，妳所看見的景象有點像是攝影鏡頭所拍攝到的畫面。換句話說，那三個人靠近及伸手觸摸的對象，是一種類似攝影鏡頭的東西。但後來我又看見妳掏鏡子檢查臉上的妝，心裡想起了『水鏡莊』這個名稱的由來……」

「啊！難道是鏡子……」

「沒錯，水鏡莊裡到處都掛著古老的鏡子。新谷他們提到的靈異現象當中，就包含『**看見鏡子裡出現女人**』。事實上我也曾經親眼看到，一個有著藍色眼珠的女人出現在鏡子當中。如果讓妳在水鏡莊裡作那些夢的神祕力量與鏡子有關，我們可以合理推測妳在夢裡看見的景象，正是『**依附在鏡子裡的那個東西**』所看見的景象……」

「這麼說確實有些道理……嗯，一定是這樣。我在夢裡看見的是，那三個人照鏡子的景象！」

「他們三人通過客廳的時候，都曾說過要去上廁所。有本那天本來就經常跑廁所，別所則是要洗掉手上的鮮血。至於新谷，原本她可能只是想到工作室見黑越，但她發現黑越死了，於是趕緊將筆電裡的電子郵件刪除。接著她可能擔心自己不小心摸到了工作室裡的血跡，所以應該也會到盥洗室裡洗手。換句話說，這三人的共通點，就是他們都曾進入過盥洗室。根據這一點，我們可以推測出妳在夢境裡看見的景象，就是從盥洗室的鏡子裡，看見有本、別所及新谷三人依序進入盥洗室洗手的景象。」

「呃……這麼說起來，他們朝我伸出手，其實是把手伸向鏡子？為什麼他們要這麼做？」

「這一點，正是我的推論當中非常重要的關鍵。為什麼他們要朝著鏡子伸出手？為什麼每當他們伸出手之後，妳就會感覺到一陣暈眩，接著什麼也看不見？事實上，我到現在還依然清楚記得水鏡莊的盥洗室內的景象。因為那天晚上我也曾經上過廁所，當時我還很擔心半夜十二點鐘響時，盥洗室內的鏡子上會不會出現幽靈……沒錯，我記得非常清楚，盥洗室裡的鏡子其實是一座鏡面櫃。他們三人朝鏡子伸手，其實是為了打開櫃門。當櫃門一開，鏡子跟著翻轉，他們的臉當然會從妳的眼前消失，櫃門關上，他們的臉便又出現了。」

「但是他們為什麼要打開櫃子？」

「我為了向妳說明，特地把那天我記錄下的夢境內容列印了下來。」

①有本出現在翡翠的面前。有本朝翡翠伸出手。翡翠感到一陣暈眩，接著就什麼也看不見了。

②翡翠感到一陣暈眩。別所出現在翡翠的眼前。別所朝翡翠伸出手。別所離開了。

③新谷出現在翡翠的眼前。新谷朝翡翠伸出手。翡翠感到一陣暈眩，什麼也看不見。過了一會，新谷再次出現。新谷離開了。

「將這三段夢境根據剛剛的解釋加以改寫，就會變成這樣……」

①有本進入盥洗室。打開鏡面櫃。鏡子轉向另外一邊。

②別所進入盥洗室。關上鏡面櫃。鏡子映照出別所的臉。

③新谷進入盥洗室。打開鏡面櫃。鏡子轉向另外一邊。不久之後，新谷關上鏡面櫃。

「假如打開櫃門是為了不讓鏡子照到，為什麼有本跟新谷要做這種事？只要思考這兩人的共同點，馬上就能明白。」

「我知道了……他們害怕靈異現象，他們擔心鏡子裡出現幽靈……」

「沒錯，他們都曾有過類似的經驗，當然會心裡發毛。鏡子裡可能有不尋常的東西，而且正在看著自己……在洗手的時候，他們當然不會希望這麼可怕的鏡子就擺在自己的面前。幸好那是一座鏡面櫃，鏡子是固定在櫃門上，只要打開櫃門，鏡子就會朝向另外一邊，不會進入自己的視線範圍之內。另一方面，別所則是非照鏡子不可，因為他是在工作室內殺害了黑越，而工作室是整棟水鏡莊裡唯一沒有鏡子的房間。他在擊殺黑越的時候，鮮血濺得到處都是……如果臉上或衣服上沾著血跡，通過客廳的時候可能會被我們察覺到不對勁，因此他必須照鏡子，確認全身上下沒有異狀。然而，前一個使用盥洗室的有本，離開盥洗室的時候並沒有將櫃門關上，所以別所一進入盥洗室，第一件事就是關上櫃門。這樣的推論，完全符合妳在夢境中所看見他們三人的舉動。」

翡翠瞪大了眼睛，一臉錯愕地看著香月。

「以上就是那天晚上在盥洗室內發生的事情。」

「但是，老師……」翡翠不安地垂著眉毛說：「夢境的意義跟盥洗室內發生的事情，確實都可以解釋得通，但這對於鎖定凶手的身分，似乎沒有什麼幫助⋯⋯」

「不，當然有幫助。」

翡翠愣了一下，眨了眨眼睛，臉上的表情充滿了驚訝與稚氣。光是能看見她這樣的表情，對香月來說，這次的努力已經值回票價。

「接下來，我們必須把靈視所獲得的訊息，轉換成合理的邏輯分析。當這三人採取了我們剛剛所說的行動後，會得到什麼樣的結果？這個結果能夠對案情的調查帶來科學上的正面幫助嗎？答案是可以的⋯⋯關鍵就在於指紋。」

「指紋？」

「我想到鐘場曾經提過，盥洗室裡的鏡面櫃上有不尋常的痕跡。簡單來說，有一小塊地方的指紋被擦拭掉了，但上頭又沾上了新谷的兩枚指紋，而且是同一根手指的指紋。這代表新谷曾經以相同的手指，連續兩次觸摸過鏡面上鄰近的兩個位置。再搭配我們前面的推論，可以得到以下這樣的結論⋯⋯有本打開了鏡面櫃，離去時並沒有關上。別所殺死了黑越，走進盥洗室，為了確認身上有沒有血跡，別所關上了櫃門，但是在關上櫃門的時候，他使用的是沾有血跡的手指，因而在鏡面上留下了血跡及指紋，這就是別所必須擦拭鏡面的理由。根據推測，他應該是利用了從黑越的工作室取走的面紙，將鏡面上的血跡及指紋擦掉，所以鏡面上才會有一小塊地方的指紋被抹拭掉，後來又印上了新谷的指紋。只要這麼推論，就解釋得通了。」

「原來如此……後來新谷小姐也進入了盥洗室，她因為心裡害怕，不敢看鏡子，所以打開了櫃門，這時她的指紋就沾在櫃門上了。」

「而且新谷在離開盥洗室的時候，將櫃門關上了，所以她前後共摸了兩次櫃門，鏡面上當然會留下相同手指的兩枚指紋。依循上述的推論，我向鐘場提出了三種假設，來探討誰才是殺害黑越的凶手。」

「三種假設……」

「沒錯，我知道鏡面櫃被人打開及關上的詳細過程，是因為聽妳描述了夢境，但我總不能這麼告訴鐘場，所以過程中的每一個環節，都必須詳細驗證。值得注意的是，以下這三個假設都有一個前提，那就是在半夜十二點的時候，鏡面櫃的櫃門是關上的狀態。因為我在那個時候上了廁所，我自己可以證明當時盥洗室的鏡面櫃櫃門是關上的。」

接下來，香月向翡翠逐一說明了這三種假設。

「首先，我們假設①新谷由紀乃是凶手。如果她是凶手，這代表在她之前使用過盥洗室的有本或是別所曾經打開櫃門，而且離去前並沒有關上。新谷進入盥洗室之後，為了查看自己的臉上有沒有血跡，所以將櫃門關上，關上櫃門的時候，鏡面沾上了血跡及指紋，所以她趕緊將血跡及指紋擦拭掉。但是從實際上的狀況來看，她在擦拭過的地方，又沾上指紋兩次。為什麼她在特地將鏡面擦拭乾淨之後，還要觸摸鏡面兩次？唯一想得到的理由，是她害怕看見幽靈，所以先將櫃門打開，等到過一會要離去的時候，才將櫃門關上。但是這樣的推論其實並不合理，因為她在擦拭完鏡面之後，大可以立刻離去，為什麼還要逗留在鏡子前面？既然她已經擦拭完了鏡面，代表她一定已經把手上的血跡洗乾淨了，沒有理由繼續留在盥洗室裡。由此可知，假如新谷由紀乃是凶手，在鏡面上殘留兩枚指紋實在找不到合理的解釋。

但是對於我這個說法，鐘場持保留的態度。他認為雖然殘留兩枚指紋不合理，但也有可能只是單純的疏忽。不過反過來說，只要能夠找到更加合理的假設，『新谷是凶手』的假設當然就不會被採用。畢竟如果只疏忽一次，那也就算了，連續兩次都不小心留下指紋，怎麼想都不太可能。」

翡翠皺起了眉頭，默默聽著香月的說明。

此時，千和崎走了過來，端上冰咖啡。香月心想，正好休息一下。

「看起來翡翠已經一個頭兩個大了。」

千和崎說道。畢竟她們兩人算是朋友關係，千和崎在私底下並沒有稱呼翡翠為老師，也是理所當然的事情。

翡翠鼓起臉頰，瞪了千和崎一眼，千和崎絲毫不以為意，哼著歌走回廚房去了。

「別擔心，請繼續說吧，我都聽懂了。」

翡翠賭氣說道。

「接著，我們假設②別所幸介是凶手。如果別所是凶手，根據剛剛的推論，一定是有本打開了櫃門後沒有關上。別所將櫃門關上的時候，指紋及血跡沾在鏡面上，他將指紋及血跡擦拭乾淨後離去。接著新谷來了，先打開櫃門，接著又關上，所以在擦拭過的鏡面上，殘留了兩枚新谷的指紋。這樣的假設，完全符合實際的狀況。」

香月一邊品嚐著冰咖啡的美味，一邊繼續說明。

「這個假設有什麼問題嗎？」

「沒什麼問題，但也沒有辦法排除其他人的嫌疑。」

香月接著開始說明第三個假設。

「最後，我們假設③有本道之是凶手。事實上這個假設，也可以找到完全符合現況的推論。假如有本是凶手，由於鏡面櫃一開始是關上的，照理來說他想要照鏡子，並不需要碰觸鏡面，如此一來，鏡面不會沾上血跡及指紋，當然也就不應該有擦拭的痕跡。但是從有本那天表現出來的態度，可以看出他是個相當怕鬼的人，所以他有可能會因為害怕看見幽靈，所以在洗手之前先將櫃門打開。當然一個剛剛才殺過人的凶手會不會怕鬼，頗有商榷的餘地，但我們還是不能排除這個可能性。如果這個假設成立，這代表有本在進入盥洗室後，因為害怕鏡子，所以打開了櫃門，造成鏡面沾上血跡及指紋。有本先將手洗乾淨，接著關上櫃門，確認臉上沒有血跡之後，將鏡面擦拭乾淨，接著才離去……在這樣的假設之下，接著進入盥洗室的別所，當然就沒有碰觸鏡面櫃的理由。再下一個進入盥洗室的新谷，也因為害怕幽靈的關係，而做出了打開及關上櫃門的動作，所以鏡面上只留下了她的指紋。這樣的假設完全符合現況，這點曾經讓我煩惱了好一會。」

「我在夢境裡看得一清二楚的事情……為了讓鐘場先生相信，竟然要大費周章地做出這麼多假設。」翡翠露出了恍然大悟的表情。「現在我已經知道，假設新谷小姐是凶手不太合理，但假設有本先生或別所先生是凶手很合理……接著你要怎麼排除有本先生的嫌疑？」

「關鍵就在於，筆電的密碼鎖。」

翡翠愣了一下，再度眨眨眼睛。

「黑越的筆記型電腦裡，有著對新谷不利的信件資料，新谷很想要偷偷刪除。既然新谷過去一直沒能刪除，代表有某種理由讓她遲遲無法得逞。但是黑越的工作室只能從內側上鎖，而新谷已經造訪過水鏡莊很多次，照理來說應該有很多機會才對。唯一想得到的理由，就是筆電上了密碼鎖。實際上，黑越的筆電確實有密碼鎖，這是已經證實的事情。然而，就在新谷發現黑越死亡的那一天，新谷成功將筆電內的資料刪除了，妳認為原因是什麼？」

「為什麼不需要輸入密碼……啊，是不是因為還沒有上鎖？黑越老師遭殺害之後，在筆電自動上鎖之前，新谷小姐就進入了工作室。」

「沒錯，經過警方的確認，那臺筆電是每隔一個小時會啟動螢幕保護程式，同時將電腦上鎖。換句話說，從黑越斷氣的時間算起，到新谷進入工作室，絕對不可能超過一個小時。那天晚上新谷經過客廳的時間，是半夜一點四十五分左右。倘若有本是凶手，行凶的時間必定是在十二點十分之前，跟新谷經過客廳的時間相差了一個半小時以上。當新谷進入工作室的時候，筆電早就鎖上了，新谷不可能有機會刪除資料，這完全說不通。由此可知，從情況證據的角度來看，只有『別所是凶手』的假設最為合理。」

不管是殘留的指紋，還是新谷的證詞，都與這個假設並無矛盾之處。

鐘場聽完了香月的推論之後，將鎖定的嫌疑人由新谷由紀乃變更為別所幸介。據說他後來便依著這套推論申請搜索票，對別所幸介所住的公寓進行強制搜索。

當初鐘場下令將新谷由紀乃帶回警署的動作，反而促成了意外的效果。別所自以為沒有被警方盯上，因此鬆懈了心防。警方得以順利扣押他在犯案當天所穿的牛仔褲，並在口袋裡驗出了血跡反應及DNA。

除此之外，警方還在別所住處附近的垃圾放置場，發現了一些還沒有被運走的垃圾，從中找到了一些可進行DNA採樣的帶血面紙。不管是牛仔褲上的DNA，還是面紙上的DNA，都與黑越篤的DNA一致。當初別所在跟香月等人交談的時候，帶血的面紙大概就一直藏在他的口袋裡吧！他沒有把擦拭過血跡的面紙直接遺留在犯案現場，可能是因為害怕警方有辦法從面紙上找出自己的指紋或皮膚碎屑。

「行凶的動機是什麼？」

「就是《黑書館慘案》這本書……據說，黑越在這本書中擅自使用了他的點子，那天晚上他一讀之下，醉意完全消失，決定到工作室找黑越理論……黑越對他說了一句：『你根本沒有才能。』令他氣得直跳腳，才決定痛下殺手。」

「原來如此……」翡翠低下了頭，她反覆思索著黑越對別所說出的那句話，好一會之後呢喃道：「只不過是區區一句話，竟然能讓別所先生的靈魂徹底變了一個模樣……」

這種一個人的氣味在短時間之內發生變化的情況，翡翠似乎是第一次遇到。

香月則忍不住思量起了翡翠所說的這句話。人生因為某人的一句話而徹底改變的情況，或許每個人都有機會遇到。

事實上，香月自己也有過類似的經驗。一閉上眼睛，腦海中就清晰浮現當初聽到那句話的人臉上的表情。一句話讓一個人產生天翻地覆的變化，絕對不是什麼匪夷所思的事情。

「我們沒有殺人，或許只是因為那種不幸並沒有降臨到我們頭上。我們跟殺人凶手之間，其實沒有那麼大的差別。」香月嘆了一口氣。「每個人都有可能因為一點小事而殺人。沒有經歷過這種事，只是單純運氣好而已。我們都生活在這種毫釐之差的世界裡。」

「老師……如果你跟別所先生交換立場……你也會殺人嗎？」

翡翠的視線因不安而微微搖曳。

「不，我不會為了那種理由而殺人。」

為了讓她安心，香月笑著說道。

實際上，若不親身經歷，誰也無法肯定在那個當下，自己會做出什麼樣的決定。那天晚上盤踞在別所幸介心中的，到底是什麼樣的情感？

驀然間，香月回想起鐘場提到了一件事，關於別所在招供時說出的一句驚人之語。

「他竟然說，有一道奇怪的聲音在他的耳邊呢喃……一道不知該怎麼形容，卻令人打從心底感到恐懼的聲音，在他的耳邊說著：『要下手就趁現在』……」

鐘場描述著別所的供詞，卻絲毫不以為意。

「那當然是一派胡言，多半是想要以心神喪失來爭取無罪判決吧！」

鐘場最後笑著說道。

然而，香月卻不禁陷入了沉思。躲藏在水鏡莊裡的「那個東西」，到底是什麼？

前幾天，香月曾經前往位於水鏡莊附近的圖書館，調閱了一些老舊的鄉土資料。因為香月根據網路上的一些留言，得知那座圖書館保存著一些關於當年興建黑書館的英國人的事蹟。從那些歷史資料看來，當年黑書館的屋主離奇失蹤是千真萬確的事實。而且在那之前，還有另一個人也失蹤了，那就是該屋主的獨生女。

香月一看見殘存在紀錄中的古老黑白照片，登時感覺一股寒意湧上心頭。雖然從黑白照片無法確認眼珠顏色，但是照片中的白人少女，與香月當初在鏡子裡看見的少女可說是同一個模子印出來的。

鏡子裡出現白人少女，真的只是單純的錯覺嗎？抑或……

到底是什麼東西，基於什麼樣的目的，讓翡翠作了那樣的夢？

到底是什麼東西，為了什麼樣的理由，在別所幸介的耳畔發出惡魔般的低語？

黑越篤真的什麼都沒有感覺到嗎？難道沒有一些聲音在他的耳邊呢喃？例如，「盜用弟子的點子吧！」……黑越真的沒有聽見類似這樣的聲音？

或許那個東西，正在背後嘲笑著人類。這樣的懷疑，真的只是杞人憂天嗎？

誕生在那棟建築物裡的黑書，到底犧牲了誰，又喚出了什麼？

到底是什麼躲在鏡子裡頭，連翡翠也看不出其廬山真面目？

香月驀然感覺到一股視線朝自己射來，慌忙轉過了頭。前方的牆壁上，掛著一面老舊的古董鏡子。當然沒有任何人在看著自己。

就在這時，突然傳來了智慧型手機的提示音，那聲音似乎是來自於翡翠的手機。

「由紀乃傳訊息給我。」翡翠露出有點自豪的笑容。「自從那天之後，我們就經常互傳訊息。」

香月看著翡翠那眉開眼笑的表情，趕緊將剛剛那些念頭拋在腦後。

「看來妳們已經變成好朋友了？」

雖有所失，亦有所得。與其煩憂，不如好好珍惜。

眼前的靈媒少女笑著朝自己點了點頭。

"Grimoire" ends.

間奏 II

又失敗了。

鶴丘文樹俯視著自女人雪白腹部湧出的鮮血，心中感到既空虛又焦躁。

女人早已斷了氣。短刀剛刺入的時候，女人不斷地流著眼淚向鶴丘求饒，滲出的淚水染花了眼角的妝，因痛苦與絕望而不斷喘息的表情，實在是極盡醜陋之能事。

與當初的那個景象，可說是天差地遠。鶴丘的腦中浮現了那天的回憶。

自己明明只是想要挽回而已，為什麼就是無法實現？

女人並沒有回答鶴丘的問題，只是不斷喊疼、不斷掙扎。

那果然很疼嗎？因為很疼，所以會死？這都是我的錯……？是我把她殺了？

不，絕對沒那回事。

早在短刀刺入的瞬間，她的命運就已經決定了，並不是因為自己拔出短刀，才害死了她……

鶴丘由下往上撫摸著自己的下巴，接著將手掌繼續往上滑到臉頰。女人的黏稠鮮血向外飛濺時，沾上了鶴丘的臉。那種微溫的感覺，激起了鶴丘心中的回憶。

美麗的秀髮、溫柔卻扭曲的笑容、滿是鮮血的裸體女人……

——沒關係，這不是文樹的錯……

這句話迴盪在鶴丘的耳畔。

那只是自己的大腦所製造出的幻覺嗎？抑或，那是現實生活中確實發生過的往事？鶴丘不知道這個問題的答案，正因為不知道，所以非做實驗加以證實不可。

然而，最近實驗變得越來越頻繁，間隔變得越來越短。鶴丘感覺到自己的自制力正在逐漸喪失，這樣下去的話，遲早會出亂子，好運不可能永遠都站在自己這一邊。

鶴丘長久以來奉為圭臬的預感及直覺，正不斷地警告自己必須恢復冷靜。

到底是哪裡出了錯？果然當時自己做了錯誤的抉擇嗎？

這樣的念頭，長期帶給鶴丘無止盡的不安。但鶴丘同時也說服自己，不必擔這種無謂的心，如今警察還像沒頭蒼蠅一樣，絕不可能懷疑到自己頭上。

自己的做法，一定不會有錯的……鶴丘低頭望向女人的屍體。

「完全不痛，對吧？」

鶴丘如此詢問，但女人沒有回答。

「妳那邊有什麼？妳看到了什麼？」

女人還是沒有反應。

為什麼死人沒有辦法回答問題？為什麼死了之後，就再也無法明白對方心中的想法了……？這樣的世界，實在是太莫名其妙了。

鶴丘不禁在客廳裡繞起了圈子。驀然間，攤開在桌面上的那些資料，進入了鶴丘的視線範圍之內。

那些都是實驗候補人選的個人資料，清楚拍出了女人容貌的照片、自己盡可能蒐集到的地址及電子郵件信箱，以及經常使用的社群軟體種類等等。那些資料是自己身邊唯一可以將自己定罪的證據，假如落入警察的手中，肯定是百口莫辯。

然而，一來警察絕對不可能找到這裡，二來倘若真的有那麼一天，代表警察已經鎖定了自己的身分。到那時候，這些資料有沒有落入警察的手中，也已經無關緊要了。

鶴丘的目光停留在其中的一張照片上，彷彿有一股吸力，讓自己無法移開視線。

在那張照片裡，女人的身旁還有一個男人，但那男人的臉只拍到了一半，彷彿在強調著自己的無關緊要。

照片的焦點，當然是放在女人的身上。女人有著嬌小可愛的身材，以及一頭烏黑亮麗的秀髮，髮梢附近形成了波浪捲。這個摻雜了北歐血統的女人，美得有如西洋人偶一般，女人的臉上帶著溫柔的眼神，以及平易近人的微笑。

即使透過照片，也可以看得出來，這是一個完美的實驗材料。

城塚翡翠，好美的名字。光是看著照片，就覺得這女人真是惹人憐愛。

她正是鶴丘心中最理想的目標，無論費盡多少苦心，也要用她來做實驗。鶴丘向來深信不疑的直覺，正在如此訴說著，就連命運，彷彿也在慫恿著自己。

但是看了她的居住地點及人際關係之後，鶴丘的理性做出了不一樣的判斷。對這個女人下手，是一件非常危險的事情……理性如此提出警告。

正因為如此，鶴丘迷惘了，置身在衝動與理性的夾縫之間，不知下一步該如何走。只要放棄這個女人，自己就能安然無恙。

但是不斷自心中湧出的慾望，卻不允許自己退縮。

沒錯，真正礙手礙腳的是她身邊的人。只要克服這個障礙，就可以讓實驗進行下去。

啊啊……等不及了……好想趕快以尖刀刺穿她的肌膚。

「完全不痛，對吧？」

鶴丘一面呢喃著，一面拖動女人的屍體。

「妳在那邊看到了什麼？」

已死之人啊……求求妳回答我的問題吧……

第二話

女高中生連環命案

這已經是第幾個了？

香月史郎將簽了名的書，交給站在前方的女人。

「我可以跟你握手嗎？」

「當然沒問題，真的很謝謝妳。」

香月握住了女人的手，女人露出靦腆的笑容，朝著香月低頭行了一禮。香月又道了一次謝，女人走向旁邊，那裡有幾個女人在等著她，看起來像是她的朋友。她們的手上都拿著相同的書籍，嘴裡不斷地發出興奮的尖叫聲。

站在旁邊的河北編輯，從下一名讀者的手中接過書及寫著名字的便條紙，香月坐了下來，在書上簽名。

「老師，我可以跟你握手嗎？」

「當然……」

香月還沒寫下對方的名字，聽到對方這麼問，先抬頭看了對方一眼。

眼前的讀者是一名年輕女性，身上穿著一件胸口以白色柔軟摺布裝飾的罩衫，下半身則是一件強調著纖細腰身的深紅色高腰裙。一頭黑色的長髮，自耳畔以下形成平緩的波浪捲，額頭的劉海平切，微微往內彎曲。

「翡翠……」

站在眼前的，赫然是城塚翡翠。她露出笑容，伸出嬌小的手掌。

「嚇了我一跳……」香月隔了幾秒才握住翡翠的手，繼續說道：「妳要來，怎麼不早點跟我說……」

「因為我就是想讓你嚇一跳呀！看來我成功了。」翡翠將頭微微斜向一邊，笑著說道，接著她嬌俏地吐了吐粉紅色的舌頭。「辛苦了，這個是要給你吃。對不起，是不是反而增加了你的行李呢？」

香月接過翡翠遞來的一個可愛的小提袋，裡頭裝的多半是糕餅點心吧！

「謝謝妳。啊，妳能不能稍等我一下？等等我們要舉辦慶功宴，如果妳願意的話，跟我們一起來吧！」

「哇，可以嗎？」

「當然，編輯也很想要認識妳呢！」

站在一旁的河北正露出一臉「她是誰」的錯愕表情，還不時對香月使著眼色。香月已跟他提過上個月發生在水鏡莊的命案，今天剛好把翡翠介紹給他認識，應該也不顯得突兀。

「話說回來，老師的女性書迷還真多呢！至少占了一半以上吧？」

「呃，嗯……我雖然是推理作家，但我的作品並不算是本格推理，而是更加廣義的……女性也可能會感興趣的風格。能夠獲得這麼多女性讀者的青睞，我也覺得很開心。」

香月坐了下來，將翡翠的名字寫在書上，接著抬頭一看，隊伍只剩下一個人了。簽書會的過程感覺起來既漫長，又像是一眨眼就結束了。

最後的讀者，是一名身穿高中制服的少女。雖然香月的讀者群中不乏十多歲的年輕人，但穿著水手服的女高中生前來排隊簽書卻還是頭一遭。制服的領口處有一條打成領帶狀的翠綠色領巾，看起來相當可愛。

今天是平日，或許少女是學校一下課就直接趕了過來。少女的表情顯得有些緊張，遞過來的紙條上寫的名字是「藤間菜月」。

「剛放學嗎？」

香月一邊簽名一邊問道。

少女只是點了點頭，並沒有說話，或許是太過緊張的關係吧！香月心想，繼續向她搭話似乎有些為難她，因此默默簽完名，將書交給少女。

就在香月正想要道謝的時候——

「香月老師，請收下這個。」

少女忽然大喊了一聲，遞出一枚可愛的信封，接著朝香月低頭鞠躬。

多半是仰慕信吧！香月正要開心地收下時，少女接下來的話卻讓香月大吃一驚。

「我們學校有好幾個學生被殺了。香月老師，請幫我們找出凶手！」

＊＊＊

「第一起命案發生在今年年初的二月十五日，受害者名叫武中遙香。她今年才剛滿十六歲，是該所高中的一年級學生。那天她補習完之後沒有回家，父母擔心女兒的安危而報警……到了隔天早上，一名在公園裡遛狗的老人發現了遺體。」

這裡是香月經常光顧的咖啡廳，兩人坐在最深處的包廂座位，從其他座位都看不到。

鐘場正毫無顧忌地從資料夾裡取出數張照片放在桌上。第一張是少女的生前模樣，似乎是在開學典禮上拍的；到了第二張照片，少女已成為一具慘不忍睹的屍體。

「死因是勒死嗎？」

少女的纖細脖子上有著微微變色的索條狀勒痕，但香月看出少女死因的最大原因，卻是少女的痛苦表情。

原本可愛的雙眸因驚恐而睜大，變得茫然無神，嘴角徹底扭曲，彷彿正因痛苦而喘著氣。整張臉因為瘀血而變成了醜陋的顏色，即使只是照片也令人不敢直視。

「我們目前還無法斷定凶器到底是什麼？由於脖子上的勒痕並不明顯，根據推測可能是圍巾之類的柔軟布條。死者的衣衫並不凌亂，而且也沒有遭受性侵的跡象。推測死亡時間為二月十五日的下午四點半到六點半之間，應該就是放學回家之後，在前往補習班的路上遭到了殺害。」

「脖子上有吉川線[10]……指甲裡頭沒有發現凶手的皮膚碎片或凶器的纖維嗎？」

鐘場重重嘆了口氣，取出另外一張照片。

「凶手非常狡猾，把受害者的指甲都剪了，讓我們沒辦法驗出凶手的ＤＮＡ。」

照片是受害者的指尖特寫。凶手利用指甲剪之類的工具，把受害者的每一根手指都剪去一大塊指甲，手法幾乎可說是有些神經質。

「遺體被人發現的時候，就是這個狀態？」

香月指著一張照片問道。那是一張少女遺體的全身照，可看出遺體躺在公園的長椅上，水手服的上頭披著外套，仰躺的姿勢非常端正。

「是啊！應該是凶手刻意擺放的。」

「知道殺害的現場在哪裡嗎？」

「大部分同仁都認為應該就是在遺體發現地點。長椅旁邊的地面上，有著凌亂的鞋底摩擦痕跡，應該就是受害者在抵抗的時候留下的。可惜那附近的地面太硬了，沒有辦法採集到清晰的鞋印。」

「原來如此……目前你們往哪個方向偵辦？」

「搜查本部一設立，就是朝著仇殺的方向進行調查。我們詢問過死者在學校的朋友，得知她有一個年紀比她大的男朋友。偏偏現在的孩子似乎不會把交往對象的電話號碼，記錄在

＊注10：吉川線，日本警界術語。當受害者的死因為遭到勒斃時，脖子上除了勒痕之外，通常還會出現一些與勒痕垂直的指甲抓痕。這是由於受害者在掙扎的時候，為了想要拉開勒緊脖子的東西而抓傷了自己。

手機電話簿裡，所以我們為了查出這個男朋友的身分，可是費了不少苦心。」

「噢，那大概是因為現在的年輕人都習慣用SNS[11]聯絡吧！」

「是啊！但是手機上的那個APP又有密碼，我們花了好一番功夫，才查出死者的男朋友名叫今野悠真，今年二十一歲，平常在補習班打工，擔任的是講師的工作。我們找上了這個人，他卻聲稱從來不曾與死者交往過。於是我們徹底清查他的底細及人際關係，想要找出明確的證據，但我們後來發現他有不在場證明。」

「很完美的不在場證明嗎？有沒有什麼可疑之處？」

「完全沒有，有監視器拍到他出現在其他地方。這麼一來，調查行動又退回了起點。後來我們又調查了與死者生前有所往來的其他人物，但並沒有發現任何人涉嫌重大。此外，我們也針對前科犯的方向進行調查，不過查來查去，還是查不出什麼眉目……日子一天天過去，就在上頭決定要縮編搜查本部的規模時……」

「凶手再度犯案，是嗎？」

「第二起命案發生在六月十七日，距離第一起命案的四個月後。死者名叫北野由里，十六歲，高中二年級，與前一名死者就讀相同的學校。這名死者也是放學後沒有回家，父母擔心其安危而報警。由於有了第一次的經驗，同仁們立刻動員搜索。到了深夜一點左右，遺體遭人發現，陳屍在學校附近的建築工地內。那裡原本預計興建一棟綜合商業大樓，但因為數年前發生了一起意外事故，造成工程停擺，一直到現在都沒有復工。」

鐘場一邊說，一邊以完全相同的動作，將好幾張照片擺放在桌上。

「犯案的手法改變了？」

「沒錯，但可以肯定凶手是同一人，因為脖子上的勒痕完全相同。目前連警方都沒有查出凶器到底是什麼，相關案情也沒有告知媒體記者，所以並沒有遭人模仿的疑慮。」

照片裡的少女仰躺在地面上，身上衣衫凌亂不堪。或許是剛下過雨的關係，還可看出身體表面沾著少量的雨滴。若撇除太過痛苦而猙獰的表情，整個畫面竟散發出一種香豔性感的魅力。

少女的水手服向上翻起，幾乎快到胸罩的位置，露出了小小的肚臍。裙子的下襬也有些紊亂，白色的內褲僅勾在一條腿上。胸口的翠綠色領巾也遭人扯下，散落在一旁，形成了三

＊注11：SNS，指Facebook、Twitter之類以交流為目的的社群軟體或手機APP。

角形的對折狀態。在陰鬱而灰暗的畫面中，那領巾是唯一色彩鮮豔的物體。或許是因為臨死前掙扎得太過激烈的關係，領巾上還殘留著疑似無帶皮鞋的鞋印，不難想像案發當時的慘狀。

少女落入狡猾歹徒的手中，雖然奮力抵抗，但身上的衣物還是遭強行剝去，接著被推倒在地，脖子被纏上了某種繩狀的凶器……

「沒有辦法採到DNA嗎？」

「很可惜，不管是唾液還是體液，全都驗不出來。當時下著小雨，或許都被沖掉了吧！剪去指甲的手法也與前一案相同，所以找不到凶手的皮膚碎片。但奇妙的是……根據驗屍結果，受害者並沒有遭到性侵。」

「你的意思是說……受害者的身體沒有遭到性侵的跡象？凶手明明把她的衣服脫去了一半，卻沒有進一步侵犯她？」

「或許凶手有性功能障礙。簡單來說，就是個只能靠勒死女人來獲得快感的瘋子。」

香月默默比對著每一張遺體照片。殺害第一名少女的時候，凶手壓抑下了性衝動，殺第二名少女時卻無法壓抑？但如果不是基於性衝動，那麼殺害第一名少女的理由是什麼？

「發生第二起命案之後，上頭重新整編搜查本部，再次展開大規模的搜索行動，但還是查不到任何蛛絲馬跡。命案發生地點雖然在東京都內，但畢竟是偏僻的郊區，監視器的數量並不多，而且也問不到可疑男子的目擊證詞。偏遠地區如果出現陌生人，照理來說應該會引人注意才對，但我們完全問不到有任何人看見可疑的人物或車輛。」

「我想先確認一件事，這跟近年來在關東地區搞得人心惶惶的連續殺人棄屍案，凶手的犯案手法並不相同，是嗎？」

「不同！連續殺人棄屍案的凶手是以短刀為凶器，而且殺害的現場到目前為止還是查不出來。從受害者的特徵來看，一邊專挑二十多歲的女性下手，另一邊則是挑十多歲的女高中生下手，兩者也是截然不同。當然我們不排除女高中生命案的行凶動機，是受連續殺人棄屍案所觸發，但這兩種連續命案的凶手應該不是同一人。」

香月聽聞後，撫摸著下巴，陷入了沉思。

「總而言之，我們查不到任何線索，就這麼過了三個月。擔任搜查本部長的管理官跟我頗有交情，前幾天還徵詢了我的意見。畢竟這案子很受社會大眾關注，我正打算要來拜託大作家助我們一臂之力呢……」

鐘場說到這裡，忽然露出了狐疑的表情。他的眼神，顯然是在詢問為什麼他還沒開口，香月已主動要求參與這起案子的偵辦。

「呃，是這樣子的，這說起來有些古怪，是有位年輕讀者向我提出這個要求……」

香月解釋道。

＊＊＊

藤間菜月將信交給香月後，沒有等香月回應，就快步離去了。

香月原本懷疑這只是一場惡作劇，但當場拆信一讀，才得知數個月前在電視新聞上吵得沸沸揚揚的女高中生命案，直到現在還沒有破案。

讀完信之後，香月不由得陷入了兩難。自己經常協助警方調查案件，的確是事實，但這僅限於鐘場找上門來尋求協助的情況，自己從來不曾主動要求參與辦案。畢竟說穿了自己只是門外漢，何況日本的警察在案件的偵辦上其實是相當優秀的。

一想到那名少女是為了替已故的好友討回公道，才抱著最後一絲希望寫下這封信，香月便感到有些於心不忍。但這也是沒有辦法的事，此時最妥善的做法，還是寫一封回信，委婉地拒絕對方。

原本香月是抱著這樣的主意，沒想到在慶功宴上，因為翡翠的一句話，香月的想法竟有了一百八十度的轉變。

「我認為你應該幫助她。」

翡翠是以身為靈媒的眼神凝視著香月。

「那個女孩……讓妳有特別的感覺嗎？」

「嗯……那是什麼樣的感覺，我也說不上來，就只是一種直覺而已。」

既然是翡翠的直覺，也只能照著做了。香月因為工作性質的關係，深知對這種怪力亂神的事情不能全然嗤之以鼻。何況翡翠確實擁有特殊的能力，這是無庸置疑的事情。

隔天，香月便主動聯絡了鐘場。一談之下，香月才得知鐘場也早有意針對這個案子找自己幫忙。

「管理官也很清楚你的本事，要說服搜查本部同意讓你參與辦案應該不難。不過，當然是以非正式的立場……如何？要不要到案發現場走一走？」

「好吧，但我希望能夠帶另外一個人一同前往……」

「請問……她在做什麼？」

吞吞吐吐地問出這句話的人，是搜查本部的蝦名海斗巡查部長[12]。年紀看起來不到三十歲，長相頗帶稚氣，在搜查一課裡算是相當罕見。就算他謊稱自己是大學生，恐怕也不會引起懷疑。

在搜查本部長的命令下，蝦名代替鐘場引導香月及翡翠勘查命案現場。

正常的情況下，搜查行動都是以兩人為一組，但由於香月並非以正式的立場介入調查，因此搜查本部只派出了蝦名一人負責引導工作。搜查本部長挑上蝦名的理由：一來是因為他聽過香月的名頭，對香月的私下介入調查並不抱持反對意見；二來則是因為蝦名自己看起來也完全不像個刑警。

如今蝦名將兩人帶到了發生第一起命案的公園內，正在向香月詳細描述案情，卻忍不住問出了心中的疑問……

「噢，你說她嗎？她正試著把自己當成受害者，模擬案發當時的整個過程。例如，遺體的姿勢等等，模擬之後往往會有驚人的發現。」

香月沿著蝦名的視線望去，頷首說道。

「原來如此，不愧是破解了無數懸案的香月老師，竟然使用這種只有連續劇裡才看得到的辦案手法。」

兩人此時正望向公園的長椅。一名少女仰躺在長椅上，宛如遭到棄置的人偶，這人正是城塚翡翠。或許是因為知道今天要與警察一同行動的關係，她身上穿的是風格穩重的米色套裝，但裡頭的罩衫與平常並沒有太大的差別，可能是因為她個人喜歡胸口有摺布裝飾的設計吧。下半身則穿著一件窄裙，細長的雙腿包上了一層絲襪，腳下則穿著一雙同色系的高跟鞋。兩側小腿從長椅的邊緣露了出來，懸浮在空中，波浪狀的長髮則自長椅上垂落，髮梢幾乎觸及地面。

她正閉上了雙眼，就這麼躺著不動，簡直像是在等待著什麼。

香月向蝦名的說明，當然是隨口胡謅的。香月還告訴蝦名，翡翠是自己的助理，擁有極為優秀的推理能力。

＊注12：巡查部長，為日本警察制度中的階級名稱，在「巡查」之上，在「警部補」之下。雖然名稱中有「部長」兩字，但實際上位階並不高，在本作品中比鐘場警部的位階還低了兩階。

剛剛翡翠與蝦名第一次見面時，兩人之間還有過這樣的對話……

「蝦名先生，你是不是快要結婚了？」

「啊，沒錯。但我沒戴戒指，妳是怎麼看出來的？」

「呵呵，這只是非常基本的推理。」

翡翠嫣然一笑，並沒有說出推理的根據。

後來香月悄悄詢問翡翠，翡翠的回答：「他身上散發出非常幸福的氣味。」

自從有了這個小插曲之後，蝦名就對香月及翡翠的推理能力佩服得五體投地。

此時，翡翠擺出了與受害少女相同的姿勢，是她自己的提議。

香月心想，她多半是想到了什麼好辦法，所以也不加以阻止。照理來說，她應該不會在這種時候突然進行降靈儀式，但除了降靈之外，應該還有其他方法可以查探靈體的反應。例如，死者與翡翠之間若有某種程度的共通性，或許有可能像上次那樣發生「靈魂共鳴」。

翡翠睜開了雙眼，她以有些不知所措的神情，凝視著灰濛濛的天空。

「怎麼了？」

香月走到長椅旁邊，低頭詢問翡翠。

「對不起……」

從翡翠的表情，香月已看出結果不太理想。翡翠坐起了上半身，香月握住她的手，將她扶了起來。

「我幾乎什麼也感應不到……或許是時間隔得太久了。」

「我明白，畢竟那已經是半年前的事了。」

不過，翡翠在長椅上這麼一躺，還是發現了幾點線索。第一，這座公園的周圍種植了不少樹木，當受害者躺下的時候，站在遠處的人幾乎不可能看見。第二，旁邊有一座擺放消防器具的鐵皮屋，剛好擋在長椅與通行的道路之間，因此兇手就算在這裡剪著遺體的指甲，也不會被走在道路上的行人看見。

兇手挑上這裡作為犯案的地點，可見得對這一帶的環境相當熟悉。

「兇手就是在這裡勒死了受害者？」

香月翻開蝦名所交付的搜查資料夾，看著上頭的資料問道。

「是的，應該沒有錯。」蝦名回答：「到目前為止，我們並沒有發現搬運遺體的痕跡。而且從屍斑的狀況來看，死者應該是一斷氣就躺在那裡了。」

「假設這裡真的是殺害的第一現場……這附近也沒有受害者被強行拖到這裡來的痕跡。」

「是啊，道路離這裡有一段距離，但是完全找不到疑似拖行的痕跡。」

「既然如此，凶手有可能是假裝與受害者有話要談，將受害者引誘到這裡，兩個人一起坐下。」香月以手指摸著自己的下巴，一邊思索一邊說道：「一般的高中女生，應該不可能自己一個人坐在這種地方。如此說來，凶手與受害者應該是一起行動了一陣子。而且兩人之間，應該是可以一起坐在長椅上說話的關係，例如，情侶或朋友。兩人一起走到這裡坐下，然後……」

「老師，我們一起重建看看吧！」

翡翠忽然對著香月如此說道。她舉起了輕輕握住的雙拳，碧綠色的眼眸中散發著興奮的神采。

「怎麼重建？」

「我當高中女生，你當凶手。」

翡翠說完後，就在長椅上坐下，歪著頭望向香月。

「原來如此。」

香月闔上手中的資料夾，也跟著在長椅上坐下。原本兩人之間相隔著一點縫隙，但翡翠馬上將身體湊了過來。

「這案子發生在冬天，不是嗎？」翡翠露出戲謔的微笑。「天寒地凍的，會在這種地方一起坐下，代表兩個人的關係一定相當親密。」

「雖然有點太武斷，但這可能性確實不低。」

兩人的肩膀碰在一起，香月可以聞到翡翠身上的香氣。但翡翠似乎絲毫不以為意，雙眸流露出異樣的神采，宛如在窺探著香月的心思。那表情實在是太過天真無邪，讓香月忍不住起了捉弄她的念頭。

「這意思是說，現在我們是一對情侶？」

香月於是凝視著翡翠，呢喃道。

「咦！」

翡翠瞪大了眼睛，雙唇微張。

「先以這樣的假設試試看吧！」

「呃……好……先以這樣的假設……」

轉眼之間，翡翠變得滿臉通紅，害羞地低下了頭。

「咳咳……」

蝦名在一旁忍不住咳了兩聲。

香月感覺到一股視線朝自己射來，不由得露出苦笑。

「總而言之，這個與受害少女應該有著親密關係的凶手，就趁著兩人坐在長椅上的時候，突然拿出凶器……從正面將受害少女勒斃了？」

香月繼續裝模作樣地說道。

「啊，呃……」蝦名拿起筆記本看了一眼，點頭說道：「沒有錯，從勒痕可以看出施力的方向，凶手應該是從正面像這樣以布狀的東西捲在受害者的脖子上。當時既然是冬天，凶器很有可能是圍巾。」

由於手邊沒有合適的代替品，香月只能像演默劇一樣，假裝手上有一條圍巾。香月拿著想像中的圍巾，轉頭面對翡翠。

「哇！老師，你要把我勒死？」

翡翠察覺了香月的意圖，瞪著眼睛說道。

「沒有錯。」

「我有點緊張了。」

香月移動手臂，將想像中的圍巾繞在露出羞赧笑容的翡翠脖子上。

「老師，你要演得逼真一點。」

香月正猶豫著不知該使用什麼樣的姿勢，突然被翡翠瞪了一眼說道。

「逼真一點嗎？」

「當殺人魔，不是老師的看家本領嗎？」

「咦？」

「因為你是推理作家呀！」

「啊，嗯……我確實描寫過類似的情境。」香月苦笑著低頭望向自己彆扭的雙手姿勢。

「就算凶手是男性，兩個人坐在一起的時候，高度也不會相差太多。捲繞圍巾的這個動作不管怎麼做，就是會有些彆扭。如果從正面下手，照理來說受害者會逃走才對。」

「男生要幫女生圍圍巾，女生應該不會懷疑吧？搞不好還會像這樣閉起眼睛……這樣應該很好下手才對。」

翡翠說完之後，閉上了雙眼，微微抬起頭，宛如在等著情人的吻。雪白的頸項，有如一片平緩的丘陵，有著摺布裝飾的罩衫胸口，毫無防備地呈現在香月的面前。

「剛開始的時候，我們的推測也跟城塚小姐說的一樣。死者身邊的遺物之中並沒有圍巾，凶手假裝要幫她圍圍巾應該不會受到懷疑。但如果凶器是圍巾的話，第二起命案的手法就說不通了……」

蝦名再度輕咳了兩聲，香月轉頭朝他望去，他向香月解釋道。

「第二起命案發生在六月，不可能做出圍圍巾的動作……」

「沒錯，而且第二起命案的手法也一樣，是從正面將受害者勒死。」

如果是從後面，或許還有可能下手偷襲，但是要從正面將凶器繞在受害者的脖子上，這麼大的動作必定會引來懷疑，造成受害者抵抗或逃走。如此一來，受害者的身體應該會離開長椅，留下以手撐地或是跌坐在地上的痕跡。

香月打開資料夾，想要確認有沒有其他值得當作參考的線索。資料裡附上了照片的縮圖，但因為圖片太小的關係，沒有辦法看得清楚。

「對了……這是什麼？這個地面的線狀痕跡……」

「噢，這個在那一邊。」

蝦名一邊說，一邊轉過了頭，望著不遠處的一座褪色的溜滑梯，溜滑梯的位置距離長椅只有兩公尺左右。

「聽說以前這邊還有更多兒童遊樂器材，但後來大部分都被撤掉了。這座溜滑梯可能因為不高的關係，被留了下來……那痕跡就在這附近。」

蝦名指著溜滑梯下方的地面說道。

「從這裡到長椅，原本有一條很細的線，長度約一・五公尺左右。老實說，我們也不知道那條線跟命案有沒有關係。那條線非常不明顯，以肉眼幾乎看不出來。原本這裡的地面就很硬，連鞋印也看不太清楚。鑑識課的人員只是為了保險起見，才順手拍了照片。大部分的同仁都認為那只是小孩子拿樹枝之類的東西，隨手畫出來的線條。」

如今那條線已完全消失，地面上沒有留下任何痕跡，除此之外，也沒有其他值得注意的線索。

蝦名於是開著車子，將兩人帶往了第二起命案的現場，兩起命案現場之間只有不到十分鐘的車程距離。不久，蝦名將車子停在路邊，帶著兩人走進了一道鐵網牆內。

命案現場還拉著禁止閒雜人等進入的封鎖帶，但經過一陣子的風吹雨淋，已經有些污損。鐵網牆的邊緣擺著一些花束，那一束束的花朵，彷彿在強調著有一名少女在這裡失去了性命。

翡翠停下腳步，雙手合十，香月也跟著閉目默禱。過了一會，蝦名拉起封鎖帶，讓兩人進入。

「土地的持有者說近期之內不會動用這塊土地，我們可以保留現場直到破案為止。」

這裡原本是建築工地，所以周圍架設著鐵網牆，但或許是為了讓重型機械及器材進出方便，所以出入口非常大，要擅自闖入可說是一點也不困難。而且通過附近的車輛並不多，行人大部分都是上下學的學生，就跟沒有什麼人會經過的第一命案現場一樣，犯案的過程中不太需要擔心被人看見。

工地內雖然已完成整地的工作，但是大部分的工程都還沒有動工就已陷入停擺狀態。因此除了工地的角落有一棟鐵皮屋，以及地面上堆放著一些施工用的鋼筋之外，如果把鐵網牆撤去，看起來其實跟公園或空地沒有太大差異。

或許是因為知道曾經有人在這裡被殺，總覺得空氣有些污濁。鐵網牆下方的陰暗處，彷彿有人正躲在那裡窺望著自己。周圍沒有樹木，卻隱約聽見枝葉被風颳動的瑟瑟聲響。

一滴滴冷汗滑過額頭……

「當時遺體就倒在這附近。」

蝦名走到鐵皮屋前方，指著腳下說道。

雖然命案現場受到某種程度的維護，但是此刻地面上已經完全看不到曾經有少女死在這裡的痕跡。

「推測死亡時間為下午四點到晚上七點之間。由於遺體淋過雨，所以死亡時間較難以精確掌握。當時的地面狀態照理來說會留下鞋印，但由於一直下著小雨的關係，地面的痕跡遭到破壞而難以辨識，最後我們只採集到了受害者的鞋印。」

「那天的氣象預報是準的嗎？」

「是準的，所以凶手很可能打從一開始就期待證據會被雨水沖走。」

香月轉頭一看，翡翠正站在遺體倒臥地點的附近，閉上了眼睛。不知她是否早已感受到了這個空間的詭異氣氛？

「鐵皮屋的門並沒有上鎖，但是裡頭的東西早就被撤走了。像這種地方很容易變成流浪漢的棲身之所，但裡頭滿是灰塵，完全找不到曾經有人住過的痕跡，當然也沒有鞋印。」

鐵皮屋的門是關上的，雖然有窗戶，但是裡頭幾乎什麼也沒有。鐵皮屋的側面架著一具長梯，似乎是施工時所使用的器具。

「受害者應該不是因為遭到凶手追趕，而逃進了這個地方。」

一路上有很多其他的建築物及住家，照理來說，沒必要挑選這種地方躲藏。

「這麼說起來，受害者應該是跟好友或男朋友之類的親密之人一同進入這裡？」

「他們來這種地方做什麼？」

「幽會、談心事……應該是情侶的可能性比較高吧！尤其是旁邊還有一棟鐵皮屋。」

「果然目的是為了做愛嗎？」

蝦名脫口說出了這句話，又趕緊閉上了嘴，朝旁邊的翡翠偷偷瞥了一眼。在那麼清純可愛的女孩子面前使用如此露骨的字眼，實在不太適當。

然而，翡翠只是抬起了頭，仰望著空無一物的上方，一動也不動，那眼神彷彿是在尋找著某樣東西。

「嗯，就算目的是那個，他們應該也是第一次來這裡做那種事，畢竟鐵皮屋裡滿是灰塵，顯然沒有人使用過。」

「搜查會議上，也有人提出相同的看法，但這樣的推論還是有很多疑點。假如凶手將受害者帶來這裡是為了將她殺死，為什麼不在鐵皮屋裡動手？既然來到這種地方，雙方應該都已預期會發生關係，凶手大可以等到進了鐵皮屋之後，再動手勒死受害者，被人看見的可能性不是更低嗎？」

「或許是因為受害者在進鐵皮屋前反悔了。受害者轉身想要回家，凶手撲了上去，試圖脫掉受害者的衣服。在拉扯之下，受害者的領巾掉在地上，受害者想要逃走時，在上頭踩了一腳。因為受害者不斷掙扎的關係，凶手只好拿出凶器，捲繞在她的脖子上，將她殺害……雖然凶手事先準備了凶器，但或許凶手原本是打算在做愛或強暴之後，才將受害者殺死。也許凶手是在第一次犯案的時候，體會到了異常性愛的快感。」

「啊……你是說靠勒死女人來獲得快感嗎？」蝦名皺起了眉頭。「第一次犯案之後，凶手愛上了勒女人脖子的行為，所以想要嘗試看看一邊做愛一邊將女人勒死……如果是這樣的推論，確實可以解釋為什麼這一次凶手要脫掉受害者的衣服。」

凶手原本是打算在做愛的途中將少女勒死，沒想到少女的抵抗比原本的預期更加激烈，凶手只好立即將她殺害。

香月一邊看著手中的資料，一邊轉身走向堆積在旁邊的鋼筋。照理來說，鑑識課人員應該都已經詳細檢查過了，如今不太可能再發現什麼蛛絲馬跡，但香月已想不到其他還有什麼值得查看的東西。

「學姊……為什麼要做這種事……」

「咦……？」

香月轉頭望向聲音傳來的方向。

翡翠正臉色慘白地站在前方，她的腳步虛浮不穩，似乎隨時會摔倒。香月急忙奔了過去，在翡翠倒下之前，香月趕緊將她扶住。

「翡翠！」

她張著口不斷喘息，似乎快要窒息，最後她還是整個人跪倒在地上，臉上毫無血色。她舉起雙手，痛苦地抓著自己的喉嚨，接著她以焦急的動作，將上衣的鈕釦一顆顆解開。從香月的位置，已能看見她胸前的白色胸罩。

「哈……啊……啊……」

翡翠圓睜雙眼，淚水滾滾流出。

「妳……妳怎麼了？不要緊吧？」

蝦名奔過來問道。

「我不要……緊……只是有點頭暈。」

翡翠輕輕搖頭，過了一會，她的呼吸終於恢復正常。蝦名錯愕地看著翡翠。

「我已經沒事了。」翡翠擠出微笑，臉上卻還掛著淚珠。「只是老毛病發作而已。」

「真……真的嗎？」

就在這時，響起了手機鈴聲——

「抱歉，我接一通不相關的電話。」

蝦名從西裝外套口袋取出手機，看了一眼螢幕後說道。

他一邊接起手機，一邊走向出入口的方向，或許電話的內容是關於其他案件的某些不能外洩的案情吧。

「站得起來嗎？我們到那邊坐一下吧！」

香月趁著這個機會向翡翠說道。旁邊堆放著一些鋼筋，尾端剛好適合坐下。翡翠點了點頭，香月於是將她攙扶過去，讓她坐在鋼筋上。

「妳看見東西了？」

「這次的感覺……特別強烈。」翡翠呼吸粗重地按著脖子，她以含著淚水的雙眸仰望著香月說道：「老師……凶手是個女孩子。」

香月史郎不禁有些摸不著頭緒，不由得仰望天空，反覆思量著翡翠這句話。

凶手能夠在短時間之內就跟受害者建立親密關係，香月原本以為這個人物應該是就讀同一所高中的男學生。沒想到翡翠卻說凶手是女孩子，這完全出乎香月的意料之外。

原來如此……如果是這樣的話……

「老師，你在聽嗎？」

翡翠不安地問道。

「啊，嗯……總之……如果妳感覺好多了，就先把胸口的鈕釦扣上吧……」

香月點頭回應到。

「咦？」

翡翠嚇得忘了呼吸。

香月故意等了片刻，才將視線轉回來。翡翠正低著頭，一張臉脹得通紅，有著摺布裝飾的罩衫胸前鈕釦早已全部扣上，嘴唇也逐漸恢復了血色。

「對……對不起！污了你的眼睛……」

「別、別這麼說。」

不僅眼睛沒有受到玷污，而且還因為那景色太有魅力而激起了胸中的一股慾火。香月當然沒有老實說出這句話，但也不知道該說什麼才好，只好默不做聲。

尷尬的沉默維持了好一會——

「呃……」香月輕咳一聲之後說道：「剛剛那是共鳴嗎？」

「是的……我與受害者的適性似乎挺高的。」

「就跟結花那次一樣，妳說出了一句話，妳還記得嗎？」

「我只記得我自己看見及感受到的東西，但不記得自己說過的話……我說了什麼？」

「妳說：『學姊，為什麼要做這種事？』……」

翡翠低頭望向地面，她輕撫著自己的雪白頸項，似乎是剛剛的不舒服感還稍微殘留著。

「是嗎……我感覺到脖子被人勒住，還有一幅景象……一個身穿水手服的女生站在我的面前。」

「認得出臉嗎？」

「對不起……那景象有點模糊，沒辦法辨識長相。不過從制服看起來，就讀的學校應該跟受害者一樣。」

「在這裡遭到殺害的北野由里是二年級學生。如果那句話是她心中說的話，那她口中的學姊……應該就是三年級女學生。」

翡翠點了點頭。

「看到凶器了嗎？」

「沒有看清楚……但是地點應該是這裡沒錯。」

就在這時，蝦名走了回來。

「城塚小姐，妳好多了嗎？」

「好多了。不好意思，讓你擔心了。」

翡翠起身鞠躬道歉。

「蝦名先生，我們已經推測出凶手的特徵了，能請你記錄下來嗎？」

「啊，好，當然沒問題。」

蝦名慌忙取出筆記本。

「凶手懂得尋找人跡罕至的地方當作犯案地點，使用的是容易湮滅證據的布狀凶器，而且沒有留下任何指紋或鞋印。根據這些種種跡象，可以知道凶手是個相當聰明的理性型連續殺人魔。此外，凶手能夠輕易接近女學生而不使對方產生戒心，還能夠建立起信賴關係，可推測凶手有著容易獲得女高中生信任的身分，而且擁有能夠吸引少女著迷的魅力。但我注意到了一點，那就是犯案地點都在學校附近。通常能夠吸引少女的人物，應該是會開車的成年男子。但如果凶手會開車，大可以將受害者載到更遠的地方，挑選更不容易被看見的地點，或是設法延遲遺體被人發現的時間。而且凶手並沒有在遺體的身上留下任何滿足自我表現慾望的訊息，可見凶手的心中並不抱著希望遺體趕快被人發現的想法。由此可以得知，凶手應該不會開車。明明凶手並沒有靠著車子移動，這附近卻沒有任何可疑人物的目擊證詞，再加上凶手能讓受害者絲毫不抱警戒心，以及兩名受害者遭到殺害的時間都是學生們正放學回家的傍晚時分，可以研判出凶手應該還未成年，而且很有可能是就讀同一所高中的男……不，女學生。」

香月滔滔不絕地說著。

「……如果凶手是女學生，那第二名受害者身上衣衫不整又是怎麼回事？」

蝦名聽得瞠目結舌，半晌之後才問道。

「可能是凶手在受害者死後才故意布置的障眼法，要不然就是凶手的心中有著這種異常的性慾。正因為凶手是個女學生，所以遺體的身上找不到發生過性行為的跡象，也驗不出凶手的體液。到目前為止，搜查本部曾經懷疑過凶手是十多歲的少女，以此為方向清查過受害者生前的朋友嗎？」

「沒有……這對我們來說，完全是個盲點。」

這可說是天底下最荒唐的反向推理。

事先得知凶手是女學生，才將其人物特徵往這個方向推導。這根本不是推理，說難聽點，這叫做串供。但既然翡翠的靈視不具證據能力，除了這麼做之外也沒有其他辦法。

「香月先生，像這種連續殺人魔，通常不是會帶走一些東西當成紀念嗎？這次的凶手是否也這麼做了？」

「這個嘛……確實不排除凶手帶走了受害者的隨身物品。如果能夠查出凶手帶走了什麼，或許有助於鎖定凶手的身分……」

「沒想到竟然是同一所高中的學生……這可真傷腦筋。」

「傷腦筋？怎麼說？」

「要清查學生在學校裡面的人際關係，是一件相當麻煩的事。因為學校屬於一種封閉社會……當然校方表面上還是會提供協助，但如果校方知道我們鎖定女學生為嫌犯的話，搞不好會刻意刁難。因此我們在問話的時候，必須假裝我們鎖定的嫌犯是校外人士。而且如果女學生們的人際關係是最大的破案關鍵，我們就必須先設法突破她們的心防。總而言之，要問出線索可說是很不容易。」

香月心想，蝦名的擔憂確實有道理。目前所掌握的證據，還不足以大刺刺地聲稱「**凶手就是貴校學生**」，而且校方願不願意乖乖配合調查，也還是未知數。更遑論那些女學生們可能會因為信不過警察，而不肯吐露真相。

「既然如此，只好想辦法拉關係了。」

香月的腦海之中，浮現了當初那個遞出與眾不同的仰慕信的少女。

＊＊＊

根據那封信的內容，可知藤間菜月就讀該所高中的二年級，參加的社團是攝影社，而且她跟兩名受害者的關係很近。

第一名受害者武中遙香跟藤間菜月不僅同年級，而且還是在攝影社裡認識的死黨好友。第二名受害者北野由里也跟藤間菜月同年級，兩人雖然沒什麼交情，卻是同班同學。

菜月在交給香月的信裡，對受害者武中遙香有著相當詳細的說明。首先，菜月強調自己跟遙香的感情非常好。再者，菜月聲稱遙香雖然暗戀補習班老師，但是兩人並沒有交往，而且遙香也不是會隨便接受可疑男子搭訕的女生。

依據翡翠的靈視結果，凶手是一名女學生，而且北野由里稱呼凶手為學姊，可見得凶手應該是三年級的學生。

但是從現實層面考量，在缺乏明確理由的情況下，總不能要求校方讓所有三年級女學生都接受警方問話。因此必須從兩名死者的共同朋友之中，挑選出較為可疑的三年級女學生才行。而第一步，或許可以先找攝影社的學生們探探口風。當然名義上還是鎖定校外人士為嫌犯，以此要求學校提供協助，再從中設法清查出兩人的共同朋友。

決定了方針之後，蝦名立刻打電話聯絡學校，數天之後，三人終於得以踏入校園。

「哇，原來這就是高中……」

翡翠仰望放學後的校舍，一臉陶醉地嘆了口氣。

今天翡翠的打扮較為端莊，雖然上半身還是穿著女性罩衫，但下半身改成了一件窄裙。至於香月，則是穿上了許久不曾穿過的西裝，盡量讓自己看起來像警界人士。蝦名要兩人先在校舍外等著，自己則早一步踏進校舍，朝著訪客登記處走去。

這時正值放學時間，學生們三三兩兩出現在樓梯口。由於翡翠的外貌實在太過搶眼，每個學生們都是一邊盯著她瞧，一邊走向校門口。女學生們穿著水手服，男學生則是身穿立領制服，看起來其實跟國中生並沒有太大的差別。

「妳怎麼說得好像從來沒看過似的……」

只見翡翠神情興奮地左顧右盼，一下子看著校舍及操場，一下子望向開心走在路上的學生們。突然間，她朝香月瞥了一眼，露出有些不好意思的表情。

「抱歉……」她低下了頭，咕噥道：「我沒有上過高中。」

「噢，原來如此。」香月委婉地問道：「但高中的校園跟國中應該大同小異吧？」

「我是十五歲才回日本，在那之前我一直住在紐約，所以日本的國中，我也只讀了三個月左右。」

翡翠一臉遺憾地說道。

「好吧，那妳今天就盡情體驗一下當高中生的感覺吧！」

「嗯……他們的制服真是可愛。」

翡翠望著正放學回家的少女們，眼神中充滿了憧憬。

此時，蝦名帶著一個看起來像教師的男人走了回來。那個人自稱姓石內，是攝影社的顧問老師，年紀大約四十五歲，一看就知道是個好好先生，想必很受學生歡迎。

石內一面帶著蝦名、香月及翡翠走向教室，一面解釋雖然攝影社有社團活動室，但是空間太狹窄，容納不下所有人，所以他安排了一間教室讓三人向攝影社的學生們問話。

走進教室一看，已有十名學生坐在教室裡，其中有男有女，女生比男生多了一些。藤間菜月也在這群學生之中，她一看見香月，先是驚訝得瞪大眼睛，接著朝香月低頭行了一禮。

「就像我之前跟大家說的，關於那兩起命案，刑警們有幾句話想要詢問大家。我知道大家心裡都不好受，但為了過世的兩人，我希望大家能夠盡全力配合。」

長相一臉稚氣的蝦名，可說是最能夠讓學生們卸下心防的刑警。他先報上姓名之後，稱香月及翡翠為「調查行動協助者」。翡翠當然又成了眾人矚目的焦點，當她在自我介紹的時候，大部分的學生們都看傻了，甚至還有男學生看得太入神，張大了嘴而不自知。

這時，一名女學生突然問出一個問題，打破了凝重的氣氛。

「請問城塚小姐也是警察嗎？」

「呃，嚴格來說並不是……」

「妳是混血兒嗎？」

「唔……不算是，但我的祖母是英國人……」

「四分之一混血！妳長得好可愛，簡直像模特兒呢！」

「啊，呃……是嗎……」

「等等能讓我拍張照嗎？」

說出這句話的人是菜月，其他女學生們也紛紛跟進。

「啊！太狡猾了！我也要！」

教室內的氣氛驟然轉變，鬧烘烘地吵成了一團。

「呃……那個……我知道了……但是請妳們協助調查工作……」

香月看見這景象，也不禁傻住了。翡翠面對爭先恐後地高舉著手的女學生們，當然也慌了手腳。

「好了，大家安靜一點，妳們已經不是小孩子了。刑警們來這裡是為了辦案，可不是來玩的。」

石內忽然擊掌了數次，控制住整個場面。

但也因這麼一鬧，氣氛變得融洽許多。在這種氛圍下，相信學生們也比較樂於開口吧！

首先，蝦名請每個學生一一進行簡單的自我介紹。場面的主持由蝦名負責，香月則仔細觀察著每一名學生的態度與表情。女學生有七人，男學生只有三人，而且這三名男學生都屬於較內向的孩子，反而是女學生表現得較為活潑大方得多。

如今的第一個重點，是找出這裡頭的三年級女學生。每個女學生脖子上的領巾，似乎會隨著入學年度的不同而改變顏色。朱紅色是三年級，翠綠色是二年級，深藍色是一年級。換句話說，只有綁著朱紅色領巾的女學生比較值得注意。但是……

「我是攝影社的社長，今年三年級，叫做蓮見綾子。」

攝影社裡的三年級女學生，就只有社長一人。雖然所有的學生都坐在椅子上，但還是可以看得出來，綾子的身材特別高挑，而且長得相當漂亮。相較於吵鬧、熱情的其他學生，綾子說好聽點是成熟穩重，說難聽點是冷眼旁觀。她理著一頭短髮，耳朵及脖子都露了出來，而且肩膀頗寬，簡直像是寶塚歌劇團[13]裡飾演男性角色的女演員。

所有的學生之中，剛剛唯獨綾子沒有跟著起鬨，甚至沒有跟其他學生說話，只是以平淡的眼神觀察著香月等三人。

「武中跟其他同學比較要好，跟我沒什麼交流。但她好像很喜歡我的攝影作品，進行社團活動的時候，她有時會問我如何拍出漂亮的照片。」

綾子以平靜的態度一一回答著蝦名的問題。

＊注13：寶塚歌劇團，創辦於二十世紀初期的歌劇團，以日本兵庫縣寶塚市為主要活動地點，特徵是劇團演員全為女性，就連劇本裡的男性角色亦由女演員擔綱演出。

「北野由里跟我參加相同的委員會，我們都是圖書委員。但我跟她也只是偶爾會見到面而已，互相並不知道聯絡方式。曾經有幾次，我跟她聊起自己正在讀的書，聊得還算愉快，但也沒有其他交流。」

她跟北野由里也常有接觸的機會，由里透過翡翠的嘴喊出的「學姊」，會不會就是她？香月轉頭望向翡翠，翡翠察覺了香月的視線，一臉困惑地搖了搖頭。原本兩人事先約定好了，如果有什麼新的發現，就一同暫時離席。但是從蓮見綾子的身上，翡翠似乎聞不到殺人凶手的氣味。

「原來如此。」蝦名說道：「那我再問妳一個問題。二月十五日的下午四點半到六點半，以及六月十七日的下午四點到晚上七點，妳還記得妳在哪裡嗎？啊，妳別誤會，我可不是在詢問不在場證明。那是兩位同學遇害的時間，我想知道大家是否在那個時候看見過她們，或是看見形跡可疑的男人。」

「我不記得了。通常一到傍晚的放學時間，我都會立刻回家。因為我是騎腳踏車上下學，偶而會為了拍照而在外頭到處晃一晃。但我的父母很嚴格，所以不會拖得太晚，不然會被罵。」

蝦名接著又詢問其他學生，但是大部分學生都只談到同樣是攝影社成員的武中遙香，幾乎沒有人認識北野由里。

「沒有人跟北野同學比較熟嗎？」

香月開口詢問，所有學生都露出了一無所知的表情。

「她好像不太喜歡跟人往來，個性非常文靜，不太好聊天，朋友好像也不多。」菜月開口說道：「在教室裡的時候，她通常都是在看書。可惜她好像不太愛看推理小說，不然應該會跟我合得來。」

菜月低下了頭，露出一臉遺憾的表情。畢竟她跟由里是曾經在教室裡一同學習的同班同學，或許菜月心裡一直偷偷想要跟她做朋友也不一定。

「啊，既然她也愛看書，或許藁科會跟她有些交情。」

石內老師說道。

「藁科？」

「她是我帶的那一班的學生，全名是藁科琴音。她不僅是圖書委員長，而且好像很愛看書，或許她跟北野在委員會裡是好朋友也不一定。她是個很外向的孩子，經常感嘆找不到喜歡看書的同好。」

「她現在已經回家了嗎？」

「這我也不清楚。她是游泳社的成員，但今天好像沒有社團活動，或許在圖書室裡看書也不一定。需不需要我去把她叫來？」

「不用了，我們直接去找她。」香月說道：「我順便想確認一下圖書室裡的氣氛。」

香月等人向攝影社的學生們道了謝之後，便一同走向圖書室。蝦名與石內一邊說話一邊走在前頭，香月與翡翠則走在後頭，兩人偷偷交頭接耳。

「如何？」

香月探問道。

「對不起，我什麼也沒有感應到。如果能夠個別對談就好了……像這樣所有人聚集在一起，氣味太過混雜……啊，不過……」

翡翠搖頭回答。

「不過什麼？」

「那個姓蓮見的女生，好像有點與眾不同。不知該說是主觀意識強，還是個性獨特……

我也說不上來。但她散發出的氣味很強烈，跟老師所推測的凶手特徵不是很像嗎？」

「她的心裡有罪惡感嗎？」

「完全沒有。」翡翠搖頭說道：「或許她不是凶手，也或許她……」

「就算殺了人也不會有罪惡感。」

圖書室比原本香月所想像的還要大，裡頭稀稀落落地坐著一些學生，但只有少數學生是在看書或是尋找書籍，大部分的學生都攤開了筆記本，像是在複習功課。

三人決定不進去打擾學生，只讓石內老師進去把藁科琴音叫來走廊上。

藁科琴音是個相當適合戴眼鏡的斯文少女，長得也很漂亮，但相貌已頗為成熟，不太像是所謂的少女。香月因為工作的關係，喜歡拿他人的形象來做一些想像，而琴音給人的感覺就像是學校裡的圖書顧問老師，或是舊書店的店員。

蝦名向她詢問關於北野由里的事。

「啊，嗯……我跟她經常聊小說。她遭遇那種事，我也覺得很難過。」

琴音眨了眨眼鏡背後的一雙大眼睛說道。

蝦名接著又詢問北野由里的人際關係及處事風格等等，但並沒有問出什麼特別值得注意的內情。琴音聲稱她跟北野由里從來沒有聊過小說以外的其他事情，互相也不知道對方的聯絡方式。

「她有沒有男朋友？這個妳知道嗎？」香月問。

「嗯……我不知道她有沒有，但我猜應該沒有。」

琴音歪著頭思考了一會說道。

「為什麼？因為她很內向？」

「不是……」琴音玩弄著胸前打成領帶狀的朱紅色領巾。「我猜她喜歡的是同樣擔任圖書委員的蓮見。」

香月與翡翠不由得對看了一眼。

「她喜歡的書，也是以描寫女性之間感情的作品居多。蓮見成熟穩重，長相又帥氣，北野應該也很仰慕她吧！雖然她從來不敢主動跟蓮見說話，但她的視線總是追著蓮見跑……」

這可說是相當重要的線索。如果是蓮見綾子的話，應該有辦法將北野由里帶到沒有人的地點，而且她的骨架較大，身高也較高，要將少女勒死應該不是難事。

「對不起……我差不多得回家幫忙家務了。」

三人向少女道了謝之後，沿著走廊往回走。

「石內老師，不好意思，如果方便的話，我們想參觀一下攝影社的社團活動室。」

「咦？」石內轉過頭來，一臉詫異地說道：「可以是可以，但你們看活動室做什麼？」

「我們猜想，活動室裡應該還有一些武中遙香的作品，從她所拍的照片裡，或許能發現一些蛛絲馬跡。」

「例如，可能拍到了可疑人物？」

「嗯，是啊！」

活動室並不算寬敞，正中央擺著兩張長桌子，除此之外還堆滿了雜物。好幾張照片貼在軟木板上，看起來像是學生們的攝影作品，或許因為成員大多是女孩子的關係，裝飾得非常可愛。此時，活動室裡有四名女學生，其中也包含藤間菜月及蓮見綾子。

「啊！香月老師！」

菜月看見一行人走進來，朝著香月低頭鞠躬。

「謝謝你願意幫忙！」

「別客氣。」香月苦笑著說：「目前還不確定我能不能幫得上忙，但我會盡力的。」

四人一走進活動室，空間頓時變得擁擠不堪。香月站在牆邊四下觀察，最後注意到了軟木板上的某張照片。

「這是攝影社的大合照？」

「是啊。」石內點頭說道：「我記得沒錯的話，是去年秋天拍的。」

拍照的地點似乎是某座自然公園，以秋天的楓紅為背景，石內跟攝影社的學生們全部聚集在鏡頭前。這天應該是舉辦了類似攝影會之類的活動，每個學生的手上都拿著照相機。

「啊，武中同學手上這臺不是猴哥（Holga）牌的玩具相機嗎？這應該是使用膠卷底片的相機……真令我意想不到，原來現在還有年輕人會使用膠卷底片？」

「我們整個攝影社裡，也只有兩個學生會用。」石內有些不好意思地說：「現在絕大部分的孩子都沒摸過也沒看過膠卷底片。就連社長蓮見，也對膠卷底片完全沒概念。除了我之外，也沒有學生能教其他人。」

「因為那種東西太缺乏效率了。」蓮見面無表情地說道：「不僅要花錢買底片，而且一次只能拍三十張左右，我連碰也不想碰。」

「看吧！現在的孩子都是這種心態。」石內轉頭對著香月說：「香月先生，你對攝影有研究嗎？」

「有一點，我大學時參加的也是攝影社。」

「請問……玩具相機是什麼意思？」

在一旁看著照片的翡翠問道。

「就是像玩具一樣的照相機。因為便宜的關係，拍出來的照片會有一些獨特的失焦或歪斜現象，反而有一種特別的韻味。再加上造型可愛，很受女孩子喜歡。」

「我用的也是玩具相機，這臺是ＬＯＭＯ牌。」菜月從書包裡取出一臺白色的玩具相機。「原本我用的是爸爸的單眼相機，後來看遙香用玩具相機，忍不住也買了一臺。這種玩具相機通常很輕巧，帶著走相當方便。」

「哇，好可愛！」

翡翠看著菜月手中的相機，發出了尖叫聲。

「妳要拿拿看嗎？」

「可以嗎？」

翡翠的神情豁然開朗，露出孩子般天真無邪的笑容，小心翼翼地接下照相機。

「這一型的白色不是限定款嗎？真是少見。」

香月好奇地問道。

「真的嗎？這是我在附近的照相館買的中古貨。」

菜月露出了驚訝的表情回答。

「藤間，刑警他們想要看武中拍的照片，妳能不能幫忙找一找呢？」石內囑咐道。

「呃，我記得有一本遙香的相簿。」

菜月在架子上翻找了一會，取出一本相簿。香月拉了一張椅子坐下，細細查看相簿裡頭的每一張照片。菜月則在一旁教導翡翠如何使用玩具相機。

武中遙香拍的作品大多是黑白風景照，取景地點幾乎都是學校附近的巷道。玩具相機那不可思議的失焦感，讓黑白照片增添了一種宛如異界景色的奇妙氛圍。除了巷道之外，拍攝的主題還有公園、天空，以及在教室裡笑得毫無心機的朋友們，有時還會出現露出靦腆笑容的菜月。人物照之中，有幾張是彩色照片，其中也包含板著一張臉、捧著相機的蓮見綾子。

但是沒有一張照片讓香月看出了原本不知道的人際關係，他不禁有些失望，在這些照片裡可說是一無斬獲。

香月闔上相簿，抬起了頭，剛好看見菜月與翡翠鬼鬼祟祟地坐在長椅的角落處，兩人的臉湊得相當近。仔細一瞧，翡翠正舉著相機，而菜月則在旁邊指導，一邊向她解釋旁軸相機[14]的特性，一邊將她的手指引導至快門按鈕。

相機鏡頭對準香月，發出喀嗒聲響。**看來自己被拍了一張照！**菜月與翡翠發現香月已察覺到她們的舉動，互相對看了一眼，各自發出嗤嗤竊笑，宛如一對惡作劇成功的姊妹。

「好了，我們該告辭了……」

「啊！」

菜月匆忙起身，椅子發出了刺耳聲響。

「翡翠小姐，請讓我拍張照！」

＊注14：旁軸相機（簡稱RF），是指取景用的取景窗和拍攝用的鏡頭光路相互獨立的照相機，取景窗所在的光路即為旁軸。

「啊！我也要、我也要！剛剛約好了！」

其他女學生也紛紛起身走向翡翠。

「呃……那個……」

翡翠一臉不知所措地看著香月。

「妳剛剛不是答應過，要讓我們拍照的嗎？」

菜月嘟起了嘴，笑著說道。

剛剛在自我介紹的時候，翡翠確實違拗不了女學生們的請求，說出了類似答應的話。

「呃……我確實是答應過，但是……」

「對了，翡翠小姐，妳穿上我們的制服吧！一定很好看！」

「啊！真是好點子！就這麼做吧！」

整間活動室忽然變得熱鬧滾滾，一群十多歲少女瞎起鬨的氣勢，誰也阻擋不了。

「喂！妳們幾個……」

就連石內老師的喝止聲也遭到喧鬧聲淹沒。

「站起來！站起來！」

「穿我的吧！應該很合身！」

「呃……呃……」

「捕捉到最佳攝影主題！」

菜月抓住翡翠的手腕喊道。

「在哪裡換衣服？」

「進暗房吧！」

一群少女像颱風一樣簇擁著翡翠離開了活動室，留在活動室內的女學生，只剩下性格冷酷的蓮見綾子，而綾子臉上也露出了瞠目結舌的表情。

「你們這裡還有暗房？」

香月哭笑不得地問道。

「有，可以洗黑白照片，但如今除了藤間之外，已經沒有其他學生會用了……真的很不好意思，她們太亂來了。」

「沒關係，請完全不要介意，因為我猜她心裡大概樂意得很。」

「看這邊！再裝得可愛一點！」

「嘟個嘴！拋個媚眼！像個小狐狸精一樣！」

「翡翠學姊真的是太可愛了！啊啊，這個由下往上的角度，真是讓人噴鼻血！那大腿真是極品！」

少女們的尖叫聲在教室內迴盪著。

「其實女高中生跟中年大叔也沒什麼不同……」

「是啊！那根本是中年大叔才會說的話。」

香月聽了蝦名巡查部長的感想，不禁露出苦笑。

穿上了水手服的城塚翡翠，確實就像個純真可愛的少女。原本外貌所營造出的神祕氛圍，如今早已蕩然無存。畢竟翡翠本來就是個有著北歐血統的絕色美女，再加上她不裝模作樣時的表情及動作，明顯流露著一股天真無邪的稚氣。

「這……這樣……看起來如何？是不是有點奇怪？」

身穿水手服的翡翠，被帶到了香月的面前。她滿臉通紅地低著頭，因為害羞而不停玩弄著胸口的翠綠色領巾，那模樣實在相當討喜可愛。

「不會，相當好看。」

「真……真的嗎……？這裡的水手服跟我國中時穿的水手服感覺不太一樣，沒有領巾環……我的領巾會不會打得很奇怪？」

「放心，我調整過了！」換上了體育服的菜月，臉頰因興奮而泛起了紅暈，握起拳頭說道：「來吧，讓我們盡情拍照吧！」

剛開始翡翠顯得既害羞又不知所措，但在少女們的鼓舞之下，她的臉上逐漸露出了笑容。如今翡翠被要求坐在教室裡的桌子旁邊，以手拄著臉頰。翡翠完全服從女學生們的命令，一下子露出含羞的微笑，一下子努力擠出惆悵的神色，臉上的表情可說是千變萬化。

「吉原，改變一下反光板的位置……對，就是那邊……嘖，還是不夠亮。」

就連蓮見綾子也拿起了單眼相機，一臉認真地尋找著最佳角度。

綾子所使用的是鏡機合一式的最新型單眼相機，有「新單眼」之稱。連結相機與鏡頭蓋的短帶上裝飾著小花，雖然與本人的冷淡性格不太相符，卻增添了一股嬌柔感。這臺相機似乎是她的愛機，不管是在大合照裡，還是在武中遙香拍的照片中，她都拿著這臺相機，短帶上的小花特別醒目。

「等……等一下！菜月，為什麼妳要由下往上拍？」
「那個大腿！那個大腿能不拍嗎？」
菜月躺在地上，不斷按著單眼相機的快門。翡翠原本露出不知如何是好的表情，但或許是菜月的動作太逗趣的關係，翡翠最後也忍不住笑了出來。
真是和樂融融的一幕。翡翠簡直就像是真正的女高中生，在放學後跟同學們一起留在教室裡胡鬧嬉戲。
「幸好她們看起來很有精神。」
站在遠處看著的蝦名忍不住說道。
「其實我原本有點擔心呢……或許女高中生比我原本所想的更加堅強吧！」
言下之意，當然是慶幸這些少女們並沒有因為好友過世而鬱鬱寡歡。
「那也不見得，其實我已經有好一陣子沒有看見她們像這樣嬉鬧了。或許你們會認為這樣的想法很無情……但是寶貴的高中生活只有短短的三年，總不能一直活在憂鬱之中。她們心裡應該也很明白這一點，所以才會強顏歡笑，努力想要找回快樂的時光。」
石內老師一邊瞇起眼睛望著女學生們，一邊說道，接著他轉頭望向蝦名及香月。

「請你們務必揪出凶手，拜託你們了。」

石內老師背對著少女們的歡笑聲，朝著兩人深深鞠躬。

＊＊＊

感覺差不多該吃晚餐了。一看筆電上顯示的時間，已過了晚上七點。

香月史郎坐在熟悉的咖啡廳包廂內，一如往昔寫著稿子。

今天中午，香月參加了一場新企劃案討論會兼餐會，下午接受雜誌專訪，難得過了非常忙碌的一天。事實上這兩天以來，香月一直忙著工作，把命案的調查全丟給了警察去處理。

搜查本部在接獲香月所提出關於凶手特徵的推論之後，變更了調查方針，改為將目標鎖定成與受害者有深厚交情的男女學生，重新展開訪查蒐證及調閱監視器的行動。原本查看監視器影像只以「可疑男子」為目標，如今以全新觀點重新確認，應該能看出一些新的端倪。目前暫時也只能期待搜查本部的行動有所斬獲了。

就在香月想要休息一下、吃點東西時，店門口的鈴聲忽然叮噹作響，有人走進了店內。

「太好了，老師。你果然在這裡。」

那個人正是翡翠，此時她臉上的妝跟平時截然不同，不僅充滿了神祕感，而且灰暗而陰鬱，讓人聯想到荒涼的廢墟。

「妳剛結束工作？」

「嗯，有一家人經常作惡夢，來向我求助。我到他們家看了之後，已找出了明確的原因，應該可以妥善處理。」她在香月的對面坐了下來。「我剛好來到這附近，心想老師可能在這裡工作……打了電話給老師，但老師沒接。」

「噢，不好意思，我的手機沒電了，正在充電中。」

香月搔著頭說道，接著闔上筆記型電腦，將桌上亂成一團的資料及便條紙收拾整齊。

「啊，如果妳還沒吃晚餐，要不要一起吃？」

「咦？可以嗎？」翡翠瞬間笑逐顏開。「我想吃蛋包飯。上次我看了這裡的菜單上的照片，就覺得一定很好吃。」

「不，我們去吃更好吃的東西吧！」

難得可以跟翡翠共進晚餐，奢侈一下應該也不為過吧！香月的腦中想到了好幾家合適的餐廳。

「但是……那蛋包飯呢……？」

翡翠的表情剎時轉為沮喪。

香月笑了起來，將腦海裡的那些店名全都拋了出去，拿起立在桌邊的菜單，遞給了翡翠。

「好吧，那些店就等下次再去吧！」

「對……對不起……」

翡翠明白自己說了像孩子一樣任性的話，低著頭接過菜單，以菜單遮住了整張臉。

「就約下個禮拜六，如何？」

「咦？啊，好……沒問題……」

香月很想看看翡翠此時的表情，偏偏這裡雖然是一家咖啡廳，菜單卻大得驚人，害自己完全看不到翡翠的可愛雙眸。

好不容易趁機讓翡翠答應星期六與自己約會，但不曉得翡翠心中如何看待這件事？到目前為止，香月還不曾真正與翡翠約會過。雖然夏天曾經帶她去過遊樂園，但當時千和崎也在場。這次終於是兩人單獨約會，但依翡翠那少一根筋的腦袋，難保不會完全沒有意識到那是約會。話說回來，腦袋少一根筋也算是翡翠的優點吧！

最後翡翠真的點了蛋包飯，香月則點了豬排咖哩。

「對了，老師，昨天晚上菜月傳了訊息給我。」

自從那天之後，翡翠似乎就與那群女學生變成了好朋友。

那天香月開車送翡翠回家的時候，翡翠還喜孜孜地提到她與那群女學生們在某個傳訊APP上互加對方為好友。翡翠抓著手機不停甩動，嘴裡說著「原來還可以這樣加好友」的畫面，在香月的心中留下了深刻印象。

「菜月傳訊息跟我說，她想到了一件關於武中遙香的事……好像是說她去年到照相館……呃，那個叫洗照片嗎？總之，就是她去照相館的時候，不小心把遙香拍的照片的檔案CD也帶了回家，存進了電腦裡。她把其中的幾張照片寄給我，說還有這樣的照片，問我這對案情的調查有沒有幫助……」

翡翠一面解釋，一面遞出智慧型手機。

香月將翡翠的手機放在桌面上，以手指捲動畫面。螢幕上顯示的是翡翠與菜月在傳訊APP裡的對話履歷，裡頭還夾帶了幾張彩色照片，但全部都是風景照，實在找不到什麼新的線索。

「她說其他照片的檔案太大，她打算存在ＵＳＢ隨身碟裡給我。」

「等等，這不是……」

對話履歷似乎往前捲動得太過頭了，畫面上出現一枚貼圖，圖旁寫著『太神了』。此外，還有一張照片，裡頭的主角是身穿水手服的翡翠，背景是傍晚的教室。這似乎就是當初菜月由下往上拍的照片，構圖只能以香豔大膽來形容，除了雪白又美麗的大腿一覽無遺，就連兩腿之間似乎也若隱若現。

「哇！老師，不能看！那個會看到屁股！」

翡翠慌忙取回手機，懷抱在胸口，鼓起了臉頰。

「抱歉……但我覺得拍得不錯……這麼短的時間，妳們已經變得這麼要好了？」

「是啊！」翡翠露出幸福的微笑。「我們還建立了一個……呃，那個叫群組嗎？她邀我參加下一次的攝影會，還說要借我玩具相機。對了，她還說要推薦我適合外行人讀的推理小說呢……」

看來這兩人雖然都有些內向，卻有聊不完的話題。

「菜月對拍照真的很有一套，她寄了一些那天拍的照片給我看，裡頭的人漂亮得簡直不像是我。」

「我相信菜月的拍照技術應該不錯。但另一方面，也是因為妳擁有十足的魅力，她只是把真正的妳呈現出來而已。」

「真、真的嗎？」

翡翠低下了頭，揚起視線看著香月。

「老師，你已經不玩攝影了嗎？」

「是啊！雖然我擁有很不錯的相機，但現在完全沒在用，蒙上了一層灰塵……我還記得從前回攝影社的時候，經常拿結花當作拍攝的主題。其實攝影社的男生們，每個都想拍她呢……嗯，真懷念那段時光……」

「真……真的嗎……」

翡翠露出了既懊惱又複雜的表情。香月不禁有些後悔，不該在這種時候提結花的事。

每一次香月提起結花的名字，翡翠就會一臉痛苦地唉聲嘆氣。多半一來是懊悔沒能拯救她的性命，二來是回憶起當初短暫進入心中的結花內心情感，因而感到心情浮躁吧！翡翠曾經說過，一旦讓慘死者的魂魄進入體內，就會連續作很久的惡夢。無論如何，絕對不能再讓她做那種事。

「如果……老師不嫌棄的話……我可以讓老師拍……」

「咦？」

「請拍我吧……」翡翠抬起視線瞥了香月一眼，接著不安地說：「對不起，我不該提出這種厚臉皮的請求……」

翡翠害羞地縮起了肩膀，整個人簡直像是縮小了幾分。

「不，請務必讓我拍。老實說，其實我很羨慕菜月她們呢！這下子我也可以大展身手了。」

翡翠微微頷首，一直不敢將頭抬起來，尷尬的氣氛令兩人不再說話。不一會，服務生送上餐點，帶走了尷尬的空氣。

「哇，好軟！」

翡翠一臉興奮地吃起了蛋包飯，心情似乎也恢復了。

接下來，兩人隨口閒聊了起來。翡翠一直說起關於她新交的那些女高中生朋友的事，香月大部分的時間都只是靜靜聆聽。翡翠說她不斷提醒自己說話要謹慎小心，好不容易進了群組，千萬不能在群組裡說錯了話。

「說錯話是什麼意思？」

香月好奇地問道。

「就是說出只有我自己知道的事。例如，吉原櫻……」

翡翠提到了一個跟菜月很要好的二年級女學生，她也是攝影社的成員，臉上戴著眼鏡，個性開朗、愛起鬨。

「她的身邊跟著一個女孩子的亡靈，而且靈力很強，幾乎以肉眼就看得到。第一次見到的時候，我嚇了一跳呢！但那似乎並不是會作祟的惡靈，而是類似庇護著她的守護靈，可能她有一個姊妹在她小時候過世了吧！」

翡翠說得輕描淡寫。

像這樣的事情要是隨便說出口，很可能有人會因此而不敢再與翡翠往來，但香月感覺翡翠最近似乎越來越常跟自己提起類似這樣的話題。或許這證明了她越來越信任自己，認為自己一定會相信、理解她吧！

「沒想到菜月在中午的時候，竟然傳了奇怪的影片給我。那時候她應該還在上課才對，竟然偷偷傳了那種東西……」

正閒聊時，忽然響起了手機鈴聲，發出聲音的並不是香月的手機。

「啊，是蝦名先生打來的。」翡翠看了一眼自己的手機畫面，詫異地說道，接著接起了電話。「喂？我是城塚。對……老師嗎？他就在我旁邊。啊，我猜那是因為他的手機沒電了……咦……？」

翡翠驀然睜大了雙眼，雖然翡翠的手機隱約傳出了蝦名的說話聲，但香月聽不清楚他在說些什麼。

香月心中有股不祥的預感。原本表情千變萬化的翡翠，如今卻像電力用盡的機械人偶一般動也不動，臉上的情感都遭奪走，變得空洞無神。香月從來沒有見過翡翠露出這樣的表情。她張著嘴靜止不動，彷彿思考已經停止，接著開始微微顫動，那一對能夠看見亡魂的翠綠色雙眸，開始湧出閃閃發光的淚水。

「好的……」

翡翠握著手機的手掌，疲軟無力地垂了下來。

「老師……」

翡翠望向香月，眼神中只有無盡的空虛。

「他們發現了……菜月的遺體……」

＊＊＊

「受害者是……藤間菜月，十六歲……附近高中的二年級學生。不久前她的父母因為她遲遲未歸，向警方報案，剛好就在那個時候，一位下班回家的女性上班族在這裡發現遺體，立即報了警。」

蝦名巡查部長以平淡的口吻說出了目前已知的案情。

這裡是公園內的冷清角落，距離第一起命案的發生地點只有數公里。由於附近有一座低矮的兒童遊戲鐵架，白天聚集了不少孩子，到了傍晚，就成了完全不會有人經過的冷清地點。發現遺體的女性上班族會穿過公園，只是因為想要抄近路。

攝影器材的閃光燈及機械聲，打破了夜晚的寧靜。鑑識課人員在這附近一帶進行著地毯式的搜尋，一副絕不遺漏一絲一毫線索的氣勢。不久之後，檢視官[15]鷲津哲晴警視來到現場，對少女的遺體進行詳細的勘驗。鐘場警部也被派來支援，正在對身穿制服的基層員警們下達種種指示。聚集在此的所有警職人士雖然群情激奮，每個人看起來都恨不得立刻將可怕的殺人魔繩之以法，但在執行勤務時卻都懂得壓抑情緒，表現出冷靜謹慎的態度。

香月史郎站在稍遠處，看著燈光照耀下的藤間菜月遺體。少女的肌膚一片蒼白而毫無血色，在黑夜裡異常醒目，就像死了一樣。沒錯，她已經死了。

不久前還與翡翠一起天真歡笑的那副景象，如今再也看不到了。少女因驚愕及痛苦而睜大了眼珠，瘀血的臉孔嚴重扭曲變形，嘴張得極大，舌頭伸出了嘴外，彷彿正在發出怨恚的呻吟聲。

如果她還活著，這些聲音會對誰發出？她是否會對著自己低頭鞠躬，懇求自己找出殺害她的真凶？

「為什麼……為什麼會這樣……」站在一旁的翡翠不僅聲音沙啞，而且身體搖搖擺擺，

＊注15：檢視官，指針對死因不明的屍體進行初步勘驗，確認死因及是否有他殺嫌疑的警職人員，有別於對屍體進行精密解剖的法醫，通常由資深的高階警官擔任。

似乎隨時會摔倒。「這是騙人的吧……老師，這是在開玩笑吧……」

香月摟住她的身體，讓她倚靠在自己的肩膀上。當初翡翠堅持要一同前往查看遺體，香月無奈地答應了，如今回想起來，這或許是個錯誤的決定。

「別看！」

遺體的白皙脖子上，有著索條狀的變色勒痕，以及掙扎時被自己的指甲所抓的傷痕。就跟當初北野由里一樣，遺體身上的水手服幾乎被脫去一半，綠色的領巾整整齊齊地落在一旁。肚臍附近的雪白肌膚都露了出來，內褲也被脫到了兩腳的膝蓋附近。

「手法完全相同。」

鷲津起身說道。香月過去協助辦案的時候，已與他有過數面之緣。

「雖然還得等解剖報告出爐才能完全確定，但推測死亡時間應該在晚上五點到八點之間，凶器還是跟之前一樣。凶手大致上是從正面將她勒死，過程中還曾經騎在她的身上。雖然死者衣衫不整，但是初步研判並沒有受到性侵的跡象。身上皮膚狀態良好，沒有一點傷痕，指甲也被剪掉了，要驗出凶手的體液或汗液恐怕相當困難。」

鷲津說完之後，接著是一陣悲痛的沉默，現場只聽得見快門聲。

香月在翡翠的背上輕撫，可以感覺到她的身體正在不停抖動，除此之外，香月已不知道自己能幫上什麼忙。

到底是哪個環節出了錯誤？如果凶手是個心理變態的連續殺人魔，克制不了慾望而殺害第三個人只是時間早晚的問題。這一點員警們也早有心理準備，但是所有人都沒有料到，第三起命案會發生得這麼快……

「為什麼……為什麼……菜月她……」

翡翠將額頭貼在香月的胸口，嘴裡哽咽著說道。

當初菜月手上拿著照相機，臉上笑容可掬的模樣浮現在香月的腦海。

「照相機……」

香月想起了一件事，趕緊轉頭望向遺體，一臺白色的小型照相機，就落在遺體的附近。

「蝦名，那臺照相機……裡頭的底片還在嗎？」

「咦？」站在附近的蝦名拾起照相機，看了一眼後說道：「這裡頭應該沒有底片，你看……」

蝦名將照相機的側面朝向香月。LOMO牌照相機上頭有一個小框，可以確認安裝在裡頭的是什麼樣的底片。如今從該框可以看得出來，照相機裡並沒有底片。

「有可能是被凶手取走了。」香月說道：「聽說菜月總是隨身攜帶著這臺玩具相機。或許她曾經拍下跟她一起來到這裡的凶手身影，凶手察覺了這一點，所以把底片取走了。」

「原來如此……或許能夠採到指紋。」

蝦名小心翼翼地拾起照相機，交給鑑識人員。

「你先回去吧！」

鐘場以沉重的口吻對香月說道。

「但是，鐘場……」

「你原本並不是應該出現在辦案現場的人。當然，以後或許會有需要請你幫忙的時候。也許真的像你所說的，那個靈媒丫頭有著貨真價實的本事。只要能夠幫助我們逮住殺人魔，不管要我們協助舉辦降靈大會還是什麼鬼活動，我們都會盡全力配合。但是今天，你還是先回去吧，順便把丫頭也帶走。」

「好吧……」

在鐘場的心裡，對翡翠這個人有著什麼樣的評價？

這次翡翠能夠參與查案，是因為香月聲稱她是「能夠誘發出自己推理靈感的優秀助手」。不過，鐘場當然很清楚翡翠的底細，雖然鐘場多半不相信鬼魂之說，但他親眼目睹香月自從認識翡翠之後，接連破解了包含〈水鏡莊命案〉在內的多起奇案。經過了這段日子，或許鐘場對翡翠的看法也有些改變。

香月老實地將翡翠送回了她的公寓。翡翠坐在副駕駛座上，從頭到尾不發一語，只是神情呆滯、雙唇微張，整個人疲軟無力地癱坐在座位上。香月偶而望向側邊的車窗，總是會看見車窗上映照出她那空洞無神的表情。漫長的沉默，令香月感到窒息。

離開了停車場，走向公寓電梯的時候，翡翠一直緊閉雙唇，似乎正在強制壓抑著心中的情感。香月發現她腳步踉蹌，趕緊上前將她攙扶住。

「我看我還是送妳進房間吧！」

此時翡翠伸出手指，捏住了香月的袖子。

「老師……」翡翠低聲說道。由於她一直低著頭，香月看不見她的表情。「今天……阿真會比較晚回來……在她回來之前，你能不能陪著我？」

「沒問題。」

兩人搭上電梯，進入了翡翠的房間，她將香月帶進了一間過去香月不曾進入過的房間。那看起來像是一間較大的客廳，但跟之前所造訪的客廳不同，這間客廳內的家具都是柔和的綠色，有著能夠欣賞夜景的大窗戶，以及看起來相當高級的沙發，牆面櫃裡還放著大型的電視機。

兩人在沙發上坐了下來。翡翠一直垂著頭，將握緊的拳頭放在併攏的雙腿上，香月只是默默地坐在她的身邊，等待她恢復冷靜。像這種時候，就算以千言萬語來安慰，又有什麼用？就連香月，也認為自己該為菜月的慘死負上一些責任。

凶手再度壓抑不了衝動而殺人，或許正是因為香月等人進入學校訪查的關係。凶手發現偵辦此案的員警們正在逐漸逼近，這種心態香月非常能夠體會。畢竟香月到目前為止所寫的作品，對於犯罪心理都有細膩的描寫。

為什麼這次自己竟然沒有預料到凶手將再度犯案？

「都是我的錯……」

半晌之後，翡翠忽然如此呢喃。

「妳沒有做錯什麼。」

「不，都是我不好。我明明可以救她，但到頭來我什麼也做不到。我明明知道凶手是三年級的女學生……如果我有能力讓大家相信我的話……！」

翡翠抬起頭來嘶喊，眼眶中含滿了淚水，閃閃發亮的淚珠彷彿正在不斷灑落。

的確，翡翠在某種程度上，已經靠著靈視掌握了凶手的特徵。翡翠或許可以向校方或警方提出警告，讓大家對三年級的女學生提高警覺，如此一來，菜月可能就不會平白送命。

問題是……有誰會相信這種毫無根據的話？

為什麼翡翠總是喜歡把責任攬在自己身上？

「為什麼每次有人過世，妳總是像這樣，認為是自己的錯？」

這已經不是第一次了。過去的每一起案子，翡翠總是自怨自艾，懊惱自己的能力不足。

「我……」翡翠說到一半，忽然緊咬嘴唇，低下了頭。香月凝視著她那被淚水濡濕且不斷顫動的細長睫毛。「遭到全世界的人不斷排擠的痛苦，老師是不會懂的……」

翡翠舉起微微抽搐的雙手，緊緊抱住了自己的身體。

「每一次都是這樣……大家都對我說……妳搞錯了……妳好奇怪……妳一定是生病了……但只有我才知道真相，我明明擁有著能夠救人的力量……」

翡翠緩緩抬頭，她揚起了嘴角，露出僵硬的自嘲笑容。每一次她眨動雙眼，都有碩大的淚珠自那翠綠色的雙眸滑落。

「但我什麼也做不了……我總是無能為力……我明明只是想要幫助大家！我只是想要證明自己並沒有說錯！我只是想要讓大家知道我沒有說謊！為了實現這個心願，我的能力一定要派上用場才行。但是……偏偏就在最重要的時候，我的朋友就這麼死了……」

香月凝視著少女不斷顫抖的雙唇，她懊悔不已地咬著嘴唇，想要擠出笑容，卻只能毫無意義地喘著氣。

香月不禁思忖起城塚翡翠這個女人，想像她從小到大生活在什麼樣的痛苦之中。永遠沒有人相信她所說的話，永遠都是遭到排擠的那一個，因此她一直希望能夠以自己的力量來幫助世人。唯有將此視為自己的使命，她才能夠承受得了那種痛苦。說得更明白一點，她希望能夠找出擁有這種奇特能力的理由，唯有找到理由，她才能真正為世界所接納。

「一切都是我的錯。我身上流的是受到詛咒的血……沒錯……是我……我才是真正應該死的人。既然這是受詛咒的血脈所帶來的報應，今天真正該死的人是我……像我這種毫無價值的人……」

夏天的時候，在那遊樂園裡，翡翠曾經對香月說過這麼一句話。

——無可阻擋的死亡，正在悄悄逼近……

那是一種來自於受詛咒血脈的絕對預感。翡翠的能力當然無庸置疑，或許這股預感終究將會成真。但即便如此……

香月緊緊摟住了翡翠，雙臂環抱她的身體，包覆住她的體溫，將指尖伸入紊亂的黑色秀髮之中，輕柔撫摸。

「老師……？」

少女的錯愕呢喃，在香月的耳畔輕響。

「妳並非毫無價值。妳一直在努力著，妳從來不曾放棄，這一點我非常清楚。妳絕對不是一個無能為力的人。」

「但是……」

「我會一直待在這裡，我絕對不會離開妳。我會一直相信妳，直到最後一刻。我會盡力幫助妳，而且會一直待在妳的身邊。」

香月輕輕放開翡翠的身體，凝視著翡翠的雙眸，那一對迷惘的雙眸，也正凝視著香月。

「所以……今天妳就盡情地為她哭泣吧！」

翡翠的五官逐漸扭曲，發出了哽咽聲。

「我好想……繼續跟她當好朋友……」

「我知道。」

「我好想跟她一起拍照，一起聊天，一起做更多事情……」

下一瞬間，翡翠開始嚎啕大哭，像個孩子一樣緊緊抓著香月，淚珠滾滾滑落，發出嘶吼般的哭聲。

今天，就為了藤間菜月而盡情哭泣吧！

「明天，我們要繼續努力。」

翡翠緊緊抓著香月的衣服，不停地放聲痛哭，香月輕輕撫摸著她的背。

「我相信有些事情，只有我們才做得到。」

香月下定了決心後說道。

＊＊＊

包含香月在內的四個人，聚集在設置了搜查本部的轄區警署內，在一間小小的會議室裡討論著案情。四個人分別是香月、鐘場、蝦名，以及翡翠。

今天的翡翠，表情比平常更加凝重而嚴肅，雖然只是默默聽著蝦名的報告，雙眸流露出一股堅定的決心。

「首先，是關於藤間菜月的推測死亡時間。經過解剖驗屍之後，時間範圍縮小為傍晚五點到七點之間。死因跟過去的受害者相同，凶器也一樣。遺體沒有遭到性侵的跡象，所以也沒有採到DNA。不過……我們採到了指紋。」

凶手過去犯案從來不曾留下任何證據，這次竟然會留下指紋，實在令人感到意外。

「指紋是從死者的手臂皮膚上採到的。據推測應該是死者生前曾經抵抗過，凶手在將她壓制，或是試圖脫去她身上衣物的時候，碰觸了她的手臂。」

「皮膚上也能採到指紋？」

翡翠吃驚地問道。

「是的，如果遺體的狀況非常良好，就有可能採到皮膚上的指紋，但是機率相當低。」

蝦名低頭看著筆記本，接著說道：「這次能夠順利採到指紋，可說是奇蹟。我們已經確認過，這並不是死者家屬們的指紋。」

「但是……」此時鐘場開口說道：「如果真的如大作家所說的，凶手是死者熟識的女學生，這指紋可沒有辦法成為犯案的鐵證。凶手大可以辯稱這指紋是跟死者生前打鬧嬉戲時留下的。」

「沒錯……」香月也點頭同意。「不過從另一個角度來想，只要能夠掌握凶嫌的身分，加以跟蹤監視，或許就有機會取得更明確的證據。最大的問題，反而在於相關人物的指紋難以取得。」

凶手能夠在完全沒有遭到抵抗的情況下，將受害者帶往殺害現場，可見得一定跟受害者互相熟識。尤其是曾經跟凶手一同坐在長椅上的武中遙香，以及願意跟著凶手前往偏僻的廢棄工地的北野由里，應該與凶手有著深厚的交情。

到底是什麼樣的人物，能夠跟三名受害者都有著如此熟稔的關係？

「我在今天早上的會議中也曾經提出過……」蝦名接著說：「目前已知跟三名受害者都熟識的人物，就只有蓮見綾子而已。她跟北野由里都是圖書委員，互相當然認識。而且因為社團活動的關係，跟武中、藤間也都有很多接觸的機會。」

話雖如此，除了蓮見之外，還是可能有其他人符合條件，只是沒有被香月等人查出來而已。當然搜查本部的員警們還在努力查訪當中，但要在學校這種封閉空間裡釐清人際關係，恐怕需要一段不算短的時間。而且據說警方已經確認過受害者的通話紀錄，並沒有發現任何疑似凶手的人物。可想而知，應該是凶手為了不留下紀錄，所以是在學校裡直接向受害者搭話，將受害者帶往殺害地點，過程中完全沒有打電話。

「目前我們的方針，是鎖定蓮見為最大的嫌疑人。但現階段她只是符合我們所推測的凶手特徵而已，我們並沒有明確的根據和證據可以將她逮捕。由於新聞媒體很關心這起案子，再加上嫌疑人還未成年，管理官也不敢貿然做出指示。現下最保險的做法，可能是跟蓮見的父母談一談，請他們主動提供蓮見的指紋。」

「關於這一點，其實我持保留態度……當初我也認為蓮見綾子完全符合我所推測的凶手特徵，但如今我認為凶手可能另有其人。」

香月說道。

「理由是什麼？」

「這個嘛……在說出理由之前，我想先查看一下菜月的電腦，可以嗎？」

「這當然沒問題。除了電腦之外，我們還借來了一些對判斷死者人際關係可能有幫助的遺物。」

長桌上擺滿了警方向受害者的父母商借來的私人物品。香月今天來此的最主要目的，就是查看這些遺物。

香月從塑膠袋裡取出菜月的筆記型電腦，啟動電源，所幸菜月生前沒有設定密碼。進入系統之後，香月立即開始尋找存放照片的檔案夾，一會兒香月便找到了。因為菜月將檔案夾的名稱設定為「Haruka」[16]，讓香月找起來完全不費吹灰之力。這檔案夾裡頭的照片，應該就是菜月當初不小心取走的武中遙香的CD內的照片。

「你在找什麼？」

「我也不知道，但願照片裡拍到了某個人。」

倘若蓮見綾子不是凶手，三名受害者必定與其他三年級女學生有所往來，從這些照片裡，或許就能找到線索。

香月仔細查看每一張照片，坐在旁邊的翡翠也將身體湊了過來，一臉認真地看著電腦畫面。可惜檔案夾裡的照片清一色是風景照，幾乎沒有人物照。

看了一會之後……

「老師……這張照片拍的，不就是那裡嗎？」

翡翠突然說道。

「嗯，沒錯。」

某張照片裡頭的景色，就是那座廢棄的建築工地。武中遙香似乎不喜歡拍太女性化的照片，老是拍一些巷道、電線桿、圍牆之類，而翡翠所指出的廢棄工地照片，也是其中之一。

那是一張彩色照片，將工地內鐵皮屋的荒涼及陳舊感完美地呈現出來。

但問題在於……

「等等，這是……原來是這麼回事……」

「怎麼了？發現什麼了？」

鐘場與蝦名都起身走了過來，一臉狐疑地看著螢幕畫面。

「啊！」蝦名忽然說道：「這張照片裡……沒有長梯。」

＊注16：「Haruka」為「遙香」的羅馬拼音。

「沒錯，我們在勘查現場的時候，明明看見鐵皮屋的旁邊架著一排長梯。但是去年拍的這張照片裡，鐵皮屋的旁邊並沒有長梯。」

「這麼說來，長梯是凶手架上去的？」

「雖然沒有證據可以證明，但如果這個假設成立，案情就解釋得通了……原來如此，如果真是這樣的話，蓮見綾子就更加不可能是凶手了……」

「什麼意思？香月先生，為什麼你認為蓮見不會是凶手？」

「一開始讓我認為蓮見可能不是凶手的理由，是菜月的玩具相機。」

「玩具相機？你指的是被凶手取走底片的相機嗎……？」

「沒錯，就是那臺相機。既然凶手取走了底片，代表凶手曾經打開過那臺相機的背板蓋。但是LOMO牌相機的背板蓋，並不是按鈕就可以開啟，而是必須拉開拉柄才行。不知道的人如果嘗試想要開啟，應該會花上許多摸索的時間。而且就算成功打開了背板蓋，要把底片從裡頭抽出來，也不是那麼容易。如果將還沒有拍攝完的底片強行抽出，可能會把底片扯斷，導致一部分的底片殘留在相機內的捲軸上……蝦名，你不是查看過那臺相機嗎？」

「啊，嗯，底片完全被取走了，相機裡並沒有殘留斷裂的底片。」

「想要把底片取走而不把底片扯斷，需要一些關於膠卷底片的基本知識。」

「這跟蓮見綾子是不是凶手，有什麼關係？」

「石內老師曾經提過，蓮見使用的是數位相機，她從來沒有接觸過膠卷底片相機。而且現在的高中生，絕大部分應該都不會使用膠卷底片。」

「但是……她可能只是假裝不會而已。或許是石內老師以為她沒使用過，但其實她用過……要不然就是她雖然沒有實際操作過，但是知道怎麼用。」

蝦名揣測地說道。

「如果是在菜月遭殺害之後，或許還說得過去，但是在那之前，我實在想不出她必須謊稱不會用的理由。當然這樣的情況，也不是全無可能，所以我原本只是懷疑她『可能不是凶手』而已。但是就在剛剛，我發現了另外一項證據，更加顯示蓮見極有可能不是凶手。」

「另外一項證據？」

鐘場面色凝重地皺眉問道。

「就是那具長梯。假設那具長梯真的是被凶手故意搬到了那個位置，接著我們當然必須思考，為什麼凶手要做這種事？既然那是梯子，凶手的目的當然是為了爬上去。換句話說，凶手曾經爬到鐵皮屋的屋頂上。」

「鐵皮屋的屋頂？凶手上去那種地方做什麼？」

「請你們仔細回想一下，其他兩起命案的殺害現場，不也都有可以爬上高處的物體嗎？公園裡的溜滑梯，以及兒童遊戲鐵架……」

「你的意思是說，凶手也爬到了那些東西的上面？」

「為什麼凶手要做這種事？」

兩名刑警一臉錯愕地問道。

「難道是為了……拍照？」

香月還沒有回答，原本一直沉默不語的翡翠忽然喃喃道。

「拍照？對遺體拍照嗎？」

「沒錯，我認為這可能性很高。凶手讓遺體躺在長椅上，或是將遺體身上的衣物脫去一半，都是為了布置出心目中的理想畫面，好將少女斷氣後的模樣拍攝下來。當然在調整角度的過程中，近距離的照片應該也拍了不少。但如果想要讓遺體的全身都入鏡，最好的方法還是站在高處拍攝，所以凶手才會搬運長梯，爬上了鐵皮屋的屋頂。這些拍攝下來的照片，正是連續殺人魔在犯案後帶回家的紀念品。」

「但是，老師……」翡翠露出百思不解的表情。「為什麼這會是你推測蓮見並非凶手的證據？」

「你們仔細回想一下，在第一起命案的現場，不是還有一道讓人摸不著頭緒的痕跡嗎？從溜滑梯到長椅之間，有一道非常細的線狀痕跡……」

「那應該跟案情無關吧？只是孩子們的塗鴉……」

鐘場說道。

「不，我實在應該更早想到才對，因為我自己也有好幾次相同的經驗。那痕跡，是相機的鏡頭蓋從溜滑梯上掉下來所造成的。」

香月搖著頭回答。

「鏡頭蓋……你說的是單眼相機鏡頭上的蓋子？」

「沒錯，那玩意掉在地上，有時會滾到遠方。我猜測凶手站在溜滑梯上拍攝遺體的時候，望遠鏡頭的蓋子掉了下來，在地面上滾動，因而劃出了一道細線。凶手可能是認為這樣的痕跡無法成為鎖定其身分的線索，而且若硬把痕跡刮去，反而會有留下鞋印的風險，因此最後決定置之不理。事實上直到今天之前，我們確實也沒有搞懂這道細線到底是什麼？」

「這能成為排除蓮見綾子涉案的理由？」

「當然可以。蓮見綾子的愛機，是有『新單眼』之稱的新型機種。你們仔細想想看，凶手的鏡頭蓋會從溜滑梯上掉落，極有可能是因為凶手是在爬上了溜滑梯之後，才將鏡頭蓋從鏡頭上取下。但是凶手在還沒有爬上溜滑梯之前，應該就已經開始拍照了。在拍照之前，當然會先將鏡頭蓋從鏡頭上取下，而且很可能將鏡頭蓋放進口袋裡。如果凶手是在這種情況下爬上溜滑梯，鏡頭蓋應該早就被取下了。但是凶手的鏡頭蓋卻從溜滑梯上掉了下來，這表示凶手曾經在溜滑梯上做出蓋上或取下鏡頭蓋的動作。問題是既然鏡頭蓋早已取下，為什麼還要在溜滑梯上做出這個動作？」

「因為鏡頭換過了……」

鐘場恍然大悟地說道。

「沒錯，想要從溜滑梯上進行拍攝，必須將鏡頭從原本的單焦點鏡頭或一般標準鏡頭，更換為望遠鏡頭。在這種時候，就必須做出蓋上或拆下鏡頭蓋的動作。正是因為這個動作，讓凶手的鏡頭蓋不小心跌落至地面。但是你們仔細聽好了，所謂的『新單眼』相機，是採用鏡機合一式的設計，根本沒有辦法交換鏡頭。」

「但是……」蝦名一臉慎重地說道：「就算沒有交換鏡頭，還是有可能不小心讓鏡頭蓋掉落。例如，在爬上溜滑梯的時候，因為身體往前彎曲的關係，鏡頭蓋有可能會從口袋裡掉出來。」

「是的，我也想過了這個可能性。但是只要再仔細想一想，就會明白這種事絕對不可能發生。因為我曾經親眼看過蓮見綾子拿著她的『新單眼』相機拍攝翡翠，她的相機上有一條短帶，將相機與鏡頭蓋繫在一起。換句話說，鏡頭蓋絕不可能獨自掉落。」

「有沒有可能是在第一次殺人之後，為了避免鏡頭蓋再次掉落，才加上了短帶？」

「在去年的大合照裡，她也拿著同一臺相機，早在那個時候，她的相機上就有這條短帶了。而且其他攝影社成員所拍攝的蓮見綾子，每一張照片裡的她都拿著那臺相機，因此，她很有可能並沒有其他相機。更何況『新單眼』的性能，對高中生來說應該已是綽綽有餘，實在不太可能在犯案的時候故意使用其他相機。」

「原來如此……我認同你的推論，但畢竟難以百分之百斷定是這樣。」

「這我知道。」

香月自己也只是認為蓮見綾子並非凶手的可能性很高，但並沒有完全排除她的嫌疑。她可能剛好知道LOMO牌相機的背板蓋開啟的方法，剛好順利將底片抽了出來，又剛好在犯案的時候使用了另一臺相機。

只不過……這麼多的「剛好」要全部發生，是否未免太巧了一點？

盡早將凶殘辣狠的凶手逮捕歸案雖然是刻不容緩的事情，但在證據不足的情況下草率進行偵訊或逮捕，等於是踐踏一個少女的名譽。

「只顧著針對一名嫌疑人的情況鑽牛角尖，卻沒有找出其他人涉案的可能性，對案件的調查是沒有幫助的。」

「這麼說也對，當務之急是找出所有與三名受害者都有機會接觸的人物……」

香月摸了摸下巴，接著緩緩從公事包內取出一本Moleskine牌筆記本。像這種時候，最好的辦法就是回歸基本面，先建構出三名受害者的簡易相關圖，找出相互之間的共通點。

第一名受害者、武中遙香、攝影社、美化委員[17]、下課後會上補習班。

第二名受害者、北野由里、藤間菜月的同班同學、圖書委員、並未參加社團。

第三名受害者、藤間菜月、攝影社、廣播社員。

「從其中兩人的共通點，應該就可以推導出她們與第三人的接觸時機。」

「這麼看起來，北野同學跟其他兩人的差異最大，就只有她並沒有參加攝影社。」

翡翠說道。

「沒錯。假如蓮見綾子是凶手的話，這三人的關係就可以順利串聯起來了。但除此之外，一定還有我們沒有發現的關聯性……」

「會不會是一年級或國中時的同班同學？」

鐘場反問道。

「這三個人去年的班級都不相同。」蝦名翻開筆記本，回答了這個問題。「而且雖然她們三人都是來自附近的國中，但三人就讀的國中也全都不一樣。還有，三人都沒有打工。」

班級不同，參與的委員會不同，從前就讀的國中也不同。這三個人之中，只有兩個人有一個共同點，那就是參加的社團。難道這三個人之間不為人知的關係，正與社團有關？

＊注17：美化委員，日本國中、高中常見的學生職務，主要負責率領同學們進行教室及校園的美化工作，類似於臺灣學校所稱的衛生股長。

「我猜想……」翡翠呢喃道：「會不會是照相館？」

「照相館？」

「嗯……這三個人之間的關聯，老師說過要從其中兩人的共通點去找……如果不考慮這兩個人參加的都是攝影社，兩人之間的交集大概就只剩下照相館了……」

「照相館……確實有道理……」

香月這才醒悟，自己的思索範圍一直拘泥在學校，所以才沒有想到照相館這個層面。

菜月曾經提過，她有一次不小心將遙香的照片CD帶回家了。仔細想想，她們所拍的照片之中，有一些是彩色照，但學校的暗房只能洗黑白照片，可見得她們想要沖洗彩色照片，勢必只能上照相館，而且兩人經常利用的照相館很有可能是同一家。

對了，菜月還曾經說過，她的LOMO牌照相機，也是在學校附近的照相館買的。接下來，如果能夠找到那家照相館與北野由里的關聯性……

「學校附近的照相館……我來搜尋看看。」

鐘場朝蝦名點頭示意，蝦名立即取出了智慧型手機。

「香月先生……看來我們中獎了。」

過了一會，蝦名發出一聲輕呼，他遞出手機，三人同時朝著手機上的螢幕望去。畫面上是一家照相館的店鋪資訊，碩大的店名寫著「藁科照相館」。

藁科這個姓氏算是相當罕見。香月回想起了藁科琴音的領巾顏色，她也是三年級學生。

「翡翠小姐，真有妳的。終於找到三個受害者的關聯性了。」

這絕對不是單純的偶然。

＊＊＊

香月、翡翠及蝦名一同前往了藁科琴音的住家。

藁科照相館的二樓，就是藁科一家人的住處。或許是照相館的經營狀況不佳的關係，琴音的母親到外頭打工去了，父親則因為要顧店的關係，沒有辦法上二樓。對於三人的來訪，父親顯得相當驚訝，但蝦名表示自己一行人的來意只是想要蒐集可疑男子的目擊證詞，父親因此同意讓三人上二樓去見琴音。

在二樓的狹窄客廳裡，香月與翡翠坐在四人座的餐桌邊，蝦名則不知為何不肯就坐，只是站在一旁。身穿制服的琴音坐在三人的對面，臉上帶著一頭霧水的表情，但琴音似乎是個相當乖巧的孩子，並沒有忘了端出麥茶給三人。

「這麼說起來，妳跟武中、藤間這兩個同學應該很熟？」

香月問道。

「……倒也算不上非常熟。雖然她們經常來光顧我家的店，而且在學校裡也會聊天，但我們互相並不知道對方的聯絡方式。聊天的內容，也大多是她們向我詢問膠卷相機的使用技巧而已。」

琴音皺起了眉頭，沉吟好一會後說道。

「妳很喜歡照相？」

「嗯，畢竟我家開的是照相館，多少還是會受影響吧！不過我現在把主要的心思放在社團活動上，並沒有花太多時間在拍照。」

「我讀大學時參加的是攝影社呢！」香月以閒聊的口吻說道：「妳用的是單眼相機？」

「嗯，不過是我爸爸的舊相機。」

「好羨慕妳呀！我是在大學三年級的時候，才第一次接觸單眼相機呢！那時候我拚命打工，好不容易才存夠了錢。」

「對了，我順口問一下，前天傍晚五點到七點之間，妳在哪裡？」蝦名問道：「那是藤間菜月同學的推測死亡時間，妳是否曾經在那段期間看到她，或是目擊什麼可疑人物？」

「沒有，我一放學就馬上回家了，那時候我在家裡。」

「妳的父母當時在家嗎？」

「不在，當時家裡只有我一個人……你們想要確認我有沒有不在場證明嗎？」

琴音瞇起了雙眼，抬頭仰望蝦名，眼神中流露著詫異。

「妳別想太多，只是一些制式的問題，我們對每個相關人士都會問上這幾句。」

蝦名一邊笑，一邊在筆記本上寫了幾個字。

「今天我們就先告辭了，如果妳想到什麼跟案情有關的事情，請務必通知我們。」

蝦名取出名片遞向琴音，琴音起身接下。

此時，翡翠忽然發出一聲輕呼。

「啊！對不起，我真是笨手笨腳的！」

翡翠眼前的杯子翻倒，裡頭的麥茶流得滿桌都是，連所穿的窄裙也濕了一片。

「啊啊……」

「妳還好嗎？」

琴音關心地問道。

「能不能借一條抹布？」

香月開口請託道。

琴音於是匆匆轉過了身，從旁邊的廚房裡取來一條毛巾，遞給翡翠。香月趁機取出一張名片，換掉了桌上的名片。

「啊啊……真的很對不起，我真是成事不足、敗事有餘……」

翡翠接過毛巾，擦拭了濡濕的裙子下襬及大腿。

「我很想幫妳擦，但那個地方可能不太方便。」

香月以開玩笑的語氣說道。

「老師，你別鬧了。」

翡翠的下半身似乎連絲襪也濕了，她低下了頭，臉頰上出現了兩片紅暈。

這其實是三個人早已套好的招數之一。不過，當初原本的計畫只是讓桌上的飲料打翻而已，濡濕裙子完全是個意外。

「對不起，我能借個洗手間嗎？」

翡翠起身說道。

「噢，好。洗手間在那邊。」

「謝謝。」

翡翠一臉歉意地朝著洗手間走去。

「哇！」

沒想到就在這個瞬間，翡翠真的發揮了笨手笨腳的看家本領。她的腳下一個踉蹌，差點與琴音撞個正著，琴音趕緊將她攙扶住。香月不禁有些擔心，目不轉睛地盯著翡翠看，翡翠害羞地瞪了香月一眼，匆匆走進洗手間裡。

「真是……有些奇怪的小姐，她也是刑警嗎？」

琴音望著洗手間，一臉狐疑地問道。

「啊，呃……嚴格來說她是調查顧問，我們是為了她的專業知識才請她協助辦案。」

「今天是假日，妳為什麼穿著制服？」

香月好奇問道。

「啊，嗯……」琴音露出溫柔的微笑。「我有事要出門，又懶得挑衣服，就直接穿制服了。很多高中生都這樣，因為制服很可愛嘛！」

兩人等到翡翠走出洗手間後，一同離開了藁科家。原來翡翠進洗手間是為了把濡濕的絲襪脫掉，如今窄裙底下露出了赤裸的雙腿，看起來加倍性感。

「老師，你心裡一定認為我是個手腳笨拙的傻丫頭吧？」

走了一會，翡翠忽然嘟起嘴，瞪著香月說道。

「不，我覺得妳的演技實在是太逼真了，完全按照預定計畫。」

「沒錯，多虧了城塚小姐，我們才能取得藁科的指紋。雖然以這種方式取得的指紋不能成為法庭上的證供，但只要與凶手的指紋相符，距離逮捕就近了一大步。我們可以申請搜索票，搜索她的住家，也可以提防她再度犯案。」

「好吧，既然你們這麼說……」

這可說是逼不得已的做法。一來光明正大地請藁科提供指紋，藁科可能會拒絕；二來一旦藁科發現警察已懷疑到她的頭上，她可能會趕緊湮滅證據。為了避免發生這些狀況，只好以這種偷雞摸狗的方式取得她的指紋。

由於嫌疑人的身分是未成年少女，管理官的處理態度一直相當保守，但假如能夠確認指紋相符，相信管理官的心態也會轉為積極大膽吧。

「我現在馬上要回署裡，進行指紋的比對。老師，你們呢？」

蝦名問道。

「我們嘛……雖然已經過了午餐時間，但我們應該會去吃午餐吧！」

於是兩人就在警署的門口與蝦名分開，坐上了放在警署停車場內的車子，前往一家從網路上找到的西餐廳。那是一家小巧別緻的餐廳，帶有一種舊時代的風格。香月就在那家店裡，與翡翠一同享用了遲來的午餐，雖然菜單上也有蛋包飯，但翡翠點了其他的料理。

差不多就在用完餐點的時候，香月收到了蝦名傳來的簡訊——『指紋相符。』

「接下來應該沒有我們的事了。」

香月將手機螢幕舉到翡翠面前，翡翠露出了若有似無的微笑。

「嗯……」

此時的心情，實在稱不上是「鬆了口氣」，因為已經失去了太多。

香月心裡也相當後悔，當初應該要對菜月說出真話才對。如果直接說出自己正在尋找一個三名受害者都認識的三年級女學生，菜月很有可能會提到藁科琴音符合這個條件。可惜當時三人太過在意校方的反應，在詢問的過程中，一直堅持著「尋找校外可疑人物」的說詞。由於三人沒有明確地詢問，少女們當然也就沒有主動說出關於照相館及藁科琴音的事。

她們一定作夢也沒有想到，殺人魔就在自己的身邊。**明天自己也可能成為下一個受害者，任何人都一樣……**絕對不會產生這樣的懷疑。香月不禁凝視著翡翠。

「老師？」

原本正發著愣的翡翠察覺了香月的視線，歪著頭問道。

「沒什麼，我只是覺得妳的眼睛很漂亮。」

香月輕輕笑著說道。

「咦？」

翡翠睜大了一雙妙目，同樣望著香月。下一瞬間，她紅著臉低下了頭，就連秀髮之間微微露出的耳朵一角，也染成了紅色。

「老師，那個……」翡翠的雙手在桌上交握，手指不停扭動著，她似乎是故意換了話題。「等等要不要去公園？我想向……向菜月道別。」

「好啊！」

對翡翠來說，死者的意念所在之處，與墳墓或遺體所在之處，並不見得能劃上等號。她曾經說過，當一個人在死亡的瞬間，意識會在原地消散，並且停滯不動。

靈魂到底存在於什麼樣的地方？自從認識了翡翠之後，香月建立了一套假設——靈魂或許就存在於什麼都沒有的空間之中。

所謂的靈魂，其實是一種囤積於這個世界以外的某種空間的訊息。就好像是現代人會將重要的檔案資料，經由網路儲存在雲端系統內一樣。人的靈魂一直存在於異次元的空間之中，大腦只是不斷接收及處理著來自靈魂的資訊而已。當人死亡之後，大腦失去機能，不再能讀取資訊，靈魂也會停止運作。

但是翡翠的大腦，卻能夠接收到這些沒有辦法傳送給任何人的資訊，就好像調整收音機的頻率一樣，偶然接收到了沒有聽眾的廣播節目，從中得知原本再也沒有人知道的祕密……

兩人來到了藤間菜月遭到殺害的公園裡。

現場的封鎖帶已經撤除，只剩下供奉在遊戲鐵架旁的花束，依然在訴說著這裡曾經發生過可怕的凶殺案。翡翠的手上拿著從途中的花店買來的百合花，她將花束放在地上，雙手合十八香月也照著做了。

漫長的沉默之後，香月睜開雙眼，看見翡翠以手按著在風中飛舞的秀髮，雙眸正凝視著自己。

「菜月……上天堂了嗎？」

香月問道。

「我也不知道。」

翡翠垂下視線，輕輕搖了搖頭。

「真的有天堂嗎？」

「……但願有。」

靈媒少女接著仰望天上的晚霞，以悲傷的口吻說道。

接下來有好一會，兩人就這麼站著不動。翡翠按壓著側邊的頭髮，表情越來越凝重，只見她愣愣地看著天空，不知在看著什麼。

就在香月想要問她要不要回家的時候，她突然從手提包中取出了智慧型手機，香月仔細一看，她似乎正在回一封電子郵件。

「怎麼了？」

「沒什麼，是阿真……呃，是千和崎寄了一封信給我，說她在家裡等著我……看來她很擔心我。」

「妳們感情很好？」

「是啊！當初我剛回到日本的時候，一個朋友也沒有，她是我交到的第一個朋友。而且當初也是她鼓勵我多用自己的特殊能力幫助他人。」

翡翠的表情不知為何有些悶悶不樂。

「那個時期的我完全無法信任他人，因為我繼承了龐大的遺產，很多人都是為了錢才接近我。我一直懷疑她的心態也是這樣，花了很多時間才對她卸下心防……」

「翡翠？」

翡翠在說這些話的過程中，視線依然望著遠方，彷彿正擔心著另一件事。

「老師……事情真的結束了嗎？」

「咦？」

「我從剛剛就有一種不好的預感，一顆心七上八下的……」

「怎麼說？」

香月這句話才剛說完，手機驟然響起，來電者是蝦名。

「怎麼了？」

「啊，香月先生！不好了，藁科琴音失蹤了！」

「失蹤了？」

「我原本跟蹤著她，但是她把我甩掉了！我在追查她的下落時，問到有人看見她跟一個攝影社的成員……呃，那個叫吉原櫻的，她們兩個人走在一起。」

「她們走在哪裡？」

蝦名說出的地點，是距離此地約十分鐘路程的商店街。

「我正在緊急召集人馬，要把她們找出來。老師，如果你知道她們可能去的地方……」

「好，我也幫忙找。」

掛斷電話之後，香月望向翡翠，翡翠或許已聽見了蝦名那焦躁的聲音，瞪大了眼睛仰望香月。

「老師……」

「藁科很可能已經發現我們對她起了疑心。要是她打算在遭到逮捕之前，再享受一次殺人的樂趣……」

香月焦急地拔腿奔跑，但跑了兩步又停了下來。

「漫無目標地亂找是沒有用的。」

雖然這一帶是寧靜的郊區，但如果沒有辦法事先預測藁科將前往的地點，再怎麼東奔西跑也只是白費力氣而已。

「但如果不快點的話，吉原會被……」

翡翠激動地大喊。

「翡翠，妳試著聯絡吉原看看！」

「電話完全打不通……」

看來藁科是真的打算殺死吉原櫻，多半是跟過去一樣，帶到某個沒有人的地方勒死。

「公園或空地之類，不會有人經過的地方……」

香月點開智慧型手機，搜尋周邊地圖，但是地圖上的資訊太少，甚至難以判斷哪個部分是空地，哪個部分是住宅區。香月試著切換成航空照片，放大周邊一帶，找出可疑的地點，不過這一帶屬於偏遠郊區，看起來人跡罕至的地方實在是太多了。

該怎麼辦才好……

「菜月……求求妳告訴我……」

香月吃了一驚，轉頭望向翡翠。只見她跪在地上，而那裡正是當初藤間菜月的遺體所在位置。

「翡翠，不行！那對妳的負擔太大！」

香月察覺翡翠的意圖，慌忙奔向翡翠，抓住她的手腕，硬將她拉起。

「但是……」

翡翠發出哀號，彷彿隨時會縱聲大哭。

「就算強行把菜月的靈魂叫出來，也只是聽她訴說臨死前的痛苦而已，她根本不會知道藁科的下落！」

「不然該怎麼辦才好？難道要我再次對朋友見死不救嗎？」

翡翠甩開香月的手，歇斯底里地大喊。

「唔……」

如今幾乎是束手無策的狀態。

警方現在應該正為了取得藁科琴音的手機GPS位址，而急忙提出申請吧！但這需要花上一段時間，恐怕沒有辦法來得及救人，而香月的手上幾乎完全沒有任何線索。

該怎麼辦才好……？

「香月老師……」

「咦？」

身旁忽然傳來開朗又有朝氣的聲音，抬頭一看，翡翠正看著自己。她看起來不太對勁，簡直像變了一個人，剛剛她臉上的悲痛表情，如今竟已消失無蹤。翡翠凝視著香月，臉上竟帶著清新爽朗的笑容，她的頭輕輕斜向一邊，笑得十分溫柔。

「在那邊，就在他們發現遙香的那座公園裡。快去救櫻吧！」

只見她舉起了手，指著一個方向說道。香月剎時感覺一陣毛骨聳然。

「妳是……」

「櫻的姊姊現在正在拖延時間，但可能沒有辦法撐太久。」

香月低頭望向手機螢幕。武中遙香遭殺害的公園距離這裡並不遠，開車不用五分鐘。

「對了，我一點也不恨老師。」

翡翠露出了有些悲傷的微笑。一陣冷風拂過。

「等等……」

香月正要伸出手，翡翠的身體突然向後倒下，香月趕緊將她抱住。

「翡翠！」

只見翡翠緊閉雙眼，發出細微的呻吟聲，香月數度搖晃她的身體。

「老師……？」

翡翠以手按著太陽穴，皺著眉頭說道。

「沒有時間了，妳能走嗎？」

翡翠雖然一臉困惑的表情，但是身體狀況似乎並無異常。香月拉著她的手腕，奔向停在旁邊的車子。

「老師？」

翡翠氣喘吁吁地勉強跟上老師的腳步。

「我知道藁科琴音去了哪裡，我們快走！」

兩人匆匆上車，香月立即發動引擎，連翡翠扣上安全帶的時間，都感到極為漫長，現在可說是分秒必爭。

因為就在這個瞬間，藁科琴音可能已經勒住了吉原櫻的脖子……

香月請翡翠打電話給蝦名刑警，通話進入擴音狀態。

「蝦名！就在最初發現遺體的公園！藁科琴音就在那裡！」

香月一邊轉動方向盤，一邊大喊。

「好！但是，香月老師……你是怎麼……」

「這我晚一點再解釋！快點行動！」

掛斷電話後，香月異常謹慎小心，避免開錯了路，腳下奮力踩著油門，心裡祈禱著別遇上紅燈。

「拜託……一定要來得及……」坐在副駕駛座上的翡翠，也以雙手緊握著智慧型手機，嘴裡如此呢喃：「我不想再看見任何人的遺體……」

翡翠含著淚水的雙眸，目不轉睛地凝視著手機，她的指尖在螢幕畫面上不斷移動。

香月要她不斷傳訊息，要吉原櫻提高警覺，但櫻遲遲沒有回應。

不斷散播死亡的血脈……受到詛咒的血脈……這真的是讓翡翠擁有特殊能力的代價嗎？但是至少這一次，或許還有機會挽回。

「拜託……」

當香月第二次聽見祈禱聲的時候，車子已來到了公園前方。香月粗魯地將車停在路邊，並沒有奔向公園的出入口，而是直接穿過樹叢，進入了公園內。一到公園裡，香月立即左右張望，這時溜滑梯的附近，一名少女正壓倒了另一名少女。

藁科琴音騎在吉原櫻的身上，勒住了櫻的脖子。香月大聲喝止，但藁科琴音甚至沒有回頭，如今她正全神貫注地享受著絞殺的行為。她的表情滿是歡愉與陶醉，並樂在其中，她正在享受著殺人這件事。他人的痛苦表情，能夠帶給她難以言喻的快感。香月能夠清楚地感受到她的慾望，不由得心頭一震。

背後傳來翡翠的悲痛喊叫聲，被壓在底下的吉原櫻已經一動也不動了。兩名少女的臉靠得非常近，鼻尖幾乎碰在一起彷彿要接吻一般。藁科琴音正盯著少女因痛苦而扭曲的五官。

香月再次大喊，同時揪住藁科琴音的肩膀，順著狂奔的勁勢將她扯倒。正享受著殺人快感的少女奮力反抗，力量大得驚人。香月費了好一番功夫，才成功將她按壓在地上，扳過她的手腕。格鬥的過程似乎持續了很久，卻又感覺只是一眨眼的時間。

「櫻！櫻！」

香月看見少女舉起了手，少女一面劇烈咳嗽，一面拚命想要除去纏繞在脖子上的凶器。

「老師……」

翡翠抬起了頭，淚水已沾濕了她的臉頰，但那對翠綠色的雙眸正閃爍著充滿希望的神采。少女雖然咳個不停，但意識依然清楚。

「太好了……趕上了……」

翡翠的表情因哭泣而扭曲。

「太好了……太好了……她還活著……太好了……她還活著……」

翡翠緊緊抱住了少女的身體，關愛之情溢於言表。

＊＊＊

香月史郎隔著魔術鏡，凝視著狹窄的房間。

少女承受著鐘場警部那充滿威嚴的視線，卻是滿不在乎地露出微笑。從頭到尾，她就只是笑而已，幾乎沒有回答任何問題。

警方在她的書包裡，找到了單眼相機及替換用的鏡頭。吉原櫻能夠大難不死，或許是因為雖然凶器纏上了她的脖子，但她在危急之際成功將手指伸進了凶器與脖子之間。獲救之後，她立即被搬上救護車，送往醫院檢查。由於她的身體狀況沒有大礙，刑警後來找機會問了她一些簡單的問題。

原來琴音跟櫻從前就讀相同的國中，兩人頗有交情，互相也知道聯絡方式。琴音向她聲稱，想要拍攝一本追悼武中遙香的攝影作品集，希望她能夠幫忙。櫻答應了，於是兩人便前往了當初遙香過世的公園。到了公園之後，兩人閒聊了一會關於遙香的往事。但是就在某個一直坐在長椅上講電話的女人起身離去的同時，琴音忽然朝櫻撲了過來。

櫻回想起當時的狀況，提到琴音在聊天的時候，就不時朝著講電話的女人偷眼窺望，或許她一直在耐著性子等待目擊者離開吧！刑警向櫻詢問那個講電話的女人的特徵，得到了這樣的回答。

「那個女人的手機好像收訊不太好，通話的過程中好幾次突然中斷，因此那女人費了不少時間，才終於講完電話，離開了公園。直到那女人離開之後，學姊才……對我做出那種事，所以我想那女人應該什麼也沒看見。」

倘若那個女人三兩句話就講完電話，起身離開公園，結果又會如何呢？藁科琴音勢必將會更早勒住櫻的脖子，香月很可能無法在櫻斷氣前及時趕到。

——櫻的姊姊現在正在拖延時間……

翡翠當初曾經提到過，吉原櫻的身邊有著守護靈。

天底下真的有守護靈嗎？或許真的有吧！當一個人過世之後，意識或許會停留在世界上的某個角落。不，或許那個角落並不存在於這個世界上，但是在伸出手的瞬間，或許還是碰觸得到。每個人的一生，或許都在渴望著指尖相觸的那個瞬間。

「香月。」

鐘場打開了門，探出頭來喊道。

「她還是什麼也不肯說嗎？」

香月隔著魔術鏡觀察藁科琴音的神色，只見她露出一臉無聊的表情，正以手掌梳理著頭髮。

「我想你應該也聽見了，她說除非由你來問，否則她什麼也不會說。」

「為什麼是我？」

香月雖然幫鐘場調查過不少案子，但從來沒走進過偵訊室。

「這我也不清楚。」

鐘場答應了琴音的要求，香月點點頭，踏入了偵訊室。

坐在室內的少女抬起頭來，微微揚起嘴角，眼鏡背後的一雙眼眸瞇成了細縫，彷彿終於找到了心中期待的獵物。

香月拉開對面的椅子，坐了下來。

「武中遙香、北野由里、藤間菜月這三個人，都是妳殺的？」

香月凝視著琴音問道。

「沒錯。」琴音笑著回答，表情帶了幾分自豪。「我用領巾勒死了她們。」

此時，琴音同樣穿著水手服，但胸前已少了那條領巾。她將日常生活中隨時都綁在身上的東西，當成了殺人的工具。當那條領巾纏上吉原櫻的脖子時，早已因為數次的勒殺行為而嚴重磨損。除了有手指插入造成的裂縫之外，還有因強行拉扯而造成的裂縫。要在上頭採集到受害少女們的DNA，應該不是難事才對。

香月心裡很清楚，琴音絕對不會清洗那條領巾，因為那就像是殺人魔的勳章。

「妳為什麼殺了她們？」

「因為我想證明一件事。」

「證明什麼事？」

「再怎麼可愛的女孩子，勒住了脖子也會變醜。」

少女突然變得多話了。**其實已經忍好久了，其實好想告訴別人，現在終於能夠光明正大地說出自己的豐功偉業了。**藁科琴音臉上的表情，彷彿在如此訴說著。

「大家不是都說，被勒死的人，臉上的表情會很可怕。整張臉會瘀血，眼珠跟舌頭都會往外擠，看起來慘不忍睹……所以我一直很好奇，那到底是什麼模樣。我想知道可愛的女孩子被勒死時，是否也會變得那麼醜陋。一旦產生了疑問，如果不找出答案，我連晚上睡覺也睡不安穩。」

藁科琴音以宛如唱歌一般的口吻說道。

「所以……妳就測試了？」

「是呀！實際做了之後，我才知道原來把人勒死這麼簡單。而且果然就算是可愛的女孩子，勒死之後表情也會變得非常可怕。我的實驗成功了，我證明自己的推測並沒有錯。大膽假設，小心求證……大家都說這很重要，不是嗎？而且那表情很適合當作攝影的主題，所以我還拍了照。我的所有作品，都儲存在那臺照相機的記憶卡裡，請你務必找機會看一看。其實我一直好想跟大家分享我的作品，一直想要聽一聽大家的感想。」

琴音說得眉飛色舞，還隔著桌子將上半身湊了過來。

「妳殺害北野跟藤間……也是基於相同的理由？」

「是啊……咦？我的相機呢？」少女在室內左右張望。「請你一定要看！我自認為拍得很好呢！」

「因為克制不了慾望，所以將她們殺了？」

香月嘆了口氣問道。

「沒錯！我想要多做一些實驗。除了可愛的女孩子之外，還有長相平凡的女孩子，以及長得很醜的女孩子……各種長相我都想試試看。實際嘗試過之後，我發現不管原本長什麼樣子，勒死之後的模樣都差不多。原來人死了之後，大家的長相都是一樣的，這讓我有點體會到了生命的可貴。」

「妳企圖殺死吉原，是因為妳知道警方已經對妳起疑了？」

「沒錯，雖然我用了各種方法不讓警察發現凶手是我，但我知道已經瞞不住了。我一點也不想為了考大學而念書，上了大學之後也不知道要做什麼。我認為比起那些瑣事，實驗跟拍攝作品更加重要得多。學校的老師不也常說嗎？高中生活只有三年而已，一定要勇敢嘗試，才不會留下遺憾。反正以我的年紀，就算被抓，沒過幾年就會被放出來。錯過了這段時期，以後就沒有機會嘗試這種事了。」

少女的雙眼閃耀著興奮的神采，她的臉頰微微泛紅，顯然正處於亢奮狀態。那表情簡直就像是一個為了受老師稱讚而努力念書的孩子。這一串話，想必她已經藏在心裡很久，很想對人說出口，如今她的夢想終於實現了。

「為什麼這些話妳不對鐘場警部說，卻對我說呢？」

「咦？那當然是因為……」少女露出了不明白為什麼香月這麼問的表情，她皺起了眉頭，沉吟著說道：「我相信你應該能夠體會我的心情。」

「我沒辦法體會。」

少女聽了香月這句話，似乎大受打擊，她凝視著香月，臉上的神情簡直就像是告白遭到拒絕的女學生。

「我本來想要以那個美女來拍攝我最後的作品……我忘了她叫什麼名字……就是跟你一起來我家的那個綠色眼珠的美女……」

少女低下了頭，呢喃道，接著抬起頭來，目不轉睛地看著香月。她或許正期望香月能說出名字，但香月什麼話也沒有說。

「她真的很漂亮，對吧？我從來沒有遇過像她那樣的人，雖然很可愛，但給人一種不像正常人的感覺。香月先生，就跟你一樣，完全讓人看不出內心的想法，甚至可以說有點可怕。如果將她勒死，不知道她會不會露出很嚇人的表情？香月先生，我猜你應該也很想看吧？我好想實驗看看……親眼看著那張美麗的臉孔，腫脹成醜陋的模樣，嘴巴一邊抽搐，一邊流出口水及泡沫……好想看看那是什麼模樣……而且她的身材那麼好，我好想脫光她的衣服拍照……」

香月站了起來，不發一語地走出偵訊室。鐘場就在隔壁房間。

「接下來就交給我吧！我猜她應該願意說了。」

「好。」

因為順利逮捕連續殺人魔的關係，整個警署內部忙成了一團。

香月忽然感覺到全身疲累不堪，沿著走廊快步前進。一名少女就坐在走廊邊的沙發上，香月停下了腳步。或許是因為太累的關係，城塚翡翠睡著了，整個身體倚靠在沙發的椅背上，彷彿隨時會往側邊倒下。

香月在翡翠的身邊坐了下來，翡翠的雙唇輕吁了一口氣，微微扭動身體，將頭靠在香月的肩膀上，完全沒有清醒的跡象。香月凝視著翡翠睡著時的表情，伸手觸摸垂掛在光滑臉頰上的一縷烏黑秀髮，接著手指滑向眼睛的周圍，指尖觸摸到了一些淚水。

那個時候，翡翠抱著少女的身體哭個不停，直到救護車抵達之前，她一邊放聲大哭，一邊不斷撫摸著少女的頭髮，嘴裡重複喊著：「太好了。」她確實拯救了一名少女的性命，雖然過程中有不少的遺憾，但至少這一點是無庸置疑的事實。

翡翠微微發出低吟，白色的臉頰染上了一點紅暈，那吐著氣息的濕滑雙唇，看起來是如此美豔。一股灼熱的慾望湧上心頭，但香月強行壓抑了下來。

好想再看看她的笑容。

——香月先生，我猜你應該也很想看吧？我好想實驗看看……

少女的聲音迴盪在香月的耳邊。雖然她的動機源自於相當單純的好奇心，卻無法被這個社會所接納，這也算是一種悲哀吧！沒有人能夠決定自己會對什麼事情產生慾望。

長長的睫毛緩緩上揚，翠綠色的雙眸帶著疑惑與徬徨，凝視著香月。

「老師……」

或許是因為被香月直盯著看的關係，翡翠害羞地低下了頭。

「或許……」香月說道：「真的有天堂也不一定。」

翡翠錯愕地眨了眨眼睛。

就算是靈媒少女，也有不知道的事情。在產生共鳴的瞬間，翡翠似乎失去了意識，直到現在，她依然不知道香月是如何查出了琴音及櫻的去向。

那個時候的菜月，看起來一點也不痛苦，她甚至露出了爽朗的笑容。

人的靈魂到底在哪裡？斷氣之後，意識又將何去何從？

雖然還存在著太多不解之謎，但可以肯定的一點是，當我們伸出手有時就能觸摸得到。

光是知道這一點，就已經是無上的救贖。

如果死了就什麼也沒了，那悲傷令人如何能夠承受。

香月站了起來，朝翡翠伸出手。

「我們回家吧！」

「好……」

靈媒少女露出溫柔的微笑，握住了香月的手。

"Scarf" ends.

間奏 III

鶴丘文樹決定以城塚翡翠作為實驗對象。

這是在漫長的深思熟慮後做出的決定，在下定決心之前，鶴丘煩惱了非常久，心中可說是充滿了對慾望的反抗。

在每一天的日常生活裡，鶴丘幾乎把所有的時間，都耗費在風險的評估中。他經常看著翡翠的照片，感受著心中不斷湧出的衝動，有時甚至會因過於憐惜而深深嘆氣。

作為一個實驗的材料，她實在太過完美。

心裡有著一股無論如何一定要拿她做實驗的慾望，同時卻也有著一種可能會陷入萬劫不復之地的預感，令鶴丘陷入兩難的抉擇。為了能夠繼續享受安靜平穩的日常生活，鶴丘拚命反抗著心中的慾火。

但是命運不容許鶴丘退縮，彷彿生命中的一切，都在推著鶴丘往前進。

沒錯，這就是命運，無可迴避的命運。

雖然非常危險，雖然遭警察逮捕的可能性很高，雖然必須萬分謹慎小心；但如果成功的話，所有的疑問都能一舉獲得解答，自己也就不用繼續進行實驗了。鶴丘有著這樣的預感。

過去鶴丘挑選實驗對象的手法，主要是利用SNS（社群軟體）。不久之前，某大型化妝品交流網站鬧出了個資外洩的風波，但早在事情曝光之前，鶴丘就已經透過違法網站取得了該化妝品交流網站的個資清單。清單裡除了每一名使用者的電子信箱之外，甚至還列出了未經過加密處理的密碼。

這年頭竟然還有網站經營公司會將客戶密碼未經雜湊（Hash）加密處理，就直接保存在資料庫裡，從安全管理的角度來看，實在是荒唐至極。只要擁有電子郵件及密碼，就可以利用這兩者找出更多的個人資訊。

大部分對網路安全不曾留心的一般民眾，都會以相同的電子郵件及密碼來註冊所有的網路服務。而且化妝品交流網站的使用者，當然絕大多數都是女性，只要根據其使用的化妝品品牌，以及附加在感想文內的部分照片，就可以大致摸清楚一個女人的性格及特徵。

接著，再利用相同的帳號密碼，侵入其他的SNS軟體，查看上頭所公開的照片，如果符合鶴丘的喜好，就進一步找出住家地址。通常越美的女人，越喜歡在ＳＮＳ上公開自己的照片。而且只要曾經註冊過信件服務或購物網站，要找出住家地址也是輕而易舉的事情。

除此之外，鶴丘也曾經使用假名，甚至是偽裝成女性，在ＳＮＳ上與該對象接觸，探聽出更詳細的個人資訊。反正事後只要以該對象的帳號密碼進入該ＳＮＳ軟體，刪除該對象與鶴丘的所有對話及交流紀錄，就不太需要擔心被警方看出端倪。當然這些對話紀錄還是會殘留在ＳＮＳ軟體的伺服器內，但被警方發現的風險可說是微乎其微。因為只要在綁架了該實驗對象之後，從該對象的手機上將這些ＳＮＳ的紀錄及ＡＰＰ刪除，警方甚至不會察覺受害者曾經使用過這些ＳＮＳ。

而為了做到這一點，鶴丘在綁架實驗對象時，只會將對象的手機設定成飛航模式，但不會將手機關機。如此一來，在實驗結束之後，鶴丘還是可以利用女人的手指，輕易解除手機的指紋鎖。而且為了保險起見，鶴丘在使用實驗對象的手機連上網路時，必定會隨機搜尋沒有上鎖的Wi-Fi電波，因此警方也不可能從連線資訊鎖定鶴丘的身分。日本的警察對於這一類的網路犯罪手法，依然處於後知後覺的狀態。

但是這次鶴丘使用的手法，與過去截然不同，因此每個環節都必須更加謹慎小心，否則警察很可能會懷疑到自己頭上。

但是從下定決心到實際採取行動，事情順利得出乎鶴丘的意料之外。原本鶴丘一直擔心翡翠身邊的人會造成阻礙，沒想到自己相當幸運，那個人物離開了翡翠的身邊。雖然事後必須想辦法掩飾，但是大可以等到實驗結束再來煩惱……

沒錯……這一刻終於到來……

鶴丘俯視著橫躺在眼前的翡翠。她一邊搖著頭，一邊扭動身體，盡可能與鶴丘拉開距離，宛如一條蟲子。

「救……我……」

她勉強擠出的聲音，因恐懼而微微顫抖，身體不斷在地面上蠕動。

「救我……救我……」

她仰起了頭大聲呼救。

「救我！有沒有人……快來救我……！有沒有人……！」

翡翠一邊流著眼淚，一邊拚命地吶喊著。

「沒有用的，不會有人聽見。」

「不要……！」

翡翠不停扭轉身體，兩條腿劇烈彈跳。為了與鶴丘拉開距離，她像一條蟲子那般在地板上蠕動，但是這麼做當然沒有辦法讓她活命。

「饒了我……求求你饒了我……」

美麗的臉孔沾滿了淚水，因恐懼而扭曲變形，失去了自由的纖細身軀只能像可悲的蟲子一樣扭動。

「老師……救我……」

這個心願當然不可能實現，鶴丘早就將她的智慧型手機轉為飛航模式，而且關閉了電源。天底下沒有人能知道她身處何處，除非擁有異於常人的能力。

鶴丘舉起短刀，朝著她步步逼近，宛如想要讓她更加害怕。

翡翠似乎已明白自己不可能逃走，她不再呼救，深深吐出了一口氣，彷彿想要從恐懼的內心深處擠出一點勇氣。

「你……你是惡魔……」

淚水依然持續從她的雙眸滑落，但她以堅毅的眼神瞪著鶴丘。

「你一定像這樣欺騙了許多女生吧……」雖然美麗的兩排牙齒微微打顫，她還是不服輸地說道：「但是……但是……你總有一天一定會被抓的！就算你在這裡殺了我，天底下還有許多人跟我一樣希望將你繩之以法！你……你就算想盡辦法不留下證據……遲早還是會有人揪出你的狐狸尾巴……！」

但是在目睹鶴丘臉上的表情毫無變化後，翡翠那誓死不肯屈服的心靈，想必也已醒悟她所做的一切反抗都沒有任何意義。這成了翡翠最後的抵抗。

鶴丘舉起短刀的同時，翡翠閉上了雙眼。

「夠了，我要殺了妳。」

刺耳的聲響迴盪在耳邊。

鶴丘走上前，抓住翡翠的肩膀，朝著她那被綑綁的肉體，高高舉起了反手握住的短刀。

翡翠的腹部及雙腿都被繩索綁住了，不管再怎麼掙扎，也不可能逃走。

唯一的選擇，只有接納死亡……

鶴丘以短刀刺向翡翠的胸口。

最終話
VS. 終結者

香月史郎決定接下婦人的委託。揪出近來在社會上引起恐慌的連續殺人魔。

但是香月需要獲得鐘場與翡翠的協助，於是香月立即聯絡了鐘場正和。眼下的第一件事，是確認警方掌握了多少關於殺人魔的線索。兩人還是相約在那間咖啡廳的包廂裡。

「我不是特搜本部的人，我所知道的線索，都是從同事的口中聽來的。雖然我帶了一些資料出來，但你不能拿走，只能在這裡看完。」

鐘場拿出一個資料夾，夾口是緊緊封住的狀態。

「謝謝。」

香月朝鐘場鞠了個躬說道。

「你為什麼會突然對這個案子感興趣？」

過去兩人也曾在閒聊中提到這名殺人魔的事，但大多只是鐘場隨口說出一些輾轉聽來的小道消息，香月從來不曾表達過什麼個人見解。

「有一位看起來非常憔悴的受害者家屬，委託我調查這起案子。」

香月拿起資料夾，打開了封口。

一般而言，偵探必須遵守保密義務，不得洩漏委託人的一切資訊。但香月只是因為一些因緣巧合而與鐘場刑警建立起水面下的合作關係，並且相當好運地破解了好幾起案子而已。香月的身分並非偵探，而是一名平凡的作家。

不過，自從認識了能夠在特定條件下看見真相的翡翠之後，香月經手的案件已從「偶而破案」變成了「百分之百破案」。直到今年入冬之前，香月與翡翠已經攜手破解了好幾起案子，有些案子是兩人剛好成為涉案關係人，有些案子則是鐘場主動向香月尋求協助。

這樣的變化，鐘場當然看在眼裡，對於原因也心知肚明。

「我向來不相信靈魂或超能力什麼的……但我相信你的建議具有十足的參考價值。只要能夠抓住這個王八蛋，就算要我違反規定偷偷帶出資料，我也在所不辭。」

「鐘場，我很清楚你這個人，就算要你為神上手銬，你也不會有所遲疑。」

鐘場不禁皺起了眉頭。

香月心想……這次的調查行動，翡翠的靈視能力恐怕派不上用場了。

「殺害的現場還是找不出來嗎？」

「是啊！一點線索也沒有。凶手綁架了受害者之後，會先在另一個地點加以殺害，接著開車將屍體載到深山或農田之類，不容易被人發現的地點丟棄，屍體的身上幾乎找不到凶手的遺留物。受害者們雖然在年齡及容貌上有相似之處，但人際關係完全沒有交集。棄屍的地點每次都不相同，而且凶手總是刻意選擇附近一帶完全沒有監視器的地點。這傢伙真的很棘手，簡直就像真正的亡靈。」

香月低頭望向資料夾，細細查看每一起命案的細節。

第一起命案曝光，是在四年前的夏天。一群大學生前往了位於群馬縣山中的一棟廢棄醫院，想要舉辦試膽大會，卻在建築物內發現一具女性遺體。那棟廢棄建築還算小有名氣，很多人喜歡前往該地攝影或玩試膽遊戲，香月自己也曾前往看過。

平常那一帶幾乎不會有人靠近，因此當遺體被人發現的時候，腐爛的狀況已非常嚴重。經過解剖之後，確認死亡已超過三個月。遺體全身赤裸，身上沒有衣物，當然也沒有任何私人物品，光是要確認身分就費了不少功夫。後來藉由牙齒的形狀，才確認死者是一名在該年春天申報失蹤的女大學生。

遺體的腹部有刀傷，但並非致命傷，實際上的死因應該是失血過多。手腕及腳踝都有遭人以繩索綑綁的痕跡。根據特別搜查本部的研判，凶手應該是先脫光了受害者的衣物後加以綑綁，接著以尖刀刺入受害者的腹部並拔出，等待受害者自行因失血而斷氣。遺體並沒有遭受過性侵的跡象，也驗不出凶手的ＤＮＡ。

剛開始的時候，警方是朝著仇殺的方向進行調查，但是清查了受害者身邊的人際關係之後，並沒有找到任何線索。根據受害者的手機最後一次發出的微弱電波，警方研判受害者應該是在夜晚返家的途中遭凶手綁架。凶手一控制受害者的行動後，便立刻將其手機關機或關閉其機能，因此警方難以掌握其接下來的行蹤。

接下來有很長一段時期，搜查行動完全沒有進展，這起案子就這麼成為懸案。

沒想到一年之後，出現了另一具遺體。

第二名受害者的遺體，是在栃木縣的山中被人發現。凶手很可能是開著車子經過山道，將遺體拋出車外。遺體被人發現的時候，已死亡一個月左右。

就跟第一名受害者一樣，遺體的身上沒有任何遺留物。警方花了許多時間才查出其身分，發現受害者同樣是失蹤的女大學生。由於人際關係方面完全沒有任何線索，再加上凶手犯案的手法與當初的群馬縣女屍案相同，因此警方認為這很有可能是日本相當罕見的殺人魔連續行凶棄屍案，立即成立了新的特別搜查本部，朝著這個方向進行調查。

「但是查來查去，就是找不到任何證據。」

凶手在下手綁架的時候，避開了所有的監視器，而且在棄屍的時候，也都選擇完全不會有人看見的地點，因此警方完全無法鎖定凶手的身分。

「這傢伙非常狡猾，而且相當熟悉警察的辦案手法。我們用來歸納出凶手身分的所有手段，全都被他事先防堵了。我實在不敢相信天底下有人能做到這種事，真是太詭異了。不只是手法詭異，而且在犯案那麼多次之後，竟然能夠完全不露出任何破綻，這實在是令人匪夷所思。」

刑警們唯一能做的，就只是一步一腳印地到處查訪，尋找目擊證詞。但就在搜查行動遲遲沒有眉目的期間，又出現了第三具及第四具遺體。由於受害者們的容貌頗有相似之處，凶手到底是如何取得她們的個人資料，成為特搜本部調查此案的主要方向。

「受害者清一色是女大學生或二十多歲的女性上班族……而且全部都是一個人住。」

香月說道。

「原來如此，所以家屬申報失蹤，可能也是好幾天之後的事了。就算是上班族，如果是在黃金週[18]之類的連假期間遭到綁架，數天之內也不會有人發現。凶手應該就是看準了這一點吧！」

「如果是這樣的話，凶手到底是如何取得受害者的個資，以及如何選擇下手對象，才是最大的重點。」

「大多數受害者都擁有SNS的帳號，個資可能就是從這裡外洩出去的，但目前沒有發現疑似外洩的途徑，畢竟並不是所有人都會在SNS上公開自己的照片及地址。」

「既然如此，或許受害者們之間，還有著我們不知道的交集點……對了，大部分的受害者都是住在東京都內，只有少數幾個是住在鄰近的埼玉縣及神奈川縣。」

香月說道。

「除此之外，目前可知的唯一共通點，就只有受害者的住處附近幾乎都沒有監視器，凶手應該是事先前往觀察、確認過了吧！」

鐘場補充道。

「這麼看來，凶手做事可說是步步為營，幾乎到了神經質的地步。就算發現了自己中意

＊注18：黃金週，指日本每年在四月底～五月初的期間，由好幾個節日所組成的連假。依每一年的狀況不同，大約會有七到十天左右。

的女性，想要當成下手的對象，但如果在探勘環境的時候發現住處附近的監視器太多，就會乖乖放棄，尋找其他目標……這必須要有很強大的自制力才能做到。」

「是啊！但就跟其他的連環凶殺案一樣，凶手的犯案間隔越來越短了。」鐘場指出了另一個重點。原本兩起命案之間大約相隔一年，但後來逐漸變成半年一起命案，接著又變成數個月一起命案。最近這半年以來，光是被人發現的遺體就有三具。

「凶手已經逐漸習慣殺人，而且越來越沒有辦法克制自己的慾望。如果不趕快將他逮捕歸案，勢必會出現更多的受害者……」

「是的，但他是個聰明人，我想他自己也心知肚明，如果繼續犯案下去，遲早會露出狐狸尾巴。或許正是因為這個緣故，最近這兩次的犯案，他的手法稍微有了變化。」

「手法有了變化……？真的嗎？」

香月低頭望向最近兩起命案的受害者資料。前一起命案的受害者，是在剛進入夏天的時候遇害，差不多就是香月結識翡翠的時期。

「凶手變得更加謹慎了，他會以蓮蓬頭之類的沖水器具，將屍體沖洗得乾乾淨淨，驗屍的時候甚至還在皮膚上發現了漂白劑的成分。」

鐘場繼續說道。

「或許因為是夏天的關係，凶手擔心自己的汗水沾在遺體身上。」

「這就不清楚了，但凶手並不是第一次在夏天犯案。」

「這代表凶手雖然越來越難以克制慾望，但是在消除證據的行動上，卻反而更加吹毛求疵了……」

香月望向最新一起命案的資料，遺體的發現地點是秩父市的山區。能夠這麼快就被人發現，幾乎可說是奇蹟。

從推測死亡時間來看，受害者是在〈女高中生連環命案〉發生期間遭到殺害。說得更精確一點，是藤間菜月遭到殺害的前一天。苦澀的回憶湧上了心頭。

「如何？有沒有看出什麼端倪？」

「唔……」

香月輕輕撫摸著下巴，說出了一些當初在水鏡莊內曾經對黑越等人提過的凶手特徵。但是特搜本部裡必定也有負責為凶手進行人物側寫的人員，自己所提出的這些凶手特徵，對警方而言多半是了無新意吧！

「還有一點，凶手的殺人方式，是故意把刀子拔出，等待受害者失血過多而死。這種殘酷的手法，會不會是某種儀式？」

香月揣測道。

「你指的是類似邪教儀式嗎？例如，召喚惡魔什麼的？」

鐘場反問道。

「在你聽來是相當可笑的蠢事，但凶手本人或許相當認真。當然惡魔召喚儀式只是最極端的例子，但我們不能排除凶手可能對此深信不疑。」

「但是……就算分析出了凶手的特徵，天底下符合特徵的人還是成千上萬。即便我們假設凶手住在東京都內，也不可能把每個住在東京都且擁有駕照的男人，都抓來訊問一遍。」

「而且凶手不見得是男人。就跟那幾起勒頸凶殺案一樣，凶手也可能是女性，畢竟受害者並沒有受到性侵。」

香月說道。

「這麼說也對……」

鐘場咕噥道。

「不過，還有一點可以納入考慮，那就是既然凶手能夠在下手前一再勘查環境，代表凶手很可能沒有穩定的工作。」

香月說完之後，闔上資料夾，還給了鐘場。

「你都記住了？」

「嗯。」

「真不愧是大作家。」鐘場笑著站了起來。「好吧！如果你想出了什麼眉目，隨時與我聯絡。」

「我會努力的。」

香月目送鐘場離去，端起早已涼掉的咖啡，一邊啜飲著，一邊慎重地思索。

城塚翡翠有辦法憑著她的靈視能力，根據以上這些線索找出凶手嗎？

例如，在發生水鏡莊命案時，翡翠曾提過她能夠嗅出犯罪者的靈魂，所散發出的特別氣味。但是從連續勒殺案的凶手藁科琴音的情況來看，顯然當遇上一個心中完全不抱任何罪惡感的凶手時，她是聞不出任何氣味的。如此一來，翡翠想要挖掘出更多的線索，所能仰賴的手法就只剩下「靈魂共鳴」。

但是翡翠也曾經提過，遭到殺害的靈魂會停滯在死亡的現場，因此靈魂共鳴也只會發生在死亡的現場，靈魂並不存在於遺體或墳墓的附近。翡翠必須要前往殺害的地點，才能嗅出意識所殘留的氣味。

換句話說，只要沒有找到殺害的地點，靈魂共鳴的現象就不可能發生。以現況而言，城塚翡翠絕對沒辦法發現凶手的身分。香月史郎做出了這樣的結論。

＊＊＊

香月史郎站在幾乎沒有車輛通行的山道上。

雖然太陽還沒有下山，但是從剛剛到現在，至少已經過了三十分鐘。這段期間裡，沒有一輛汽車通過山道。香月自己的車子就停在護欄邊，但是這裡的山道並不窄，就算有車子來了，應該也可以輕易通過。

城塚翡翠就站在稍遠處，冬天的風，輕輕拂動著她的柔軟秀髮。今天的翡翠，身上穿著一件美麗而亮眼的米黃色大衣。

剛開始的時候，她原本想要跨越護欄，盡量靠近當初遺體被人發現的位置。但香月認為在斜坡上一旦滑倒會非常危險，費了不少唇舌才勸她打消念頭。

當初凶手就是從這裡，將遺體拋出了護欄外，但是遺體並沒有滾遠，被前方一棵大樹的樹幹卡住了。也是因為這個緣故，相較於其他命案，這起命案的遺體很快就被人發現。

翡翠睜開了原本緊閉的雙眼，她以一臉徬徨無助的表情看著香月，同時兩側的眉毛尾端微微下垂，顯得有些遺憾。

「如何？感覺到什麼了嗎？」

香月一邊問，一邊朝著她走近。

翡翠搖了搖頭。

「對不起……我什麼也感覺不到。」

「沒關係，本來就只是死馬當活馬醫，畢竟這裡並不是殺害現場。」

「但除了這麼做之外，我不知道該怎麼幫忙老師……」

「妳已經幫了我很多忙。」香月聳肩說道：「這次我們調查的案子，妳實在是無能為力，除非能找出殺害的現場……」

「嗯……」翡翠也跟著點頭說道：「聽說受害者都是年輕女性？要是能找到她們去世的

地點，至少應該能跟其中的一、兩個人產生共鳴。」

「果然只知道棄屍現場是不行的？」

「好像是這樣……對不起，完全沒幫上忙……」

當初香月告知翡翠想要調查這一連串兇案時，翡翠針對自己的能力提出了一番見解。根據她的說法，「靈魂共鳴只會發生在事故現場或殺害現場」，只是她根據過去的經驗所推導出的規則。靈魂到底是如何運作，根本沒有人知道真相，當然也沒有人能夠加以明確解釋。

或許這個規則並不完全正確，即便是在棄屍現場也能產生共鳴……翡翠抱著這樣的一絲希望，央求香月帶她前往棄屍現場碰碰運氣。

更何況翡翠所能感受到的幽靈之中，還有一些情況較特殊且依然找不出規則的靈體。例如，地縛靈、背後靈、泣婦，以及當初在水鏡莊所感受到的那股神祕的氣息。如果受害者之一在過世之後成為這一類的靈體，那麼就有可能出現在棄屍現場。

不過，雖然翡翠做出了這樣的假設，但是到頭來這些靈體似乎還是只會出現在死亡或埋葬地點。兩人雖然來到了棄屍地點，卻是一無所獲，光是今天，就已經看過四個棄屍地點。

或許是因為一直繃緊了神經的關係，翡翠看起來相當疲憊。

「太陽快下山了，今天就到此為止，我們去吃晚餐吧！妳想吃什麼？」

「唔……」原本臉上帶著歉意的翡翠，沉吟了片刻之後，忽然眼神一亮說道：「如果你不介意的話，我想在高速公路的休息區用餐。阿真曾經提過，休息區有好多美味的料理……可以嗎？」

「啊，嗯……當然沒問題。」

香月笑了出來。難得身旁帶了一位美麗的千金小姐，原本想到更加高級的餐廳用餐，但既然翡翠提出了這樣的要求，香月也只能答應了。

香月回想起來到這裡的路上，剛好有一處相當受過路人歡迎的休息區，那裡被打造成了江戶時代的街景，相信翡翠應該會喜歡才對。於是香月便帶著翡翠前往了該休息區。

「哇……武士在哪裡？這裡有武士嗎？」

果然不出香月所料，翡翠一到了休息區，登時雀躍不已，一雙眼眸閃閃發亮。

「唔……這裡應該沒有武士吧……」

「啊，那應該有忍者？是不是有忍者躲在暗處？」

香月不禁有些後悔，如果帶她到日光的江戶村去的話，應該能看到更多可愛的反應吧！

翡翠平日似乎極少出門，她本人聲稱在高速公路的休息區用餐還是生平第一次。但或許是因為體質特殊的關係，一踏進人潮眾多的餐飲區，她突然看起來有些不太舒服，或許這正是她不喜歡外出的原因吧！因為她能夠感應到靈魂的氣味，像這種人多的地方，必定會有各種不同的氣味混雜在一起。這些氣味同時朝她湧來，會磨耗她的精神，造成身體的無謂負擔。就算只是坐在行駛中的車輛裡，也有可能突然發生無法預期的靈魂共鳴。至少必須要有一個能夠理解她狀況的人，陪伴在她的身邊。

在用餐的過程中，翡翠看起來一直是興高采烈的模樣，但是用完餐的不久後，她變得越來越少開口說話。一問之下，她說她有些頭痛。香月於是要將她帶回車上休息，她卻說想要吃「soft serve」。

「soft serve……啊，妳說的是霜淇淋嗎？」

香月看了翡翠所指的店，才恍然大悟。

「噢，對，我想吃冰淇林。」

「放在玉米筒上的那種，我們通常稱作霜淇淋。妳看，那塊牌子上不是這麼寫嗎？」

「真的耶……冰淇林跟霜淇淋，我常常搞混。」

「今天雖然沒有很冷，但畢竟是冬天，妳確定要吃那個？」

「對不起……」翡翠流露出一臉沮喪的表情。「我一直很想吃一次休息區的霜淇淋。」

「何必道歉？只要能夠讓妳恢復精神，當然沒問題。」

香月笑著說道。於是買了一支霜淇淋，遞給了翡翠。

由於座位區擠滿了人，兩人決定找個人少的地方站著。香月原本提議回車上，但翡翠表示想要再呼吸一下外頭的新鮮空氣。

翡翠津津有味地吃起了霜淇淋，香月則站在一旁看著。美艷的粉紅色雙唇之間，露出了嬌小可愛的舌頭，舔吮著雪白的霜淇淋。

「好吃嗎？」

香月好奇地問道。

「好好吃喔！老師，你要不要也吃一口？」

翡翠揚起視線，對著香月笑嘻嘻地說，同時毫無心機地遞出了手中的霜淇淋。

「呃……好吧！就一口。」

香月苦笑著回應道。

「來，老師，啊——」

香月不禁感到有些害臊，但香月還是壓抑下心中的尷尬，朝著翡翠遞來的霜淇淋輕輕咬了一小口。霜淇淋的雪白表面有一小片染成了粉紅色，那應該是翡翠的口紅印吧，她自己似乎沒有發現。

香月不知已有多久沒吃過霜淇淋了，這一小口的霜淇淋吃起來又甜又冰。兩人偶然四目相交，香月情不自禁地對她笑了笑，翡翠也面帶羞赧地嗤嗤竊笑。吃完了霜淇淋後，兩人又喝了熱飲，天南地北閒聊了一會。

香月將兩個空罐拿到垃圾桶丟，走回翡翠身邊的時候，她臉上的笑容竟已消失，取而代之的是些許落寞的神情。

「老師……我想要更加瞭解你。」

她緩緩地對香月說。

「更加瞭解我？」

「老師……除了倉持小姐之外，你是不是還失去過其他重要的人？」

翡翠望著排列在停車場內的無數車輛說道。

「妳為何這麼認為？」

「因為氣味。」

翡翠一臉寂寞地凝視著香月。

「老師，我第一眼見到你的時候，就有這種感覺了。我知道你曾經失去過非常重要的人，而且心中的傷痛一直沒有消失……」

隔了半晌之後，翡翠忽然冒出一句：「對不起。」朝著香月鞠躬道歉。

「任何人待在我的身邊，心中的祕密都會被我看穿。我不是故意的，但我就是感覺得到。因為這個緣故，大家平常都躲得遠遠的，不敢跟我扯上關係。我好害怕大家離我而去……所以我漸漸習慣了不把感覺到的事情說出口。關於老師心中的祕密……我原本也想等老師自己提起，不想主動開口向老師詢問……但我實在是很想更加瞭解老師，好想為老師盡一份心力……」

翡翠微微轉向一旁，垂下了頭繼續說道。

「不，其實不是的……我只是沒有辦法再忍受，知道了祕密卻瞞著不說的罪惡感。這只是一股非常自私的情感。老師，你一定覺得很不舒服吧？明明不想被任何人知道的事情，竟然被我看穿了……」

「其實那也不是什麼祕密。」

香月嘆了一口氣，笑著說道。

翡翠雙眉下垂，帶著滿臉的歉疚，朝香月瞥了一眼。

「只是一段很無聊的往事……我想說給妳聽，妳要聽嗎？」

翡翠聽聞，表情登時轉為明亮。

「我想聽。」

「這件事發生在我還是個孩子的時候，到今天已將近二十年了……」

香月將雙手插進大衣口袋裡，仰望著昏暗的天空。

「我有個年紀跟我差很多的姊姊。她是我父親的續絃妻子跟前夫生的孩子，跟我沒有血緣關係，嚴格來說，我們只是名義上的姊弟而已……那時候我還是小學生，突然多了一個年紀相差十歲的姊姊，當然嚇了一跳。但姊姊是個既溫柔又漂亮的人，雖然剛開始跟我有著微妙的隔閡，但不久之後，她就成為我心中憧憬的對象……」

香月緊緊握住深藏在口袋裡的拳頭，彷彿想要捏碎當年的感情。

「在我還是小學生的某一天，她被強盜刺了一刀，就這麼死了。」

香月可以隱約感覺到翡翠倒抽了一口涼氣。

「那時候我剛好離開她身邊一下子。當我回來時，她已經躺在地上奄奄一息了。她一直想要說話，但我不知道她想說什麼。是很痛、很難受？還是想要向我道別？我沒有聽懂她想要對我說的話，這點讓我一直耿耿於懷。當時刺殺她的那名強盜，直到現在都沒有被抓到。正因為有了這樣的經驗，我接下來的人生一直活在犯罪調查之中。不管是寫推理小說，還是協助鐘場警部調查凶案，都是受到當年那件事的影響。尤其是我們這一次調查的一連串命案，受害者的年紀都與我姊姊過世時差不多……我實在沒有辦法再置身事外。」

香月靜靜地吁出了一口長氣。

「我說過了，只是一段很無聊的往事，對吧？」

香月轉頭望向翡翠，笑著說道。

翡翠蹙起了柳葉眉，嘴唇微彎，並沒有答話，那表情彷彿隨時會掉下眼淚。她閉上了雙眸，接著她吐了一口氣，當她再次睜開那翠綠的眼睛時，臉上已漾起了笑容。

「老師，讓我抱抱你。」

「咦？」

香月愣了一下。翡翠靦腆地笑了起來，她張開雙臂，擺出迎接香月入懷的動作。

「老師，你不用跟我客氣。當你感到難過的時候，我就會抱抱你，這是最有效的辦法。

每當我感到寂寞的時候，我也會要阿真抱抱我。」

香月不禁笑了出來，拿自己跟她相提並論，總覺得有點不太甘心。

「你笑什麼？」

翡翠嘟起嘴，鬧起了脾氣。

「沒什麼……但我已經不是孩子了。」

「你的意思是說……我還是個孩子？」

翡翠放下了手，一臉不服氣地說道。

香月忍不住想要回答：「當然。」但最後還是沒有說出口。

停頓了片刻之後，香月換了一個話題。

「從明天開始，由我一個人進行調查就行了。」

「咦……？」

「接下委託的人是我，總不能一直把妳拖下水。既然完全查不出眉目，帶著妳東奔西跑也只是給妳添麻煩而已。何況這種追捕殺人魔的行動，難保不會遭遇危險。」

「老師……」

翡翠一臉哀戚地細語呢喃。

「我有種很不好的預感。今天妳願意陪著我一整天，我已經很感激了。」

香月接著說道。翡翠低下了頭，平緩波浪狀的秀髮無力地下垂著。

「老師……你是不是故意想要讓我遠離這個案子？」

「沒錯。」香月點頭說道：「我猜妳所預感的『無可阻擋的死亡』，大概就跟這個案子有關吧！當然我不認為這個預感是正確的，或者應該說，我衷心期盼妳只是過於擔憂而已。但畢竟我們不能完全不當一回事，一旦妳涉入這個案子，就有可能遭殺人魔盯上，我們無論如何必須迴避這個風險。假如妳的預感代表著命運，想要違逆命運就必須確實做好防範未然的工作。在命運把妳吞噬之前，我必須先將殺人魔繩之以法。翡翠，妳已經幫了我很多忙，接下來的事，就交給我來處理吧！」

「……老師，我知道你是為了我著想……」

翡翠低著頭默默聽著，半晌沒有說話，好一會之後，她才呢喃道。

「沒錯。」

翡翠朝著香月踏近了一步，低著頭臉上帶著下定了決心的表情。

「我實在是太不知好歹，而且腦筋不太好。明知道繼續這麼下去，我的生命必定會終結，但為了維持現在的關係，我就是無法狠下心放棄這條路。一心只期待原本所想像的未來只是杞人憂天，將所有的希望放在那一絲可能性上。我知道那非常愚蠢，但是……我……真的很想幫助老師。」

翡翠雙眼上方的睫毛微微顫動，吁了一口氣後說道。

「老師……你就像是我的陽光。過去我一直認為自己的能力是一種詛咒，內心裡充滿了無力感，我自認為沒有辦法拯救任何人。老師，是你帶給了我陽光。你相信了我，你拯救了我……多虧了你，我才能夠明白，我擁有這樣的能力絕非毫無意義。」

翡翠並沒有望向香月，她不肯與香月四目相交，繼續說道。

香月感覺到胸口一陣刺痛，兩眼不禁凝視著翡翠。翡翠抬起了頭，積滿了淚水的翠綠色眼珠裡，映照出了香月的臉孔。

「老師，或許對你來說，我只是個孩子，但我真的想要幫助你。就算我將無法逃離命運的掌控，我也想要待在你的身邊……」

香月再也按捺不住，將翡翠擁入懷中。緊緊包覆住了那冰涼的身體。

「在我的眼裡……」香月在她的耳畔低聲細語。「妳才是那個看起來既煎熬又寂寞的人……」

「老師……」香月感覺到翡翠的雙手繞到了自己的背上，手掌動作是如此溫柔，她開口說道：「讓我來……抱抱你……」

纖細的手臂微微束緊了一些，香月感受著翡翠懷裡的軟玉溫香，久久不能自已。過了好一會之後，香月才按著翡翠的肩膀，將她輕輕拉開，翡翠抬起了頭，凝視著香月。

微微搖曳的視線，覆蓋著翠綠雙眸的眼珠，濕潤的嘴唇。這一切都美得讓人情不自禁……香月吻了翡翠的唇，不知道是不是錯覺，口中多了一點霜淇淋的甜味。

兩人相視一笑，一起坐上了車，發動引擎。明明暖氣沒有那麼快發揮效果，身體卻感覺異常溫暖。

「其實我有一棟別墅，距離這裡大約一個小時的車程。」

香月終於說出口了，遲疑了許久之後，終於說出口了。如果再不說，就沒有機會了。

「咦？真的嗎？」

翡翠瞪大了眼睛。

「其實那是我父親留給我的遺產，因為充滿了回憶，我一直捨不得賣掉。有時為了避免分心，我會到那裡寫稿。畢竟房子這種東西偶而還是得住一陣子，否則很容易損壞。」

翡翠將臉對著香月，卻低下了頭，只敢不時朝香月偷眼窺望。

「為了明天的調查行動，今晚我們就在那裡好好休息，如何？」

翡翠低頭不語，或許是因為太過緊張的關係，放在膝蓋上的雙手緊緊握起了拳頭。

「好……」

她以幾乎聽不見的細微聲音說道，那模樣可愛至極。

香月開著車子，努力壓抑下心中的衝動。

「……我記得妳好像說過……千和崎回老家去了？」

兩人沉默了好一會，香月開口問道。

「啊，嗯……好像是親戚之中有人過世……暫時回北海道一個星期左右。」

「那剛好，不會被她知道。」

「是啊……」

「這個祕密，還不能被阿真發現。」

翡翠嗤嗤一笑，接著說道。

「妳可別隨便傳訊息給她，畢竟她這個人可是很敏銳的。」

翡翠或許是因為幾乎沒有朋友的關係，跟香月在一起的時候極少取出智慧型手機。當然坐在車子的副駕駛座上時，她偶爾會拿出手機來看一看有沒有新訊息。但是每當她要這麼做的時候，為了避免失禮，她必定會先徵求香月的同意。由此可知，她是個擁有良好教養的女孩子。尤其是當兩人聊天聊得正開心的時候，她絕對不會突然做出碰觸手機的行為。

香月就這麼不斷地與翡翠閒聊，兩人度過了一段宛如夢境一般的快樂時光。香月有時轉頭望向翡翠，總是會發現她正看著自己，露出羞赧的微笑。香月隨口說出的一句話，也會逗得她呵呵笑個不停，她凝視著香月的眼神，總是帶著一股熱氣。

由於塞車的關係，香月所駕駛的車子花了比平常更多的時間，才抵達自己所持有的山中別墅。走出車外的瞬間，放眼望去再也看不到任何人工的燈光，周圍一帶完全沒有建築物，使得這座別墅儼然像是推理小說裡經常出現的孤立山莊，只差少了一座隔絕塵世的吊橋。這裡頭就算發生再多起慘案，也絕對不會有人察覺。

香月帶著翡翠走進了山莊之中，雖然是兩層樓建築，但是占地並不算寬廣。兩人在門口脫下鞋子，香月取下翡翠的大衣，以衣架吊起。今天翡翠穿著一件有著淡淡光澤的粉紅色罩衫，外頭還披上一件寬鬆的外套，跟往昔相比多了一股成熟的魅力。

香月領著翡翠走向客廳，由於沒有開燈，整個空間一片漆黑，只有大門外的一顆老舊燈泡所釋放出的微弱光芒射入了屋內。

「老師，請問電燈在……」

翡翠踏進客廳，往前走了數步，香月從後方將她緊緊抱住，再也壓抑不了心中的慾火。

「啊……老師……」

香月的雙掌在翡翠的全身上下不斷滑動，彷彿在探摸著她體內的纖細骨架，同時將臉埋進了她那柔軟的捲髮之中，嗅著她的後頸所散發出的甜香。

「翡翠……」

香月一邊呼喚她的名字，一邊玩弄著那幾乎沒有抵抗的肉體。

翡翠露出怕癢的表情，以手遮住了自己的耳朵及脖子，卻沒有試圖阻止香月的動作。

「唔……老師……不行……別在這種地方……」

香月嗅著甜膩的氣息，舔著宛如蛋糕一般雪白的頸項。翡翠身上罩衫的觸感摸起來格外醉人，堅挺的胸罩形狀隱隱傳入掌心，令人無法不在意裡頭包覆之物。

但還是不夠，只有這種程度，根本無法獲得滿足……

「啊……呵呵……老師，你真是的……」

香月輕輕撫摸翡翠的右耳，聽著翡翠發出既困擾又陶醉的細微笑聲，手掌沿著絲襪向上撫摸，探入了翡翠的雙腿之間，翡翠的肉體不斷地輕輕扭動。

但是就在下一瞬間，翡翠的身體停止了動作，她的身體逐漸變得僵硬，似乎察覺有些不對勁。

「啊……」

她的聲音轉為驚愕，再也沒有陶醉之意。香月的鼻尖所碰觸的肌膚豎起了寒毛，彷彿正訴說著她心中的恐懼。

「老師……這個地方……」

翡翠不斷喘著氣，宛如快要窒息一般。

「這裡……到底是什麼地方……怎麼會……」

「妳果然感覺到了？」

香月將鼻尖移開翡翠的頸部，為了不讓她逃走，香月緊緊按住翡翠不停顫抖的肩膀。

「這裡到底發生了什麼事……老師……」

「妳是不是發現這裡累積了許多氣味？還是快要產生共鳴了？畢竟死在這裡的人已經超過十個了，妳會察覺異狀也是很正常的事。」

「老師……？」

翡翠以生硬的動作轉頭望向香月。

「翡翠，妳真的是太可愛了，讓我再也沒有辦法忍耐。」

香月對著一臉駭然的翡翠笑著說道。翡翠睜大了翠綠色眼珠，眼神中充滿了恐懼。

「那些人都是我殺的，我已經進行了至少十次以上的實驗。下一次的實驗，我希望能夠以妳為材料。」

「不可能……」翡翠的身體劇烈顫抖，香月的掌心可感覺得出來，眼前的女人似乎隨時會癱倒在地上。「老師……這是騙人的吧？」

翡翠的嘴角微微彎曲，似乎勉強想要笑卻笑不出來。或許她心裡還在期待著，只要像往常一樣露出天真無邪的笑容，香月也會報以相同的微笑。

「我沒有騙妳。」

香月抓住翡翠的手腕，自她的背後往上扳，翡翠剎時發出痛苦的呻吟，身體動彈不得，整個人跪倒在地上。她幾乎毫無能力反抗，嘴唇早已變得慘白，而且微微抖動著。香月拿起事先放在桌上的繩索，將她的手腕牢牢綑綁。

「老師……你……你別開這種玩笑……我要生氣了……」

「我並不是在跟妳開玩笑。」

翡翠的眼神宛如小動物一般充滿了恐懼，淚珠在眼眶中滾來滾去。香月見了她那惹人憐惜的模樣，心中再度隱隱作痛，但是到了這個地步，已不可能再壓抑心中的慾望。

香月將翡翠壓倒在地板上，翡翠發出了微弱的尖叫。香月抓住她的肩膀，翻過她的身體，使她呈現仰躺的姿勢。好想一直看著她這可愛的表情……

「現在妳相信了吧？」

香月取出短刀，以刀尖指著翡翠。雖然周圍一片昏暗，但那刀刃反射了來自門口的微弱光芒，竟是熠熠發亮。

「你騙人……」翡翠拚命甩著頭，凌亂的長髮在臉頰的前方來回擺動。「快告訴我……你是騙我的……」

「沒有辦法對妳說出真話，讓我一直很心痛。」香月嘆了一口氣，彷彿要吐出胸中的痛楚。「但是……我再也壓抑不了心中的慾望……」

「老……老師……真的是你殺的……？」

翡翠張開了顫抖的雙唇，結結巴巴地說道。

香月沒有回答這個問題，翡翠卻彷彿已經知道了答案，想必她已根據氣味得知了真相。既沒有半點罪惡感，也沒有半點虛偽，香月只是吐露了最真實的自我。

對翡翠而言，氣味比任何證據都更具說服力。

「沒錯，這是一場實驗，一場非做不可的實驗。」

「不可能……不可能……」

翡翠閉上了濕潤的雙眸，數道淚水劃過了雪白的臉頰。

「我在作夢……不可能的……不可能不可能不可能！」

翡翠扭轉身體，像個孩子一樣尖聲大叫。

香月只是愣愣地站在一旁看著，胸口隱隱感到刺痛。但除此之外，還有一股更加強烈的興奮感。

「只是把刀子刺進身體裡而已，應該不會痛才對。」

香月的呼吸越來越急促。

「不可能……不可能……這是假的！這全部都是假的吧？」

「到底會不會痛，實驗了就知道。」

「不要……」

翡翠凝視著香月，兩眼變得無神而混濁。

她一邊搖著頭，一邊扭動身體，盡可能與香月拉開距離，宛如一條蟲子。

「救……我……」

她勉強擠出的聲音，因恐懼而微微顫抖，身體不斷在地面上蠕動。

「救我……救我……」

她仰起了頭大聲呼救。

「救我！有沒有人……快來救我……！有沒有人……！」

翡翠一邊流著眼淚，一邊拚命地吶喊著。

「沒有用的，不會有人聽見。」

「不要……！」

翡翠不停扭轉身體，兩條腿劇烈彈跳。為了與香月拉開距離，她像一條蟲子那般在地板上蠕動，但是這麼做當然沒有辦法讓她活命。

「饒了我……求求你饒了我……」

美麗的臉孔沾滿了淚水，因恐懼而扭曲變形。失去了自由的纖細身軀只能像可悲的蟲子一樣扭動。

「老師……饒了我……」

這個心願當然不可能實現，香月早就將她的智慧型手機轉為飛航模式，而且關閉了電源。天底下沒有人能知道她身處何處，除非擁有異於常人的能力。

香月舉起短刀，朝著她步步逼近，宛如想要讓她更加害怕。

翡翠似乎已明白自己不可能逃走，她不再呼救，深深吐出了一口氣，彷彿想要從恐懼的內心深處擠出一點勇氣。

「你……你是惡魔……」

淚水依然持續從她的雙眸滑落，但她以堅毅的眼神瞪著香月。

「你一定像這樣欺騙了許多女生吧……」雖然美麗的兩排牙齒微微打顫，她還是不服輸地說道：「但是……但是……你總有一天一定會被抓的！就算你在這裡殺了我，天底下還有許多人跟我一樣希望將你繩之以法！你……你就算想盡辦法不留下證據……遲早還是會有人揪出你的狐狸尾巴……！」

但是在目睹香月臉上的表情毫無變化後，翡翠那誓死不肯屈服的心靈想必也已醒悟，她所做的一切反抗都沒有任何意義。這成了翡翠最後的抵抗。

香月舉起短刀的同時，翡翠閉上了雙眼。

她的模樣看起來懊悔、痛苦又悲傷……緊咬著嘴唇，不斷喘著氣，一邊哽咽一邊掉淚。

「嗚嗚嗚嗚……啊啊啊啊……啊啊啊啊啊……！」

城塚翡翠的預感果然成真了——無可阻擋的死亡已經降臨。雖然她早已接受了這個命運，但她一定作夢也沒想到這個命運會以這種方式化為現實。

「妳不用害怕，我還有一件事情需要妳的幫忙，不會立刻殺了妳。」

香月對著淚流不止的翡翠說道。翡翠只是不斷流著眼淚，彷彿沒有聽見香月的話。

「我希望妳在這裡進行降靈，呼喚出我姊姊的靈魂。」

翡翠只是疲軟無力地搖著頭。

「救我……這不可能是真的……」

香月心裡暗叫不妙，剛剛似乎做得太過火了。如今的翡翠，似乎已陷入了錯亂的狀態，剛剛實在不該為了滿足慾望而如此戲弄她。

「我有一些話，想要向姊姊問個清楚。若這個心願能實驗，我就沒必要把妳殺了。」

翡翠聽到這句話，終於出現了微弱的反應。

「啊……嗚……」

雖然她的肩膀依然不停抖動，但她終於虛弱無力地抬起了頭。

好想就這麼跟翡翠一同生活下去。香月心中對她的愛，是貨真價實的愛。如果可以的話，好想繼續跟她維持著親密關係，兩人同心協力破解更多懸案。那樣的未來，是如此充滿了吸引力。

香月這陣子每天都活在苦惱之中，不斷地思索著有沒有什麼辦法可以不必將她殺死。事實上，香月有信心能夠不讓翡翠發現自己殺過那麼多人。如果能夠克制自己的慾望，不對翡翠下手，那才是最安全的抉擇。畢竟翡翠跟過去的其他受害者不同，她與自己是熟人的關係，湮滅證據的過程如果沒有做到完美無瑕，警察馬上就會懷疑到自己頭上。

偏偏香月說什麼也無法壓抑心中的慾火——好想拿她進行實驗，好想逼迫她進行降靈。香月心裡很清楚，就算現在忍耐了下來，未來也會因為太過愛她而忍不住動手。

香月抓住翡翠的手臂，將她強行拉起。翡翠一直垂首不語，香月拖著她，讓她坐在餐桌邊的椅子上。桌面上放著一張翡翠的照片，那是兩人在參加水鏡莊的烤肉大會時，香月暗中偷偷拍攝的。雖然不小心讓別所的部分身體也入了鏡，但香月自認為在所有的照片裡，這是翡翠笑得最燦爛的一張。

翡翠完全沒有抵抗，彷彿已放棄了活下去的全部精力，她只是不停地抖動肩膀，不停地流淚，不停地哽咽。

香月一邊聽著她的啜泣聲，一邊以繩索將她的腳踝及腰部綑綁在椅子上。雖然她看起來已幾乎沒有抵抗的力氣，但凡事謹慎小心總是不會有錯。正是這股幾乎吹毛求疵的警戒心，讓自己一再獲得進行實驗的機會。

「我記得妳曾經說過，降靈需要對方的名字？鶴丘陽子，過世時的年紀是二十一歲，殺害地點就是這裡。如何？做得到嗎？雖然已經過了很多年，但我希望妳努力試試看。」

香月走到翡翠的對面，俯視著她說道。但是翡翠什麼話也沒有說，只是一味地低著頭。

「我能體會妳心中的震驚。」香月壓抑著心中的焦躁說道：「但我希望妳趕快行動。畢竟美食當前，我不知道自己還能忍耐多久……」

香月笑著舉起短刀。翡翠依然沉默不語，只是低著頭。

就在這時，一陣奇怪的聲響傳入了香月的耳中，香月不禁皺起了眉頭。

呵呵呵呵……聲音是從翡翠的嘴裡發出的，她在笑。

「呼呼呼……呵呵呵呵……」

強烈的恐懼，終於摧毀了她的心靈……？遭到打從心底信賴且接納的人背叛，她的內心所受到的打擊可想而知。

香月帶著心頭的一絲憐憫，想要低頭看看她的表情，驀然間，一股寒意自背脊向上竄升。翡翠竟然也在看著自己，兩人四目相交，內心驟然有股莫名的恐懼。

怎麼回事？翡翠正在笑著，而且那是一種難以言喻的詭異笑容。眉梢下垂，流露出一絲無奈，眉頭卻又緊蹙，嘴角若有深意地微微上揚。

一股說不上來的感覺，讓香月一時慌了手腳。那表情是怎麼回事？難道她真的完全瘋了嗎？但是那笑法……

「嗤嗤……呼呼呼……啊哈哈哈哈……」

那笑法……簡直就像是聽見了天底下最可笑的事情。

◆ *"Iced coffee" again.*

為了掩飾心中的驚愕，香月在一片漆黑的屋內來來回回地繞起了圈子，再次確認手中的觸感。**放心，刀子還好端端地在自己的手裡**。香月如此告訴自己，根本不需要害怕。

說得更明白一點，自己根本沒有必須害怕的理由。眼前這個女人的雙手雙腳都動彈不得，整個人被綁在椅子上，就算她的臉上帶著弔詭且絲毫沒有懼意的笑容，自己也沒有必要感到害怕。

但是一陣陣的恐懼依然自香月史郎的內心深處油然而生。

「妳……在笑什麼？」

眼前的女人……城塚翡翠並沒有答話，她只是不停抖動著嬌柔的肩膀，嗤嗤竊笑個不停，同時以那一對翠綠色的雙眸仰望著香月。

「有什麼好笑？妳瘋了嗎？」

翡翠抬起頭來，正眼對著香月，眉梢依然下垂著，似乎正感到無奈，嘴裡卻笑個不停。

「老師，你是不是以為我精神錯亂了？因為遭到背叛而大受打擊？」

「難道不是嗎？」

香月舉起手中的短刀，刀尖在昏暗的光線下閃閃發亮。如果是過去香月所認識的城塚翡翠，此時早已害怕得縮起了身子。但此刻翡翠的臉上並沒有恐懼之色，依然維持著令人毛骨聳然的微笑。

簡直像換了一個人，簡直像……

「妳已經不是翡翠了？某個人的靈魂已經進入了妳的體內？」

翡翠一聽到這句話，笑得更大聲了。

「哈哈……呵呵呵……」

「有什麼好笑？」

「沒什麼……」翡翠強忍著笑意，搖頭說道：「對了，老師，能不能幫我解開雙手的繩索？我這樣子沒辦法集中精神，要怎麼召喚你姊姊？」

香月看著翡翠臉上那副氣定神閒的笑容，內心有些遲疑不決。翡翠的降靈，是自己的主要目的之一。根據以往的經驗，她在進行降靈時確實需要集中精神，身體如果受到束縛，或許真的會造成妨礙。

猶豫了片刻之後，香月做出的結論是根本不必害怕。一來兩人有著體格差異，二來自己的手上還握著武器。就算她企圖反擊，自己也可以立刻將她制伏，何況只要不解開她的腰際及腳踝的繩索，量她也玩不出什麼花樣。

我到底在怕什麼？香月如此自問。對方可是翡翠，那個臉上永遠掛著天真、可愛笑容的柔弱女子……

「好吧！但妳可不准動歪腦筋。」

香月以小刀割斷了翡翠手腕上的繩索，她舉起重獲自由的手，撥了撥頭髮，接著以指尖抹去臉上的淚痕，轉頭望向附近的窗戶，查看自己映照在玻璃上的臉孔。

「唉，臉上的妝一定都花了吧！幸好今天化的是淡妝，應該不明顯……」

香月剎時啞口無言。為什麼在這種時候，她還能在意臉上的妝？

一會之後，翡翠似乎終於察覺了香月的視線。

「剛剛講到哪裡了？啊，對……一般人如果突然得知自己身邊的親密之人是殺人魔，確實會大受打擊吧！」

翡翠抬頭說道。

「妳的意思是說，妳早就發現了？不……絕對不可能……」

香月的思緒陷入了一團混亂。沒錯，絕對不可能，否則的話，她剛剛沒有理由嚇得花容失色。她絕對沒有辦法事先看穿自己的底細，因為以她的特殊能力，根本做不到這一點……

「雖然妳能夠靠著靈魂的氣味分辨出犯罪者，但是對於像我這種完全沒有罪惡感的人，妳的能力應該是完全派不上用場才對。我原本也提防過，但是在藁科琴音那起案子裡，妳顯然……」

香月的話還沒有說完，翡翠忽然又笑了起來，而且笑得有如花枝亂顫。

「哈哈……啊哈哈哈……哈哈哈哈哈！」

這是香月第一次看見她發出這樣的笑聲。她雖然被綁在椅子上，卻彎下了腰，捧著肚子，一邊搖頭一邊笑個不停。如果不是下半身動彈不得，她可能會笑到在地板上翻滾。

「啊啊，好好笑……真的好好笑……老師，求求你別逗我了……」

「有什麼好笑！」

「老師，很遺憾，我沒辦法召喚你的姊姊。我猜你原本是打算等降靈結束後，再將我玩弄至死，但你的目的有一半是絕對無法實現的。」

「妳說什麼？妳不照我的話做，我真的會殺了妳。」

「我不是不願意，而是做不到。」

「為什麼？」

「因為……」

翡翠再次忍不住笑了出來，她摀著自己的嘴，笑得肩膀劇烈顫動。

「好好笑……真的太好笑了……老師，你不知道我已經忍了多久……到了這個時候，我終於不必再忍耐了。老師，你說對吧？」

呼呼……呵呵呵……呼呼呼呼呼……

「妳到底在笑什麼！」

「我怎麼可能做得到？你真的相信我能降什麼靈？」

「什麼？」

一時之間，香月不明白她這麼說是什麼意思。

「我說啊……」

靈媒少女的嬌柔肩膀不停顫動，她緩緩將頭斜向一邊，黑暗之中，她的一雙眼珠綻放著異樣的神采。

「你真的相信我有通靈的能力……？」

香月史郎愕然凝視著笑臉盈盈的翡翠。

「妳說……什麼……？」

那是什麼意思？香月看著眼前的女人，一時瞠目結舌，不知該說什麼。強烈的震撼，令香月心跳加劇。

「什麼……意思……？」

「召喚姊姊的靈魂？像我這樣的神棍，怎麼可能做得到？」

「妳在……說什麼……」

香月整個人傻住了。她怎麼會突然說出這種話？難道真的是因為承受了太大的打擊，腦筋已經不正常了……？抑或……她想要靠著話術逃過一劫……？

「別胡說八道了……妳的通靈能力是貨真價實的。」

「那只是老師心裡這麼認為而已。」

「妳的能力是真的！」香月大喊：「妳不是當著我的面進行過很多次靈視嗎？靠著妳那神奇的能力，我們不是破解了許多懸案嗎？」

「或許吧……」

面對香月的大聲恫嚇，翡翠卻是絲毫不為所動，表情不僅冷靜，而且臉上帶著輕蔑的笑容，簡直像變了一個人。

「但是……你真的相信我是靠神奇的能力才做到那些事？」

「妳在說什麼……不，妳的能力是真的，那絕對是真的……第一次見面的時候，妳不是就靠著靈視得知了倉持結花的職業？如果妳沒有通靈能力，怎麼可能做得到？」

「你還不懂嗎？那只是騙術而已。」

「騙術……？」

翡翠看著愕然無語的香月，以一副做作的無奈表情嘆了口氣，接著她闔上碧綠的雙眸，雙手宛如祈禱般十指互貼，以平淡的口吻說了一句話。那是一句非常流暢的英語，香月花了一點時間，才聽出了那句話的意思。就在香月回想起過去曾經在某本書上讀過這句話的同時，翡翠也睜開雙眼，說出了那句話的譯語。

「絕口不提中間的推理過程，只揭露起點及結論。雖然手法相當膚淺，卻十足具有令人大吃一驚的效果……」

沒有錯，這是夏洛克．福爾摩斯的名言。出自亞瑟．柯南．道爾（Arthur Conan Doyle）的短篇小說《小舞人探案》（*The Adventure of the Dancing Men*）。

「好吧，既然老師還搞不清楚，那我就稍微解釋一下，當作餘興節目吧！就算我非死不可，總得讓我懺悔一下自己的罪行。」

翡翠再次揚起嘴角，伸手撩撥了波浪狀的捲髮，突然伸出了食指，一邊將食指像指揮棒一樣左右揮動，一邊滔滔不絕地說道。

「那一天，倉持小姐按了我家的對講機，以字正腔圓且鏗鏘有力的口吻朝著對講機說話，一般的年輕女性很少有人能做到這一點。後來她進入我家，我在跟她說話的時候，發現她的坐姿非常端正，而且一舉一動都端莊有禮，再加上她看起來很擅長化妝，由此可以推測出，她應該很習慣於承受他人的目光。想必應該是在公司組織內累積了不少社會經驗，將工作上所學來的應對及裝扮技巧運用在日常生活之中。當然有很多工作都可能訓練出像她這樣的人，例如，模特兒、女演員、新聞播報員、空服員、銀行人員，或是公司行號、購物中心及百貨公司的服務人員……」

翡翠一邊說，一邊將自己的一縷秀髮纏繞在食指上。

香月一臉錯愕地聽著翡翠的話。她在說什麼？她為什麼要說這些？

「但是從她走路的習慣動作看來，她應該不是模特兒或女演員。而且她雖然咬字清楚，但說話並不算流暢，再加上她明明長得挺可愛，以她的名字上網搜尋卻找不到任何網路消息，可見得她也不是新聞播報員。對了，老師……你也知道我很有錢，這世界上絕大部分的東西，都是花錢就能得到呢！」

翡翠嗤嗤一笑，表情儼然是個正在公布惡作劇手法的小女孩。

「什麼意思……」

「事實上，我在自己住的那棟摩天大樓投資了一點錢，請人裝設了一點東西。從我的房間到一樓大門、入口大廳、電梯等各處都安裝了竊聽器。當時倉持小姐按下對講機，字正腔圓地說出來意之後，你曾經對她稱讚過一句『不愧是訓練過的』，對吧？你會這麼稱讚她，代表她平日從事的就是這方面的工作。她受的是什麼樣的訓練？是演技還是發聲練習？前面我們已經排除女演員的可能性了，所以不會是演技。若說她是配音員，她的嗓音又缺乏特色。當然也有可能是電話客服人員，但是這個職業不符合前面所推測的『很習慣於承受他人的目光』這一點。想來想去，最有可能的還是公司行號、百貨公司或購物中心的服務人員，而且是經過研修的正職人員，並非來自人才派遣公司的派遣職員。當然也有可能是銀行的女行員，但是我們見面的那天是必須上班的平常日，可見得她在一般公司行號或銀行上班的機率並不高。最後，我猜測她應該是購物中心或百貨公司的服務人員。」

說完這一串話的同時，翡翠的食指靜止不動，原本纏繞在上頭的秀髮滑溜地鬆了開來，落在她的肩膀上。

香月張口結舌，一時不知該說什麼。

「這太……」香月吁了一口氣，彷彿想要掩飾心中的焦慮。「不可能……這根本……」

「就算說錯了，那也沒有關係。只要觀察她的反應，再說出候補的答案就行了。例如，遊覽車的導遊，也是不錯的答案……只不過我在這一行幹了這麼多年，眼力練得不錯，第一次就猜對了。」

「但妳還猜出了我的職業是作家，這又怎麼說？」

「你們搭電梯的時候，倉持小姐不是這麼說過嗎？『**你身為推理作家，應該是個無神論者吧！**』……」

當時的記憶湧上心頭，結花確實曾說過這句話……

「妳偷聽了我們的對話……？」

「這是最簡單且最有效的手法。」

「不……可是……」香月剎時感到一陣暈眩，好不容易才讓自己保持清醒，搖頭說道：

「但妳不是以靈力觸摸了結花的肩膀及手掌？」

「那只是魔術表演的手法而已。」

「魔術表演？」

「利用一些特殊的手法，誘發出一些理所當然但讓人覺得不可思議的效果。例如，藉由觀眾自己說出口的話，讓觀眾產生心理上的錯覺……有興趣的話，你可以自己查一查。」

這不可能，根本是強詞奪理……

「別想騙我，這說不通……妳絕對擁有通靈能力！妳用這種話來誆騙我，只是想要保住性命而已！妳知道降靈結束之後，我會把妳殺死，所以妳故意告訴我做不到！」

翡翠凝視著香月，眼神中帶著一絲同情，眉梢流露著無奈，粉紅色的雙唇卻微微扭曲，翠綠色的雙眸，帶著滿滿的憐憫之意……

「沒錯，妳的能力絕對是真的！如果妳只是個騙徒，其他的事情要怎麼說明？倉持結花的命案能夠找出真凶，靠的就是妳喚出了結花的靈魂。還有，我們剛發現結花的遺體時，妳就藉由『靈魂共鳴』看見了小林舞衣將眼鏡掉落在現場的景象。當時我們才剛發現遺體，妳根本不知道有小林舞衣這號人物，也不知道她的臉上戴著眼鏡。如果沒有靈魂共鳴，沒有召喚出結花的靈魂，妳不可能知道這些，這就足以證明妳絕對擁有通靈能力！」

「哈哈哈哈哈！」

翡翠捧著肚子，再度發出訕笑。

「有什麼好笑！」

香月走向翡翠，揪住她身上的罩衫領口，五指用力過猛，幾乎將她的罩衫扯破。

翡翠止住了笑聲，以冰冷的視線看著香月。

「老師，我勸你最好冷靜一點，否則你的皮膚碎屑會殘留在我的指甲裡。」

翡翠的指尖正輕輕觸摸著香月的手腕，香月心裡一毛，迅速放開了手。

「真拿你沒辦法。」翡翠整理著領口，雙唇微微上揚，眼神中充滿著憐憫，上揚的嘴角卻充滿著譏諷。「關鍵就在於冰咖啡，老師。」

「冰咖啡……？」

「看來你真的什麼也不知道。老師，你不是推理作家嗎？難道你沒讀過艾勒里・昆恩[19]

＊注19：艾勒里・昆恩（Ellery Queen），是同名推理小說系列中的偵探，也是該系列的作者之筆名。其作品有原創的詭計，但更多是總結前代推理大師創作的巧妙，一個詭計套著一個詭計，讓人眼花撩亂。

的作品嗎？」

「冰咖啡能看出什麼？難道妳想說的是沒喝完的冰咖啡灑在地上，足以證明凶手是結花的朋友？別說傻話了！在那個當下，我們甚至不敢肯定那些冰咖啡是什麼時候泡的！警方剛開始的時候，也曾經認為那可能是前一天沒喝完的冰咖啡，一直擱置在桌上。結花原本就不喜歡整理房間及洗碗，而且她自己也曾說過，她常常一口氣泡太多的冰咖啡，沒辦法喝完……」

香月還沒說完，已遭翡翠打斷，她仰望著香月，雙眸閃爍著智慧的神采。

「沒錯，灑在地上的冰咖啡，確實就像你所說的，警方曾經懷疑那是之前泡了沒喝完，一直擺在桌上。畢竟根據驗屍的結果，倉持小姐的胃袋裡並沒有咖啡的成分，警方這樣的推測也是合情合理。何況假設凶手是闖空門的竊賊，代表倉持小姐一回到家就遇上了竊賊，當然也不會有時間泡冰咖啡。假如認定那些冰咖啡是當天才泡的，那反而前後矛盾了。」

翡翠的聲音還是一樣甜膩且有些口齒不清，但陳述起論點卻是條理分明。

「但是……老師，你仔細想想看，胃袋裡沒有驗出咖啡的成分，只能證明倉持小姐遭殺害前很可能沒喝冰咖啡，並不能證明她當時沒有泡冰咖啡。而且當我們進入她家時，現場還有另一樣東西，能夠證明倉持小姐在死前一定泡過冰咖啡。」

「哪有那種東西……」

「當時地板上不是有水滴嗎？我一看見那水滴，立刻便開始思考為什麼會有一滴水出現在地板上。最有可能的答案，就是冰塊。」

「冰塊……？」

翡翠以拇指及食指圍成了一圈，那手勢似乎代表固體的冰塊。

「老師，你似乎以為那是『泣婦』流下的眼淚，但我可從頭到尾都沒說那是淚滴。在我的眼裡，那是冰塊溶化後形成的水滴。」

翡翠笑著解釋道。

「就讓我們假設那滴水原本是冰塊吧！老師，你知道冰咖啡是怎麼泡出來的嗎？倉持小姐曾經提過，她泡的是紙濾式咖啡。換句話說，她是以急冷式的泡法來製作冰咖啡，也就是先以濾紙泡了咖啡之後，加入大量的冰塊使其瞬間冷卻。當要喝的時候，從咖啡壺倒進玻璃杯裡，再加入一些冰塊就完成了。現場不是灑了一地的冰咖啡及玻璃杯碎片嗎？我們可以假設當裝有冰塊及冰咖啡的玻璃杯掉落地面時，冰塊彈飛至遠處，溶化成了水滴。你還記得我們發現屍體的前一晚的氣溫嗎？那一晚從深夜到凌晨異常寒冷，只要冰塊夠大，就有可能在溶化後沒有完全蒸發，在地板上殘留少許的水滴。」

翡翠以挑釁的眼神仰望香月，雙手有如祈禱一般指尖相抵。

「接下來的推論，都是以這個假設為基礎。既然玻璃杯裡還有冰塊，代表這些冰咖啡一定是倉持小姐在當天回家之後，在遭到殺害之前所泡的，絕不可能是之前泡好沒喝完的冰咖啡。當然我們也可以假設咖啡是早就泡好的，只是後來才加入了冰塊，但是急冷式的冰咖啡一定要是剛泡好的才會好喝。倉持小姐自己也曾說過：『**如果放著慢慢喝，滋味會變差，而且也沒有合適的容器。**』可見得如果假設咖啡是早就泡好的，不管是在受害者的內心層面還是實際層面，都有說不通之處。到頭來，還是當天才泡的假設最為合理。」

翡翠滔滔不絕地說著。

她到底在說什麼？香月俯視著翡翠，內心不禁產生了這樣的疑問。

「根據以上的推論，可以得知倉持小姐在遭到殺害的不久前剛泡了冰咖啡。但是這樣的結論，與『**遭闖空門的竊賊殺害**』的假設當然互相矛盾。當然我還思考了其他的可能性，你想聽聽看嗎？例如，有沒有可能是倉持小姐剛回到家的時候並沒有立刻遭到攻擊，而是在泡完了冰咖啡，正想要喝的時候，竊賊才剛好闖了進來。但是這樣的假設也不合理，因為既然要泡冰咖啡，總不可能沒開燈。天底下有哪個闖空門的竊賊，會故意闖進亮著燈且瀰漫著咖啡香氣的屋子？那麼，有沒有可能是竊賊早已闖進了屋內，只是因為發現倉持小姐回來了，趕緊躲到其他房間，倉持小姐一回到家就忙著泡咖啡，所以沒察覺屋裡躲著竊賊？這樣的假設也說不通，因為竊賊並沒有把窗戶關上。倉持小姐在泡冰咖啡的時候，怎麼可能沒有發現窗戶被人打開了？總結來說，在發現了地上的冰塊之後，就可以將『**凶手是闖空門的竊賊**』這個假設完全排除了。」

翡翠聳了聳肩，說得輕描淡寫。

「但是……就算妳說得有道理……妳要怎麼鎖定凶手的身分？凶手不見得是朋友，也有可能是職場同事，或是曾經跟蹤結花的西村……有可能是凶手的人物實在是太多了……」

「沒錯，這正是下一個要釐清的疑點。倉持小姐是打算一個人喝冰咖啡，還是跟其他人一起喝？既然她被殺了，代表在案發的當下，屋裡除了她之外必定還有其他人，這點是無庸置疑的事情。凶手既然不是從窗戶侵入，當然是跟隨倉持小姐一同進入了屋內，換句話說，凶手進入屋內必定獲得了倉持小姐的同意。老師，你還記得倉持小姐曾經說過這麼一句話：『可惜很難只泡一杯的量，所以總是會泡太多。再加上我一次沒辦法攝取太多的咖啡因，所以每次都喝不完。』……從這句話來推測，倉持小姐所泡的冰咖啡很可能不是一杯，而是兩杯，也就是兩人份的冰咖啡。

此外，從她過世時的身上服裝來看，可以得知她才剛回到家，連妝都還沒有卸，衣服也沒有換，只是脫掉了外套而已。她工作了一整天，拖著疲累的身子回到家，有可能會單純為了自己而花時間泡一人份的冰咖啡嗎？老師，我想你也很清楚，冰咖啡所含有的咖啡因比一般的咖啡還多。一個等等就要睡覺、對咖啡因沒有抗性的人，為什麼要耗費時間跟精力，泡一杯含有大量咖啡因的冰咖啡？而且隔天的早上，她還跟我們有約呢！除非是她打算要跟另一個人徹夜不睡，才比較有可能特地花時間泡冰咖啡……就算她泡冰咖啡只為了自己一個人喝，但因為很難只泡一杯的量，所以咖啡壺裡應該還會有多出來的冰咖啡才對。但實際上咖啡壺是空的，而且並沒有被放進冰箱裡，由此可知，倉持小姐所泡的冰咖啡絕對不是一人份。換句話說，那天晚上她是跟其他人一起喝了冰咖啡……」

「等等……問題是現場只有一個玻璃杯……」

「關於這一點，我們等等再來討論。老師，你還記得嗎？我曾經請倉持小姐拍了她房間的照片給我看。原本我提出這樣的要求，只是抱著將來或許能派上用場的心態，但我自己也沒想到，那些照片竟然成為推理凶手身分的依據。那些照片，老師或許也曾看過，其中有一張拍到了四人座的餐桌，當時倉持小姐還很不好意思，直說家裡太亂沒有整理。雖然位於前方的兩張椅子上頭沒有東西，但朝向東側牆壁的兩張後方椅子上頭卻堆滿了雜物。在我們發現遺體的時候，椅子的狀態跟照片裡一模一樣，這意味著凶手並沒有為了誤導判斷而刻意重新布置椅子的擺放狀況。要是被錯誤的線索騙得團團轉，那可就太丟臉了。」

「……那又怎麼樣？」

「我們假設倉持小姐是跟凶手一起喝了冰咖啡。凶手是什麼樣的人？是那個跟蹤狂？是公司同事？還是上司？就算這些人在夜晚來訪，倉持小姐很可能根本不會讓他們進門，對吧？就算讓跟蹤狂進了門，倉持小姐會特地泡冰咖啡跟他一起喝嗎？這也不太可能，對吧？但我們暫時退讓，就假設是這樣好了。一個不確定跟倉持小姐親不親近的人來到了家裡，跟倉持小姐一同喝了冰咖啡。問題來了，兩人會在哪裡喝冰咖啡？」

「在哪裡？」

「難道會站著喝冰咖啡？」

翡翠攤開雙手，聳了聳肩，臉上露出諷刺的笑容。

「這個嘛……」

「一般來說，當然是坐著喝，對吧？他們應該會坐在桌邊的椅子上，把玻璃杯放在桌上。那麼他們會坐哪些椅子，使用哪張桌子？以那個客廳的狀況來看，只有兩種可能：第一種可能是坐在四人座的餐桌邊，第二種可能則是坐在電視及低矮圓桌前方的沙發上。我們先假設他們坐的是四人座的餐桌邊好了，但是那張餐桌的後側兩張椅子上堆滿了雜物，沒辦法坐人；換句話說，他們只能坐在前側的兩張椅子上。問題是，如果來訪的人物是跟蹤狂或職場上司，兩個人會像情侶一樣並肩坐在一起嗎？當然不可能……」

翡翠如連珠砲般說個不停，只見她一邊將頭髮纏繞在自己的指甲上，一邊說得頭頭是道，香月完全無力反駁。

「就算倉持小姐基於某種理由，必須跟訪客坐下來談話，而且為訪客泡了冰咖啡，但如果兩人的關係並不親近，倉持小姐會讓對方坐在哪裡？如果我是倉持小姐，我一定會把椅子上的雜物收拾掉，跟那個訪客隔著桌子相對而坐。倉持小姐沒有這麼做，實在是不合理。難道他們兩人是坐在沙發上嗎？問題是那張沙發是狹窄的兩人座沙發，如果兩人坐了上去，肩膀必定會碰觸在一起。換句話說，凶手不管當初是坐在哪裡，必定是跟倉持小姐親密地並肩而坐。根據這一點，可以得知凶手與倉持小姐必定有著相當親近的關係。

什麼樣的人物，會讓倉持小姐願意與對方貼著肩膀並肩而坐？是男朋友嗎？這當然不可能。老師，你也知道，倉持小姐一直暗戀著你。從她的表情、肢體動作，以及她看著你的眼神，我就可以肯定她對你有意思。既然她已經有了心上人，依照她的個性，我相信她不會跟其他男人並肩而坐，親密地共度一夜。當然也有可能是你與她已經發展成了這樣的關係，只是我一直被蒙在鼓裡，但是在發現遺體的時候，你的表情非常驚訝，我看得出來那不是在演戲，所以這個可能性也可以排除。綜合以上的推測，可以得知凶手一定是女性，而且是跟倉持小姐非常要好的女性，兩人原本打算一起過夜。」

香月一時感覺天旋地轉，彷彿全身的精力正不斷流出體外，連握緊短刀也頗為吃力。

「既然是非常要好的朋友來訪，兩人坐的位置當然不會是餐桌，而是沙發。好朋友相聚，當然不會只是坐在一起看牆壁，可想而知，她們兩人一定是坐在電視前的沙發上。但是想到這裡，我發現了一個疑點。沙發的前面，有一張低矮的圓桌。老師，你還記得嗎？那張圓桌的底下鋪著地毯。我們想像一下當時的畫面，兩個人並肩坐在電視前的沙發上，將裝著冰咖啡的玻璃杯放在圓桌上。但兩個人因為某種理由而吵了起來，越吵越激烈，終於動起了手，妳推我一把，我抓住妳的領子……哇，真是可怕呢！接著一個不小心，玻璃杯摔到地上砸碎了……咦？等等，這好像有點不對吧……？」

在說到「砸碎」這個字眼的時候，翡翠舉起雙手的食指及中指，連續彎曲數次，代表特別強調的「“」及「”」符號，接著她露出戲謔的表情，歪過了頭，聳了聳肩膀。

「玻璃杯從低矮的桌子掉到柔軟的地毯上，照理來說應該不會破才對。但實際上玻璃杯卻裂成了碎片，這是什麼緣故？」

「難道是因為……」

「當然有可能是發生爭吵的時候，其中一人拿起玻璃杯砸向對方，導致玻璃杯摔碎了。但如果是這種情況，杯子裡的冰塊及冰咖啡應該分布得更廣才對。然而實際上的情況，玻璃杯卻是在四人座的餐桌旁地上碎裂，簡直像是不小心從餐桌上掉了下來一樣。當然如果真的是從餐桌上掉下來，玻璃杯確實很有可能碎裂，但老師你也知道，餐桌旁的地上還有另外一樣東西。沒錯，就是倉持小姐的遺體。這讓我不禁懷疑，凶手可能是故意讓玻璃杯在四人座的餐桌旁摔碎。那麼問題來了，凶手為什麼要這麼做？地面上出現一大堆玻璃碎片，對凶手有什麼好處？答案很簡單，就是讓警方沒有辦法察覺地上有另外一種碎片。這就是所謂的藏樹於林，對吧？卻斯特頓[20]不是也說過，想要藏匿一枚枯樹葉，就要先創造一片枯樹林。換句話說，凶手不小心讓某種玻璃製的東西掉在地上摔碎了，為了藏匿碎片，所以才在上頭故意摔碎一個玻璃杯。」

翡翠伸出食指及中指，輕觸自己的額頭，故意歪著頭露出狐疑的表情，

「咦？等等，這好像有點怪怪的……如果不想讓碎片留在地板上，大可以將碎片撿走就好了，為什麼要故意製造另外一種碎片？這太奇怪了，為什麼凶手不把碎片撿走？事實上凶手不是不想，而是做不到。例如，視力突然變得很差，就沒有辦法把散布於地板上的所有碎片全部撿走；就算自以為撿乾淨了，還是有可能殘留少許的細微碎屑。凶手放心不下，只好故意在上頭摔碎一個玻璃杯。如此一來，就算殘留了細小的碎片，也會被當成玻璃杯的碎片……接下來凶手要做的事情，就只是把自己的玻璃杯上的指紋擦掉，放在流理臺內，然

＊注20：卻斯特頓（Gilbert Chesterton，一八七四年～一九三六年），英國作家、文學評論者。所創造最著名的角色是「布朗神父」，首開以犯罪心理學方式推理案情之先河，與福爾摩斯注重物證推理的派別分庭抗禮。

後打開窗戶，偽裝成有闖空門的竊賊入侵，再戴上廚房的橡膠手套，開門離開現場，就不會留下任何證據。為什麼那個水滴會出現在特別遠的位置？多半是因為凶手視力太差，走路時腳尖不小心踢到了地上的冰塊，導致冰塊滑到了餐桌底下……這是很有可能發生的事情，不是嗎？」

原本快速蠕動的指尖，在翡翠說完話的同時，再度宛如祈禱一般互相抵在一起，恢復靜止不動的狀態。

「根據以上的推論，可得知凶手是與倉持小姐很親近的女性，而且一定戴著眼鏡。」

靈媒少女仰望香月，微微歪著頭說道。

「妳……難道……在妳第一次走進結花的家裡時，就已經想通這些了……？」

「那當然。老師，難道你都沒想到？」

「妳……」

香月張大了口，卻說不出一句話。這真的有可能嗎？在那麼短的時間裡……翡翠就已經得到了這樣的結論？

「接下來，我只要設法把老師引導到這個答案上就行了。後來根據記事本上的紀錄，我就已經猜到凶手是當天打過電話給倉持小姐的小林小姐了。其實我如果對倉持小姐的交友狀況稍有瞭解的話，在第一眼看見殺害現場時，就能說出凶手的姓名。對了，我想老師應該也猜到了，所謂的『泣婦』什麼的，那只是我隨口胡謅的東西。地板上出現沒來由的水滴，是每個人的家裡都有可能發生的現象。因此我只要這麼一問，很多人都會說：『**我家也有這種情況。**』這也算是另一種巴納姆效應[21]吧！倉持小姐果然上鉤了，省了我不少麻煩。

其實地上的那些水滴，大多是冷氣機或是擺放在家裡的盆栽所造成。對了，如果是長頭髮的女性，也有可能在洗完澡後，偶然從頭髮上滴落幾滴水。還有在泡冰咖啡的時候，可能需要以冰鑽製造碎冰，這時也可能會有一些碎冰掉在地上變成水滴……只是我萬萬沒想到，老師竟然會將我隨便瞎掰的『**泣婦**』擴大解釋，還自以為找出了其規則而得意洋洋，我一直忍著沒笑出來，真的快憋死我了……」

翡翠摀著嘴嗤嗤竊笑，肩膀跟著上下抖動。

＊注21：巴納姆效應（Barnum effect），是一種心理現象，人們會對於他們認為是為自己量身訂做的一些人格描述給予高度準確的評價，而這些描述往往十分模糊及普遍，以致能夠適用於很多人身上。

「但是……結花生前是真的苦惱於『泣婦』作祟，這又如何解釋？」

香月一臉驚愕地問道。

「這個嘛……或許她這個人天生容易受到催眠吧！她開始在夢裡看見泣婦，是在見了算命師之後。或許正是因為算命師的一席話形成了催眠效果，讓她開始作類似的夢……」

翡翠歪著頭笑道。

「當然還有另外一種可能，那就是世界上真的存在著靈異現象。但我沒有靈通力，根本感應不到，而且也不在乎。那些怪力亂神的東西，有也好，沒有也罷，都不能成為放棄理性思考的藉口。」

翡翠將食指的指尖抵在下唇的下方，接著說道。

「妳……到底是什麼來頭？」

這個女人……城塚翡翠……到底是什麼樣的人物？

「老師，你問我是誰？」翡翠笑著說道：「我是一個靈媒，一個神棍，一個平凡的魔術師……在現代的日本，心理魔術師[22]這個字眼已逐漸被大眾接受。若說硬幣魔術師玩弄硬幣，卡片魔術師玩弄卡片，那麼我玩弄的就是人心……」

「妳說……妳是魔術師？」

「靈媒誕生於魔術，而魔術也誕生於靈媒。」

「妳到底是為了什麼目的……才做這些事……」

「因為我對你非常感興趣。第一眼看到你的時候，我就知道你這個人不太對勁，你的心裡隱藏著不能讓我知道的祕密。看穿人心是我的拿手好戲，我在你身上聞到了殺人者的氣味。」

「這麼說來……妳接近我是為了打探我的底細？」

「沒錯，我想要揪出你的狐狸尾巴。如果你真的是號稱完全不留下任何證據的連續殺人棄屍案的凶手，當然需要好好觀察一番。最簡單的方法，就是慢慢引導你，讓你萌生想要殺我的念頭。唔……但我沒想到會被你綁起來，這就有點太輕敵了……」

水汪汪的眼睛靈動地轉了一圈，微微吐出粉紅色的舌頭，露出宛如不小心搞砸了事情的

＊注22：心靈魔術師（mentalist），是魔術裡一個特殊的領域，源於國外的靈媒。很多時候無須道具，而是利用心理學，解剖學，運動力學，數學等知識的運用，來達到讀取人心操、控他人意識，及催眠等效果。

害羞表情。

「不……這不可能……妳如果沒有異於常人的能力，絕對不可能說出那些話……」

「不可能嗎……？老師，我能體會你想要仰賴鬼神之說的心情，畢竟現在這個年頭，很流行像這種加入了特殊要素的推理小說呢！但是就算沒有任何特殊能力，也可以化不可能為可能，做出宛如魔法或超能力一般的事情，這就是我們魔術師的本事。」

翡翠的嘴角微微上揚，以食指指著太陽穴，繼續說道。

「不過到頭來，一切都只是觀眾腦袋裡的幻想。這麼說起來，我們的工作跟老師寫推理小說的工作也有幾分相似呢！差別只在於，我們是在日常生活中加以實踐，而不是紙上談兵……」

「這太荒唐了……」

「一個優秀的魔術師，懂得建構起一條通往魔法的道路，讓觀眾一步一步地開始相信世界上真的有魔法。以我的情況來說，或許把『魔法』改成『靈魂』會更加貼切吧！你想不想知道，我在這條路上安排了多少『不可能』的圈套？」

香月看著翡翠臉上那挑釁般的笑容，帶著滿心的疑惑，回顧起自己跟她相遇後發生的種種事情。

「魔術的重點，不在於設計出什麼樣的手法，而在於如何運用這些手法。例如，我跟老師第一次見面的時候，我故意飾演一個裝神弄鬼的城塚翡翠。人是一種相當愚蠢的動物，一旦發現了真相及祕密，就不會懷疑其背後還有更多的真相及祕密。老師在車站前『偶然』看見我被男人們搭訕而不知所措的模樣，你自以為『偶然』得知了城塚翡翠的祕密。從此之後，你就以為裝神弄鬼的翡翠是假的，真正的翡翠是個無法運用自己的特殊能力、個性迷糊又可愛的孤獨女孩……你毫無根據地認定我這個人，沒有更多的祕密了。」

「難道……那些都是妳刻意安排的……？」

「這種製造錯覺的魔術手法，不也可以運用在推理小說上嗎？先故意安排一個簡單的謎題，讓讀者找出答案，直到故事的最後一刻，才公布完全不同的答案或隱藏在謎題背後的真正謎題。」

翡翠舉起雙手，一邊搖晃著十根手指，一邊說道。

「真正高明的魔術師，在攤開雙手時絕對不會告訴觀眾：『我的手裡什麼也沒有。』而是以輕描淡寫卻能留下深刻印象的方式，讓觀眾看見空無一物的手掌。比起他人的說明，大多數的人更願意相信自己親自找到、親眼看到的事物。舉例來說，我們剛見面的時候，老師不是要我猜一猜你的職業嗎？你一定沒想到，我早就在等著你說出這句話吧？」

「那也是妳的刻意誘導……？」

「魔法要施展在最適當的時機，看起來才像魔法。除此之外，為了建立你我兩人的信賴關係，我還施展了一些小技巧。例如，表現出可憐的一面，讓你更快對我投入感情，以及假裝自己的能力比你差，讓你誤以為主導權掌握在你的手上……對了，還有刻意讓你對我的特殊能力進行理性分析。比起毫無根據的事情，人往往更容易受邏輯分析的假象所蒙蔽。同樣是讀心術，以心理學的角度來解釋，比起靈魂學的解釋，更加容易讓人接納且信以為真。」

翡翠如數家珍地說著，臉上帶著詭異的微笑。

「不……這不可能……如果真的是這樣，那其他的案子，妳又如何解釋？難道就跟結花的案子一樣，妳早就看出了真相，只是以『靈視』的手法將我誘導到真相上？」

香月一時啞口無言，半晌後才說道。

「那當然。」

靈媒少女的臉上帶著天真無邪的表情，彷彿在訴說著一件平凡無奇的事情。

「如果是這樣的話……難道今年夏天的那起水鏡莊命案……也是……」

「啊，那真是美好的回憶，對吧？接下來，我們就聊聊那起命案吧！讓我來告訴你，我是怎麼『靈視』出了真相……」

◆ *"Grimoire" again.*

香月史郎感覺自己周遭的世界正在一點一滴地崩潰、瓦解。

香月握住短刀的刀柄，彷彿那是自己的唯一希望，用力踏穩了地面，才讓自己沒有摔倒。一對眼珠緊緊盯著眼前那個得意洋洋地說個不停的靈媒少女，城塚翡翠，只見她再次豎起食指，像指揮棒一樣搖晃。

「我們先整理一下整件事的來龍去脈吧！我跟香月老師受怪誕推理作家黑越篤的邀約，前往了水鏡莊。我們在那裡參加了烤肉大會，一邊喝酒一邊談笑，度過了非常快樂的時光。後來還為了找出靈異現象的真相，簡直像玩試膽遊戲一樣守在客廳。那真是個美好的夜晚，對吧？」

翡翠露出天真的笑容，此時的她，就像一個平凡的少女。

「回想起來，我們可真是好笑。一般人就算喝了酒，也不會像那樣等著靈異現象直到三更半夜吧……我感覺自己簡直成了腦袋空空的女大學生。那個時候的老師也……呵呵，真是太好笑了……緊張得跟什麼一樣，你該不會是處男吧？」

翡翠摀著嘴笑了起來，笑容雖然端莊優雅，扭曲的雙唇卻流露出一股難以形容的陰狠。

「當時可真是憋死我了，那麼假惺惺的演技，連我自己都想要苦笑。任何女人只要看一眼，必定會發現我是裝的，偏偏男人就是看不出來，真是不可思議。」

「妳……當時喝醉酒是裝的？」

「那還用說嗎？」

翡翠以食指抵著充滿笑意的嘴唇，將食指慢慢往下滑，先滑過下巴，再滑過喉嚨，宛如在挑逗著雪白的頸子。接著她以靈巧的動作解開了上衣的鈕釦，五根手指彷彿各自擁有生命一般不斷蠕動，光滑的肌膚在上衣的內側若隱若現。

「像這樣將自己偽裝成一道美味的餐點，不斷引誘老師過來吃我，是最節省時間的做法。我努力了這麼久，今天你終於決定要吃我了，想起來這段時間可真是漫長。」

「雖然妳聲稱那是試膽遊戲……但妳應該也感受到了那棟屋子不太對勁！」
「哪裡不對勁了？」
「我可是親眼看見鏡子裡有個藍色眼珠的女鬼！」
自稱靈媒的少女激動地笑了起來，一邊揮舞著雙手，宛如想要揮散眼前的濃煙。
「好吧！既然你跟新谷小姐都看見了，或許真的有一些靈異現象吧！但不管是真的有惡鬼棲息在裡頭，還是你們的錯覺，反正我是完全沒有感應能力的，就算有惡鬼，我也感應不到。但是說真的，什麼黑書館，什麼文明啟蒙時期的外國巫師，真是的，又不是克蘇魯神話[23]，你真的相信會有來路不明的惡鬼棲息在屋子裡……？」
「如果妳什麼也感應不到，如何能夠靈視出真相？」
「那根本不是什麼靈視。」
「別想騙我！一發生命案，妳立刻就斷定殺死黑越的人是別所幸介！當時警察根本沒

＊注23：克蘇魯神話（Cthulhu Mythos），是以美國作家洛夫克拉夫特（Lovecraft）的小說為基礎，所形成的一套獨特的神話體系。其神話中的人類是渺小且脆弱無力的，在滿是「惡意」與「混亂」的宇宙裡根本不值一提。

有到場，也還沒有採集指紋，妳要如何鎖定凶手身分？」

「噢，關於這一點呀，嗯……」

翡翠慵懶地瞇起雙眼，將頭歪向一邊，露出思索的表情，同時以手指不斷捲動著自己的黑色秀髮。

「老師，我對你撒了個謊，真是不好意思……其實我好愛看推理小說，尤其是日本的推理小說。我小時候甚至還為了閱讀日本的推理小說，而開始學習日文。老師，你是推理作家，應該知道日本的推理小說有個類別叫做『日常推理』吧？」

「那又怎麼樣？這跟水鏡莊的命案有什麼關係？」

「當然有關係。」翡翠以那翠綠色的雙眸朝香月輕輕一瞥。「所謂的『日常推理』，簡單來說，就是將焦點放在日常生活中微不足道的小事上，以揭開小小的祕密為目的，並且深入描寫揭開祕密前後的角色心理變化。我好喜歡看這一類的推理小說。」

翡翠說得氣定神閒，宛如是在閒聊著自己喜歡的電影。

「可惜有一些讀者很愛批評這一類的推理小說，常見的評語不外乎是『疑點無足輕重』、『一點也沒有神祕感』或是『那種瑣事根本沒有必要認真推理』什麼的……雖然我能理解他們的心情，但我相信這些人一定對自己所存在的世界絲毫不感興趣吧！老師，就跟你一樣，對任何事情都不感到好奇，只會被動地等著偵探說出重要的線索，卻將最重要的橋段跳過不讀。」

「妳到底想表達什麼……？」

「在一般人的日常生活中，根本不會有所謂的偵探，不會有人好心地告知『這裡很奇怪』、『那裡很可疑』或是『這一點要好好分析』什麼的。在日常生活中，我們只能以自己的雙眼找出疑點，找出值得分析的環節。沒有神祕感？沒有必要認真推理？無足輕重？是真的嗎？」

捲動頭髮的食指忽然停止了動作，黑色的秀髮瞬間滑開，恢復成了平緩的波浪狀。

「就算是不想當偵探的人，也應該要擁有神探般的觀察力。」

翡翠以食指指著自己的太陽穴說道。

「妳說這些到底是什麼意思！」

「關鍵就在於黑書。你不曾想過嗎？黑書跑到哪裡去了？」

翡翠聳了聳肩說道。

「妳說的是……興建了黑書館的巫師所撰寫的那本巫術書？」

「我剛剛已經說得很清楚了，我對那種跟克蘇魯神話沒兩樣的東西絲毫不感興趣。我說的是黑越老師臨死前的遺作，也就是《黑書館慘案》。那本書是別所先生行凶殺人的動機，或許形容成一本受到詛咒的咒術書（Grimoire）也很貼切。當時我一看到命案的現場，腦袋裡立刻產生了一個疑問……《黑書館慘案》跑到哪裡去了？」

「跑到哪裡去了？什麼意思……？」

香月聽得一頭霧水，不禁皺起了眉頭。

「咦？老師，你還不懂嗎？唉，老師，你真的是缺乏觀察這個世界的眼力耶！『**觀看跟觀察可是兩碼子事，不能相提並論。**』」

又是一句夏洛克·福爾摩斯的名言。

「快給我說明清楚！」

「我真的可以說了？」翡翠吐了吐舌頭，露出戲謔的笑容。「老師，我接下來可是要公布真相了。如果是推理小說的話，通常在這個階段，偵探不是會列出所有值得注意的線索，明確地提出疑點，讓不知該從何處推理起的讀者們好好思考『**為什麼幕後凶手要這麼做**』

嗎？老師，所有的線索都已經擺在你的面前了。就跟當初倉持小姐的命案一樣，我一看到黑越老師的遺體，十秒之內就猜出了凶手的身分。但根據推理小說的規矩，在公布真相之前，不是會向讀者們『提出挑戰』嗎？你知不知道偵探是根據什麼樣的線索鎖定凶手身分？你有沒有辦法藉由相同線索推導出跟偵探相同的結論？不是會說一些類似像這樣的話。不過話說回來，案子都已經破了，才向讀者們提出挑戰，這樣的劇情倒也少見。」

香月壓抑著心中的恐慌，思考起了翡翠這段話的意義。

線索？黑越所寫的《黑書館慘案》跑到哪裡去了？那是什麼意思……？

「別耍嘴皮了！快給我說清楚！」

香月大聲怒吼。

「你確定嗎？我真的要說了喲？你已經放棄思考，打算直接看答案了？」

翡翠皺起眉頭，十分慵懶地撥了撥頭髮，依然以言詞戲弄著香月，香月惡狠狠地瞪了她一眼。

「好吧！那我就公布答案了。」翡翠聳聳肩，雙手指尖相觸，以挑釁的眼神仰望香月說道：「請你回想一下，烤完了肉之後，發生了什麼事？當我們在客廳閒聊的時候，女傭森畑小姐不是走了進來嗎？她先向黑越老師報告工作室的垃圾已經清了，接著不是說了一句：『還順便讀了一點老師的新作。』黑越老師正是因為聽了這句話，才走出客廳，拿了一個快遞包裹進來，他說：『剛剛才拿到新書的試讀本。』接著把書分給我們。」

「那又怎麼樣……？有什麼不對？」

「快遞是什麼時候來的，你還記得嗎？我可是記得很清楚，是我們正在烤肉的時候。因為我當時還為了裝可愛，故意說了一句：『原來黑貓會跑到這麼遠的地方來。』如果是女人聽到這句話，大概會覺得噁心到想吐吧！那麼問題來了。黑越老師要把書發送給我們的時候，在場總共有幾個人？當時準備要告辭的作家們也都走了出來，應該所有人都到齊了才對。」

「幾個人？」

香月細細回想當時的景象——除了自己及翡翠之外，還有黑越、有本、別所、新谷、森畑、新鳥、赤崎、灰澤……

「有十個人。」香月說。

「沒錯，正確答案，給你一百分。」

翡翠雙手一拍，笑著說道。雖然受到香月瞪視，她卻一點也不畏懼。

「當時在場總共十個人。包裹裡的書，剛好夠分給所有人，對吧？」

「那又怎麼樣……？」

「這一點也不重要？沒有神祕感？那種瑣事根本沒有必要認真推理？真的是這樣嗎？那可不見得。疑點就隱藏在我們的生活周遭，試著靠自己的力量找出來，才是推理的精髓。現在我所提的，正是最好的例子。雖然在場總共有十個人，但是發書的人當然不能算進去。包裹裡的書剛好夠分給所有人，代表黑越老師拿進客廳的那個快遞的包裹裡，總共有九本書。老師，我不是作家，所以並不清楚，每當出版新書的時候，出版社在慣例上會送幾本給作者本人？是九本嗎？」

「如果是文庫本的話，基本上是十本，但每家出版社的規定不盡相同……」

「就算不盡相同，會是九本或十一本、七本這種奇數嗎？當數量較大的時候，奇數本的書必定會造成包裝上的困擾。」

香月逐漸理解了翡翠的言下之意。

翡翠攤開雙手，扭動十根手指，似乎代表十本書。

「我們先假設黑越老師收到的是十本書好了。那麼剩下的第十本，跑到哪裡去了？難道是遺失了嗎？不，好像也不是。剛剛清掃完工作室的森畑小姐，不是這麼說了：『呵呵，還順便讀了一點老師的新作。』……說這句話的時候，她還顯得有些不好意思。這裡所說的『新作』，指的當然就是《黑書館慘案》。那麼她是在哪裡讀了這本書？難道是在打掃工作室的時候，看見桌上放著一個未開封的包裹，她就擅自拆開來，拿出一本來讀？因為未經許可就做了這種事，所以有些不好意思？不，我想她身為一名女傭，絕對不可能做這種事。

較合理的狀況是這樣的……大家在烤肉的時候，快遞員送來了包裹。黑越老師簽收了，將包裹拿回工作室，拆開包裹，取出了裡頭的一本新作。雖然當時其他人都還在烤肉，但是對作家而言，作品就像自己的孩子，當親眼看見作品印刷成冊時，總是會忍不住拿起來看，這是人之常情。接著，黑越老師就將快遞包裹及自己留存用的一本《黑書館慘案》放在工作室的桌上，回到了烤肉會場……」

「妳的意思是說，女傭拿起來讀的新作，是放在桌上的那一本……？」

「只要這麼假設，新作的數量就是十本，不僅是偶數，而且不會有任何矛盾之處。這很合理，對吧？換句話說，當時黑越老師的工作室內，必定有著第十本的《黑書館慘案》，只是我們沒有親眼看見而已。」

翡翠一邊說，兩手一邊像演默劇一樣在半空中比劃，彷彿手裡抓著一本書，一本懸浮於半空中的文庫本。

「但是……」

翡翠突然攤開雙手，宛如撒出花瓣一般，那動作簡直就像是魔術師讓手裡的鴿子憑空消失了。「當我們發現屍體的時候，工作室裡並沒有這一本《黑書館慘案》……」

翡翠笑著說道。

「老師，當時你也親眼看見了工作室裡的情況。除了屍體、凶器及血跡之外，工作室內的一切都與我們在烤肉前參觀時的景象毫無不同。桌上只有筆記型電腦及面紙盒，而那座小小的書架……」

「對了，我想起來了……」

那座小書架上塞滿了各種參考資料，沒有一點縫隙，絕對不可能再放下一本書。

「老師，我不知道你當時有沒有仔細看過，但我可是認真觀察了那座書架。上頭不僅沒有血跡，而且毫無異狀，完全沒有被人硬塞進一本書的跡象。何況黑越老師也親口說過，他不會把自己的著作放在那座書架上。」

香月心想，當時的狀況確實是這樣。那座小書架實在塞得太滿，如果黑越因為某種理由而必須把新作放在書架上，勢必要先從書架上抽出一本書才行。但是當時在工作室裡，根本沒看到抽出來的這一本書。

「從森畑小姐在工作室內讀了新作，到黑越老師回工作室拿包裹，這段期間沒有人前往西棟，所以沒有人有辦法進入工作室取走新作，何況也沒有人有理由做這種事。既然如此，當我們發現屍體的時候，為什麼工作室裡並沒有這第十本的新作？這實在是說不通。」

原來如此……原本應該在工作室裡的東西，竟然不翼而飛了。香月卻一直沒有發現這個疑點。

「從看見屍體算起，我大約花了八秒鐘的時間，推理到這個階段。當時有點睡眠不足，所以多花了一點時間。」翡翠說得輕描淡寫。「既然書不見了，當然是凶手拿走了。為什麼凶手要做這種事？為什麼凶手要從工作室裡取走一本文庫本？」

翡翠的雙手再度像演默劇一樣比劃出了一本書，她的雙手做出翻動書本的動作。

「這個時候，我們就得提一提凶手刻意留下的那個痕跡……凶手在桌面上以血寫出的那個卍字符號。」

翡翠的手指快速擺動，在半空中寫出了那個符號。

「香月老師，你跟鐘場警部都認為這個符號本身沒有任何意義，凶手這麼做只是為了掩飾對自己不利的痕跡。這樣的推測大致上是正確的，但如今我們知道桌面上應該要有一本書才對，你不認為我們現在可以做出進一步的推測？」

「難道是為了掩飾書本放在桌上的痕跡……？」

「沒錯，正確答案，再給你五十分。等你累積到了五十億分，我可以親你一下作為獎勵。」

翡翠以食指指向香月，笑著說道。

「桌面的角落，原本放置著一本新作。凶手在擊殺黑越老師的時候，濺出了大量的鮮血，灑在新作上。凶手基於某種理由，必須將新作取走。但是鮮血呈放射狀在新作及桌面上劃出了一條條的細線，如果將書取走，桌面上會留下線條狀的血跡突然中斷的痕跡。如此一來，警方就會察覺那裡原本放著某樣東西……凶手為了掩飾那個痕跡，只好在桌面上寫了一個毫無意義的卍符號……」

「但是……凶手為什麼要特地將書取走？」

「是啊，為什麼呢？」

翡翠的雙手又做出了翻書的動作。

「當我們在看書的時候，不是會做出像這樣一頁一頁翻書的動作嗎？凶手或許因為某種理由，曾經將書拿起來翻看。這麼一來，會造成什麼結果？凶手拚命想要擦掉的那個東西，是不是會大量殘留在書頁上？」

「指紋……」

「老師，相信你也很清楚，紙的質地很容易留下指紋。如果拿起書來翻了好幾頁，結果會怎麼樣？除了封面當然會有指紋之外，裡頭的哪一頁沾上了指紋，根本搞不清楚。難道要翻開每一頁，全部仔細擦拭乾淨嗎？當然不可能那麼做，對吧？最簡單的做法，就是乾脆將書帶走。」

別所殺害黑越的動機，是黑越擅自盜用了別所的點子。別所在工作室裡詰問黑越的時候，必定會拿起工作室裡的新作，翻開裡頭的某幾頁，嘴裡喊著：「這明明是我想出來的點子。」

……這樣的畫面，清晰地浮現在香月的腦海。然而，翡翠竟是在看見屍體的不久後，腦海裡就浮現了這個畫面。

「好了，接下來是重頭戲了。我也跟老師一樣，在某種程度上能夠推測出屍體的死亡時間。因此在這個階段，我也像老師一樣鎖定那三個人涉有重大嫌疑。到底是誰在殺害了黑越老師之後，還裝作若無其事地通過我們的面前？首先，我排除了有本先生的嫌疑。」

「為什麼？」

「因為有本先生沒有理由冒著風險將書帶走。」

「為何這麼說？」

「老師，請你仔細想一想。當我們在客廳裡閒聊的時候，有本先生跟黑越老師不是曾經為了討論工作上的事，而走進工作室？因此就算警方在桌上的新作上頭採到有本先生的指紋，有本先生也大可以說是討論工作事宜的時候印上去的。而且他曾經上過好幾次廁所，在客廳閒聊的每個人都可以為他作證。換句話說，就算新作上頭有他的指紋，也不能證明他就是凶手，所以他根本不必冒險將沾著血的書藏在身上，通過你我的面前。如果他這麼做，導致衣服沾上了血跡，反而會成為殺人的鐵證。」
「我想起來了，有本那時候確實曾經跟黑越一起離開客廳……」
「接下來，由紀乃……新谷小姐當然也可以排除嫌疑。」
「為什麼？」
「咦？」翡翠語帶調侃地歪著頭說道：「老師，你當時不是色瞇瞇地盯著她看？難道你沒看出來嗎？」
「妳敢戲弄我，可是會吃不了兜著走……」
香月舉起了手中的短刀。
「把那個東西拿遠一點，太可怕了……老師，我沒有戲弄你的意思。我跟你一樣，沒有辦法在這個社會上過正常人的生活，所以我說話的時候，常常沒有顧慮到他人的心情，但我絕對沒有惡意。呵呵。」
「別說這些廢話……快說出妳是如何排除新谷的。」
「如果是男人的話，要把一本文庫本大小的書藏在身上並不難。例如，可以藏在長褲的後頭，或是腹部的衣服底下。只要假裝肚子疼，一隻手按在腹部上，就可以幾乎不被人發現。但新谷是女性，以她當時的服裝，不可能藏得下一本書。」

「她當時穿的是一件洋裝……」

「沒錯，穿著洋裝的女人，實在沒辦法把文庫本藏在身上。男人可以把書夾在長褲的腹部或腰部位置，但女人穿洋裝的時候既沒有皮帶也沒有長褲。如果穿著絲襪的話，或許還有可能塞進絲襪裡，但老師你那天不是一直盯著她的腳看嗎？她那兩條腿光溜溜的，什麼也沒穿。當然硬要塞進內褲裡，也不是不行，但她當時在泡茶的時候曾經彎下腰，跟我們閒聊時還曾經坐了下來，以她那件薄洋裝的材質，如果裙子底下塞了東西，絕對看得出來。但老師那天一定把她那美麗的身材曲線看得清清楚楚，不是嗎？」

香月緊緊咬住了嘴唇。這麼多提示出現在自己的眼前，自己卻視而不見，相較之下，這個少女卻一個提示也沒漏掉……

「接下來，就只剩下別所先生了。當時在屋子裡的所有人之中，他是最不應該在命案現場的書上留下指紋的人物。因為在烤肉的期間，差不多從快遞送來包裹的時候開始，一直到聚會結束，大家各自回自己的房間為止，他一直黏在我的身邊，連廁所也沒上。我還記得他一直盯著我的胸口看，真是噁心死了。或許這就是他的癖好吧，但他的這個癖好，卻把他自己害慘了。誰叫他要一直用眼睛吃我豆腐，這也算是一種報應吧！因為他一直黏在我的身邊，所以他沒有辦法辯稱他曾經趁大家不注意時，跑到工作室讀了老師的新作。他唯一能夠在書中留下指紋的時機，就是在深夜裡殺害黑越老師的時候……」

翡翠將雙手的五指相抵，有如夏洛克·福爾摩斯一般。她一邊說出與神探不遑多讓的高明推理，一邊以那閃爍的翠綠雙眸凝視著香月。

「相較之下，老師你所採用的推論，卻是既麻煩又費事。為了配合老師的喜好，我故意像『泣婦』那次一樣對老師循循誘導……沒想到老師最後整理出的論點卻是又臭又長，幸好最後你還是成功鎖定了別所先生，真是不幸中的大幸。盥洗室鏡子的部分，我推測以老師的能力應該勉強能發現真相，所以我一邊觀察狀況，一邊臨機應變，過程中真是讓我一顆心七上八下。不過，如果這是推理小說的話，倒是一個相當罕見的例子，因為我們各自從不同的方向找出了真相。沒錯，仔細想一想，通往真相的道路本來就不見得只會有一條。這真是相當難得的經驗啊！這世界上或許存在著某部推理小說，就算不依賴偵探所提出的推論，也可以靠其他的隱藏線索來找出凶手呢！」

「鏡面櫃上有指紋的事情，妳是怎麼知道的？」

「噢，你說那個呀！當你在跟鐘場警部講話的時候，我跑到盥洗室看員警們進行鑑識作業。我的眼力非常好，所以看見鏡面上有一小部分被人擦拭過，上頭還多了指紋。只要思考一下鏡面被人擦拭及沾上指紋的理由，就能輕易推測出那是誰的指紋了。對了，我擁有一種特殊能力，那就是只要我一笑，任何男人都不會對我發脾氣，所以當時鑑識人員也沒有責怪我。」

「原來妳從頭到尾都在演戲……」

「那當然，天底下怎麼可能有那種喜歡強調自己沒有朋友的神經病女人……不，或許真的有吧！但是像我這麼可愛又漂亮，怎麼可能會沒有朋友？」

翡翠吐了吐舌頭，呵呵笑了起來。香月一臉茫然地站著不動。

「以上就是水鏡莊凶案的『靈視』過程。我說得好累，口有點渴了。老師，能不能麻煩你幫我拿一點飲料來……？」

翡翠自顧自地仰靠在椅背上，吁了一口氣後說道。

◆ *"Scarf" again.*

香月史郎焦躁不安地繞起了圈子，為了讓自己冷靜下來，香月試著將記憶中的所有訊息重新整理一遍。城塚翡翠只是帶著詭異的笑容仰望香月。

「好吧……那下一個……女高中生連續勒殺案，那又怎麼解釋……？」

「噢，你說那起案子。」

翡翠抬起了頭，臉上露出了難以形容的苦澀表情。

「那起案子對我來說……算是一大敗筆，我完全沒有料到藁科琴音會那麼快就再次動手殺人。我實在不想談那起案子，我們談其他案子吧！我們一起破解的案子那麼多，為什麼偏偏要挑那一起？」

「少囉唆！正是那起案子，讓我開始相信有死後的世界……原本我以為人的靈魂跟意識在死亡的時候就會消散及停滯，而妳的能力只是有辦法擷取其中的部分訊息。但是降靈之後的藤間菜月……卻彷彿還生存於另外一個世界。」

「噢，那個呀……」翡翠仰頭凝視著天花板，蹙眉說道：「那只是沒有辦法中的辦法。突然要扮演死去的菜月，我的心也很痛。」

「那個……也是演的……？」

「那還用說嗎？」翡翠露出了憐憫的表情。「人一旦死了，就什麼也沒有了。菜月已經不存在於任何地方了。」

「既然如此……那是怎麼回事……？妳給我從頭到尾好好說明清楚。妳跟我查看第二個殺害現場時，曾經進行過靈視……那時候妳是怎麼知道凶手身分的？」

「你說我讓你看了胸部的那一次嗎？」翡翠攤開雙手，一邊擺動著手指，一邊笑著說道：「雖然有點小，但還是挺有魅力的，對吧？」

「連那個也是刻意安排的……？」

「那當然，魔術師從來不做沒有意義的舉動。我演得那麼做作，難道你完全沒有看出來？老師，你實在是太缺乏對人的觀察力了。」

「那個時候……妳是怎麼發現真相的？」

「咦，馬上就要我說出來嗎？不是應該像剛剛一樣，向讀者提出挑戰……不，以現在的狀況來說，應該是由我向老師提出挑戰。老師，你要不要自己先想想看？我是靠著什麼線索推導出了真相？」

「繼冰咖啡及黑越的新書之後，這次又是什麼？妳到底發現了什麼，才能知道那些？」

「老師，你不明白嗎？我可是在給你最後的機會，讓你自己思考這個問題喔！」

「少廢話！快說！」

香月大聲怒吼，翡翠不由得皺起了眉頭。

「為什麼男人總是喜歡大吼大叫？」翡翠嘆了口氣，搖了搖頭，接著她以挑釁的眼神仰望香月。「答案是領巾呀，老師。」

「領巾？」

翡翠攤開雙手，將左右手的食指及拇指抵在一起，做出彷彿雙手手指捏著某樣東西並且將其拉開的動作。

「又稱作三角領巾，就是裝飾在水手服領口附近的那條可愛的布。」

「藁科琴音拿來當作凶器的那條領巾？」

「不，正確來說，我注意到的是，掉落在北野由里的遺體旁邊的那條領巾。」

「有什麼不同？」

「老師，你真是的。當然不一樣，兩者差多了。你連這個也不知道？」

翡翠故意瞪大了眼睛，以戲謔的表情說道。

關鍵的線索是領巾？到底要怎麼推導，才能得到那個「靈視」的答案……？

翡翠的雙手快速做起了各種動作。一下子聳聳肩，一下子撥撥頭髮，一下子又朝著香月張開雙臂。

「所有必須注意的線索，都已經攤在老師的面前了。老師，你不覺得這有點像是推理小說裡頭的倒敘手法嗎？讀者已經知道案子的來龍去脈，也知道凶手是誰，偵探如何揪出真凶成為故事的主要謎底，最後以沒有人想得到的推理讓讀者們大吃一驚。套用在我們現在討論的案子上，謎底就是，我如何得出那個『靈視』的結論……如果是電視劇的話，這時候畫面應該會變暗，我會這麼告訴老師……所有必要的線索都已經備齊了。美女靈媒翡翠到底是如何根據一條領巾，看出了真相？你有沒有辦法推導出跟她一樣的結論？」

「別再耍嘴皮了……快給我說明清楚。」

翡翠一直故意吊著香月的胃口，香月舉起短刀恫嚇，似乎也收不到效果。

「既然你決定要翻開下一頁了，我也只好公布答案。」翡翠聳聳肩，一邊轉動著食指，一邊興致索然地說道：「老師，你仔細回想看看。當時北野由里的領巾，就掉在遺體的旁邊，更重要的一點，是領巾上頭有著北野自己的鞋印。搜查本部的刑警們推測是她試圖逃走，或是凶手想要脫去她的衣服，而她試圖抵抗，所以領巾掉在地上，被她自己踩了一腳……但真的是這樣嗎？」

「這有什麼不合理嗎？」

「當然不合理，簡直是錯得離譜。好吧，看來我只好從頭向你解釋了。要讓平庸的人明白我在一瞬間想通的事情，實在是費時又費力……但我跟老師也不是一兩天的交情，我就特別為你說明一番吧！」

翡翠再度做出彷彿手中捏著領巾的動作，搖擺著其他三根手指。

「掉在地上的領巾上頭有受害者的鞋印，代表領巾掉落的時候，受害者還活著。若不是凶手還沒有動手，就是正勒住了她的脖子，畢竟死人是沒有辦法在領巾上踩一腳的。搜查本部的刑警們，當然也是以這一點為前提。受害者想要逃走，凶手想要將她抓住，兩人發生肢體衝突，慌亂中領巾被扯掉……要不然就是凶手想要脫去受害者的衣物，因此故意先扯掉了她的領巾……嗯，但是仔細想一想，就會發現這說不通。如果領巾是被扯掉了，應該會掉落在稍遠的地上，受害者自己應該是踩不到才對。會不會是受害者企圖逃走，凶手伸手要抓她，卻只扯下了領巾？這種情況，領巾同樣不太可能掉落在受害者的周圍。既然是想要逃走，總不可能看見領巾掉在地上了，還站在原地不動吧？照理來說，應該會稍微遠離那個位置才對。從兇手的立場來看，既然不小心扯掉了領巾，很可能當時還沒有辦法完全控制受害者的行動。反過來說，假如兇手已經牢牢抓住了受害者的身體，根本沒有必要再去扯領巾。光是這麼想，就知道有些說不過去。」

「既然受害者抵抗，當然會發生肢體的拉扯。領巾偶然掉在地上，偶然踩上一腳，這都是有可能發生的事情。」

「好吧！反正重要的在後面，以上這些只是無關緊要的旁枝末節而已。」

翡翠聳肩說道。

「現在，我們先來思考看看，水手服的領巾是什麼樣的東西？」

翡翠繼續演起默劇，捏著隱形的領巾邊角輕輕搖晃。

「這裡有一條領巾喔！咦？你看不見？如果看不見的話，恐怕對我的說明會有些難以理解了。」

她忽然攤開左手手掌，接著立刻又將手掌輕輕握拳，以右手將看不見的隱形領巾塞進左手的拳頭裡。她以右手食指不斷插入左手的拳眼，假裝將那條看不見的領巾一點一點地擠進拳頭之中。

「接下來，我們施個魔法……」

她攤開右手，五根手指上下翻飛，接著她以跟剛剛相反的動作，將手指伸進左拳的拳眼，慢慢向外抽出……一塊鮮紅色的布從拳眼被拉了出來。

翡翠從左拳裡拉出那塊布，拿在右手上，一條鮮紅色的手帕。

「怎麼會有這個東西……」

「好像有點小，真正的領巾還要再更大一點，差不多像這樣……」

翡翠抓著手帕用力一揮，下一瞬間，鮮紅色的手帕變成了朱紅色的領巾，這條領巾比剛剛的手帕大得多。翡翠以雙手捏著領巾的邊角，將領巾攤開，動作跟剛剛的默劇完全相同，只不過原本是隱形的布，現在變成了真正的領巾。

「這條領巾跟那間高中的制服所使用的領巾，是完全相同廠牌的東西。由於正式的商品名稱是『三角領帶』，所以接下來我們就改稱三角領帶吧！可以看得出來，它的尺寸相當大，底邊的長度約一百四十公分。由於形狀是三角形，所以稱作三角領帶。」

「妳是怎麼弄出這玩意的……？」

「我說過了，我是個魔術師，這只是非常基礎的魔術手法。」

翡翠聳聳肩，說得若無其事。

「這三角領帶的用途，簡單來說，就是將水手服的領子裝飾得更加可愛。要怎麼綁？大概就像這樣子，先繞過領子……」

翡翠拿起三角領帶輕輕晃了兩晃，接著捲在自己的脖子上。

「三角領帶的兩側前端，就會垂在胸口附近。接下來呢，相信老師應該也知道，其實所謂的水手服，也分成很多種類。而三角領帶的綁法，則大致上可以分為兩類。」

「兩類……？」

「最大的差別，就在於胸口處有沒有領巾環。」

「領巾環？」

「一般人說起水手服，腦中想到的應該都是有領巾環的類型。所謂的領巾環，指的是縫在領口附近的一小塊環狀的布，上頭大多會繡著校徽。有領巾環的水手服，只要把三角領帶的兩個邊角穿過領巾環就行了。領帶的兩端被領巾環束住，垂下來的兩個邊角就像緞帶結一樣，很可愛吧？」

翡翠以拇指及食指圍成一圈，將三角領帶的兩側邊角從中穿過，垂掛在胸口，看起來確實就像下垂的紅色緞帶結。

「這種形式的水手服，只要把三角領帶的邊角穿過領巾環就行了，完全不用綁。但是除了這種水手服之外，這世上還有很多根本沒有領巾環的水手服。如果是沒有領巾環的水手服，學生就必須自己把三角領帶綁起來。光是緞帶結式的綁法，就有各種不同的變化。聽說一些歷史悠久的貴族女校，還傳承著一些只有該校學生才知道的特殊綁法。我最喜歡的是像蝴蝶結一樣的緞帶結綁法，可惜我身上沒有水手服的領子，沒辦法示範給老師看。」

「妳到底想說什麼……？」

「唉呀，老師，你還不懂嗎？真拿你沒辦法。你仔細想一想，菜月她們的高中所穿的水手服，是什麼類型？水手服的領口長什麼樣子？想起來了嗎？她們的三角領帶綁法，是綁成了一般領帶的樣子。那天我半推半就地穿上水手服的時候，不是已經說出重要的提示了嗎？她們的水手服並沒有領巾環。」

「難道妳想說的是……原來如此，因為綁成了領帶的樣子，所以……」

「沒錯，你看清楚了。如果是有領巾環的水手服，確實有可能在推擠、拉扯或是試圖脫下衣服的時候，這樣隨手一扯，就把三角領帶扯下來。」

翡翠抓住垂掛在胸口的一條邊角，用力往下一拉，唰的一聲輕響，三角領帶從手指圍成的環穿出，脫離了翡翠的脖子。

「但如果是另外一種類型……」

翡翠的雙手以敏捷的動作將三角領帶折成長帶狀，再度繞上脖子，在胸口處打了一個領帶結。

「……這就跟領帶沒有兩樣。男人經常要打領帶，我相信老師應該也很清楚才對。領帶不管從任何一邊的尾端拉扯，都沒有辦法讓領帶結鬆開。雖然這是以水手服的三角領帶所打成的領帶結，原理還是相同的，不管抓住任何一邊，都沒辦法解開領帶。」

翡翠刻意拉扯垂掛在脖子上的領帶，簡直像是在享受著勒自己脖子的行為。

「既然如此，為什麼三角領帶會掉落在北野由里的遺體旁邊？依照我們剛剛的推論，是凶手拉扯時脫落的，但現在我們可以明白，這種事絕對不可能發生。老師，請你仔細想像一下，不管是互相拉扯，還是凶手想要強行脫下受害者的衣服，有可能會在無意間把這條領帶扯掉嗎？當然如果刻意要取下，還是做得到，但是凶手為什麼要這麼做？水手服上的三角領帶只是裝飾品而已，就算沒有取下三角領帶，還是能把水手服脫掉。更何況要取下別人脖子上的領帶，並不是一件容易的事，必須刻意牢牢抓住領結的部分，然後朝著特定的方向用力拉扯……而且打著領帶的人還在拚命掙扎，這真的有可能做到嗎？就算順利做到了，三角領帶掉在地上時，有可能呈現整整齊齊的對折狀態嗎？三角領帶要打成領帶結，可是必須像我剛剛一樣，先將三角領帶折成長帶狀才行。一來領帶結幾乎不可能自己鬆開，二來凶手沒有理由做這種事。如果硬要做，或許有非常低的機率會成功，但這與命案現場的狀況並不相符……那麼到底為什麼，三角領帶會掉落在遺體的旁邊？」

「到底為什麼？」

「為了想通這一點，我大概苦思了三秒鐘。既然三角領帶不是凶手解開的，那麼剩下的唯一可能，就是受害者自己解開的。」

「北野由里自己解開了領帶結……？為什麼她要這麼做？」

「要找出這個問題的答案，必須歸納數個疑點，進行整合性的思考。第一，當初我們只知道凶手使用了布狀的凶器，但不知道這凶器到底是什麼。第二，凶手剪掉了遺體的指甲，湮滅證據的手法幾乎到了神經質的地步。第三，在第一起命案之中，受害者疑似坐在長椅上，而且現場幾乎找不到抵抗的痕跡。老師，你不是曾經跟我一邊調情，一邊進行了實驗嗎？如果從正面要將凶器繞在受害者的脖子上，受害者照理來說應該會起疑，而且還會試圖逃走。

剛開始的時候，我們推測凶器是圍巾，但由於第二起命案的凶器跟第一起命案相同，當時的季節卻已進入夏天，凶器是圍巾的可能性並不高。那麼除了圍巾之外，還有什麼樣的凶器能夠像圍巾一樣，即使正面圍在他人的脖子上也不會遭到懷疑？既然有了這麼多的線索，要找出答案應該不難才對。沒錯，當然就是三角領帶。北野由里的遺體旁邊，就掉著一條三角領帶。從正面將三角領帶繞在他人的脖子上，完全不會受到懷疑，只要把『幫忙圍圍巾』的說詞改成『幫忙打領帶』就行了。例如，凶手可說：『由里，妳的領帶歪了，妳快拆下來，我來幫妳重綁。』」

「但是……北野由里的三角領帶並不是殺死她的凶器。」

「沒錯，北野的三角領帶上有她自己的鞋印，當然不可能是凶器。我相信警方應該也仔細檢查過，確認那條三角領帶並非凶器才對。北野由里明明自己解開了領帶，但是她的領帶卻不是凶器，為什麼會發生這樣的矛盾？還有什麼樣的情況，凶手能夠叫受害者自己解開領帶，卻把另外一條領帶繞在受害者的脖子上，而不引起懷疑……？要解開這個疑點，只需要一個關鍵性的事實，那就是領帶顏色的差異。」

「領帶顏色……？對了……依學年的不同，領帶顏色也不一樣……」

「沒錯，在前往案發現場之前，我早就在網路上查過一些關於那所學校的詳情了。對一個神棍來說，事先蒐集各方資訊只是最基本的功課。藁科琴音的領帶是朱紅色，菜月及武中遙香、北野由里的領帶則是翠綠色，跟我的眼珠顏色相同……當然不像我的眼珠這麼漂亮。」

翡翠一邊玩弄著手上的三角領帶，說得泰然自若。

「既然領帶顏色依學年而不同……」翡翠想也不想地說道：「藁科琴音或許是這麼說：

『由里，我覺得妳很適合朱紅色的領帶呢！我們交換打打看，我來幫妳拍照。』」

直到這一刻，香月才恍然大悟，明白了翡翠的推論。

「老師，當初你花了很多的時間，才想到凶手可能為遺體拍攝了照片，但我一看到鏡頭蓋的痕跡、溜滑梯及鐵皮屋旁的梯子，再加上受害者是攝影社的成員，馬上就聯想到這一點了。」

唰的一聲清脆聲響，翡翠取下三角領帶，接著她將其折回三角形，抓起底邊的邊角。

「三年級的領帶是朱紅色，大部分的女孩子應該都很嚮往這個顏色才對。雖然我更喜歡翠綠色，但我能體會她們的心情。既然穿上了水手服，當然會想打上朱紅色的領帶看看。互相交換領帶來打，是非常有可能發生的狀況，畢竟女孩子最喜歡幹這種事了。我們就朝著這個方向，重新思考第一起命案的行凶過程吧！凶手與受害者並肩坐在長椅上，凶手提出交換領帶的建議，武中同意了，解下自己的領帶。凶手接著聲稱要幫她打領帶，以自己的三角領帶繞過了她的脖子……」

翡翠將手中的三角領帶折成一般領帶的長帶狀，做出假裝套在身旁某人脖子上的動作。

「幫別人打領帶並不容易，凶手有沒有這樣的技術，實在值得懷疑。但凶手的真正目的是把眼前的人勒死，所以有沒有幫人打領帶的技術根本不重要。武中就算心裡對此產生了懷疑，也只會認為凶手可能手很巧，完全不會疑心對方有意加害自己，當然也不會萌生逃走的念頭。其實從背後下手會容易許多，但從正面下手的好處是能夠看見受害者的表情。雖然我在這個階段還無法確認凶手的動機，但凶手既然是連續殺人魔，下手時想要看著對方的臉是可以預期的心態。凶手在勒斃了武中之後，讓遺體橫躺在長椅上。為了不讓警方發現凶器是什麼，凶手特地將武中解下的領帶打了回去，而且遺體是躺在長椅上的狀態，要打回去應該不難才對。這樣的推論，完全沒有不合理之處。」

「難道……凶手正是為了這個目的，才讓遺體橫躺在長椅上？」

「這就不清楚了，或許只是剛好也不一定。」翡翠歪著頭說道：「接下來，就輪到北野由里了。凶手以相同的手法，向北野提出交換領帶的建議，並以自己的領帶勒死了北野。但是凶手沒有考量到一點，那就是上次跟武中交換領帶是坐著，這次跟北野交換領帶卻是站著。由於北野是站著遭到勒斃，原本拿在手裡的領帶當然會掉在腳邊。我猜北野在解下了自己的領帶後，應該是認為暫時不會用到，所以將領帶對折後拿在手裡吧！但是在遭到凶手勒住脖子的時候，北野的身體拚命掙扎，不僅讓領帶掉在地上，而且碰巧在領帶上踩了一腳。相較之下，在第一起命案裡，武中可能是將自己的領帶放在膝蓋上，或是旁邊的長椅上。第二起命案由於是站著下手，受害者當然只能把自己的三角領帶拿在手裡，掙扎時掉在地上也是理所當然的事情。凶手畢竟還是個孩子，動手時沒有考慮到這些細節。」

翡翠聳了聳肩，嘆了口氣。

「由於領帶上頭已經有了鞋印，如果像第一起命案一樣將領帶綁回遺體的領口，一定會引起警方懷疑，如此一來，警方可能會想到凶手是以什麼東西作為凶器。為了掩飾這一點，凶手故意將受害者身上的衣物脫去一半。如果只有三角領帶掉在地上，當然很可疑，但如果受害者身上衣衫不整，警方就會認定是凶手故意想要脫去受害者的衣物。以一個孩子而言，有這樣的機智算是很不錯了。總而言之，在下手時以交換領帶作為藉口，所有的環節都可以得到合理的說明，完全沒有任何矛盾之處。對了，凶手神經質地剪去遺體的指甲，這點也可以解釋得通。凶手擔心會殘留在受害者指甲裡的東西，除了自己的皮膚碎屑之外，還有領巾的纖維。因為一旦警方發現凶器是什麼，就能大致推測出凶手的身分。以上就是犯案的手法，我相信大致上是不會有錯的。

接下來，我開始思考凶手是個什麼樣的人物？凶手與受害者們有著深厚的交情，可見得一定是校內人物，而且既然可以交換領帶，當然是身穿水手服的女學生。當然我也考慮過可能是在補習班認識的他校學生，但兩名受害者之中，只有武中會上補習班，因此凶手最有可能的身分，還是同一所高中的女學生。這所高中的男學生穿的是立領制服，不必打領帶，因此不可能是凶手。既然凶手是以交換領帶作為藉口，代表凶手與受害者必定不同學年。北野是二年級，所以凶手若不是一年級，就是三年級。而武中遭到殺害的時期是在上個年度，凶手若是一年級的話，那時候根本還沒有入學，所以絕對不會是一年級。綜合以上數點，可以得知凶手必定是三年級的女學生……」

翡翠的雙眸在黑暗中閃爍著妖豔的光芒，她將手裡的三角領帶折疊數次，看起來就像一塊小小的手帕。

「以上就是當時『靈視』的細節。只要當成是『靈魂的告知』，這些事情都可以用一句話帶過，但是要向平庸之人解釋推理的細節，可是既花時間又耗精力。累死我了，喉嚨好渴……」

「妳真的……在一瞬間就想出了這些？」

「除了領帶的顏色是事先查過之外，所有的案情都是跟老師你一起得知的。不過，我只能推理出凶手是三年級女學生，卻無法找出到底是哪一個三年級女學生。我擅長推理的是發生在特定範圍內的案件，遇上這種範圍太廣且動機不明顯的變態殺人案，實在是有點沒輒。老師，警方一直沒能把你揪出來，不也是基於相同的理由？」

香月沉默不語，只是凝視著翡翠那對流露出狡獪之色的雙眸。

「話說回來，以上這些都只是非常單純的推理。我實在不明白，為什麼沒有人想到領帶顏色的問題？不過，這也怪不得你們這些男人，畢竟你們不像女人那麼在意服裝穿著。你們看女人的穿著，只會在意性不性感、露得夠不夠多而已。就連老師你自己，不也是一樣嗎？我真心想要建議搜查本部增加女性刑警的人數……話說回來，要是男推理作家對女高中生制服熟悉得不得了，那也挺讓人渾身起雞皮疙瘩。我真的打從心底感到慶幸，老師的變態並不是那一種。

不過總而言之，領帶是非常明顯就能看出的問題，如果沒有看出來，可絕對是推託不了的疏忽。對了，就算這所學校的三角領帶不是採用領帶結綁法，而是更加常見的緞帶結綁法，相同的推論還是可以成立。或許很多人會以為水手服的緞帶結，就像蝴蝶結一樣輕輕一拉就能解開，但實際上並非如此。要把緞帶結解開，可是比領帶結更加困難。如果這起案子遇上的是緞帶結，或許男人還可以用『**不懂緞帶結綁法**』來當作沒發現疑點的藉口，但這次遇上的是相對比較少見的領帶結式綁法，就算是男人也一定能夠察覺不合理之處，不管是對男人還是對女人，應該都是相當公平才對。」

「不……等等……吉原櫻那件事，妳又怎麼解釋？妳要怎麼發現藁科琴音的下落，阻止她繼續犯案？如果妳沒有靈通力，那只能以奇蹟來形容。這已足以證明妳是真正的靈媒！」

香月繼續詰問。

「老師，到了這個地步，你還沒清醒？我不禁對你有些同情了。」

翡翠無奈地轉過了頭說道。

「如果妳硬要說妳不是靈媒，就給我說明這個奇蹟是怎麼發生的！」

香月持續質問。翡翠攤開雙手，露出無計可施的表情。

「我發現凶手是藁科琴音的過程，跟老師是一模一樣的。在菜月遇害之前，我也曾經懷疑過蓮見綾子。但因為鏡頭蓋的疑點，蓮見綾子並非真凶的可能性並不低，我也找不出決定性的證據。不過，我一直樂觀地認為在凶手下一次犯案之前，警方應該還會找出其他線索才對……想起來就有點懊悔。」

翡翠雙眉緊蹙，低下了頭，她玩弄著手中折疊成一小塊的三角領帶，彷彿想要藉此排遣心中的悔恨情緒。

「因為我的大意輕敵，害死了好不容易交到的朋友。她還如此年輕，未來充滿了希望。我氣得咬牙切齒，說什麼也要立刻把凶手揪出來，已顧不得使用什麼手段了。」

「當時妳的眼淚……是真心的？」

「這就任憑你想像了。」翡翠低著頭聳了聳肩。「至少跟老師相比，我認為自己的心靈純真得多。那件事對我來說，簡直是致命性的重大失策，但我並沒有因此而陷入沮喪。即使犯了錯，也要將錯誤做最大的活用，我城塚翡翠絕對不是一個會甘心認栽的人，我想利用這件事來增進老師跟我的感情。但老實說，那個晚上我有點不安，因為氣氛太好，我很擔心老師要是想跟我上床，可真不知道該怎麼辦才好。畢竟才剛發生那種事，我完全沒有心情做愛。」

翡翠一方面哀悼少女的香消玉殞，一方面卻又口出驚人之語。

香月越來越摸不清眼前這個女人的底細，內心不由得湧起一絲恐懼。

「我已經搞不清楚妳什麼時候是在演戲，什麼時候是認真的……」

「沒關係，我自己也常常搞不清楚……」

翡翠嘆了口氣，抬起頭來，臉上帶著莫名的寂寥。

「回到原本的話題吧！雖然查出了藁科琴音涉有重嫌，但警方的做法還是相當保守，只敢偷偷採集藁科的指紋，與凶手的指紋進行比對。不過這也是沒有辦法的事，畢竟對方是未成年少女，而我們的手上還沒有明確的證據。那一天，我們不是一起前往了藁科的家嗎？我看藁科在不必上學的日子卻穿上水手服，立刻便起了疑心，猜想她可能又打算要犯案了。當然她有可能只是想把水手服穿在身上而已，畢竟那條三角領帶是她殺人的凶器，穿在身上比藏在任何地點都安全得多。但我還是不禁懷疑，她穿上水手服的目的，有可能是為了出門殺人，當然也有可能是我自己多心了。不過，犯了一次錯之後，總不能再犯第二次。只要她有一點疑似想要犯案的舉動，就必須設法阻止……所以我才當了一次冒失鬼，老師應該還記得吧？」

「妳指的是不小心把茶灑出來嗎……？」

「不，我指的是後來的冒失舉動。把茶灑出來，是我們兩人跟蝦名先生的原訂計畫，但後來的部分，就是我個人的即興演出了。我說過了，我這個人從來不做沒有理由的事。我故意脫掉絲襪，露出光溜溜的美腿，當然也是有很深的用意。老師，你還記得嗎？我起身想要借廁所的時候，差一點撞上藁科。」

「難道妳……」

「那個時候，我趁著跟她身體接觸時，偷走了她的智慧型手機，這跟偷手錶相比，可是簡單太多了。進了廁所之後，我對她的手機動了一點手腳。我猜測手機的密碼就是她的生日，果然不費吹灰之力就解開了手機鎖。」
「妳在廁所裡，要怎麼查出藁科琴音的生日是幾月幾號？」
「方法至少有十種以上。當時我首先測試的是藁科家的車子的車牌號碼。日本人大多在個人隱私安全上相當鬆懈，像車牌號碼這種東西，很多人都會設定成自己的生日，有小孩的家庭，則是會設定成小孩的生日。」
翡翠聳了聳肩，接著說道。
「還有一點很值得慶幸，那就是她使用的不是蘋果牌的智慧型手機。除了蘋果牌之外的所有手機，OS系統都對APP軟體沒有嚴格控管，我輕易就可以將事先放在網路上的特殊APP下載到手機裡。那個APP不僅可以讓我從外部隨時監控手機的電子郵件、訊息及通話履歷，而且還會將手機的所在地點傳送至網路上的某伺服器。那個APP容易留下證據，所以我平常用的機會不多，通常只有在勒索有錢凱子的時候才會拿出來用。但是藁科殺了菜月，我當然也不會對她客氣。」
「妳靠著這個方式……一直掌握著藁科琴音的行蹤？」
「我發現她利用某傳訊APP聯絡吉原櫻，立刻便猜到她想要下手殺人。雖然警方已經在跟蹤著她，但我還是不放心。果然不出我所料，她輕而易舉便甩掉了警方的跟蹤。為了阻止她再度殺人，我只好不斷以GPS定位資訊確認著她的行蹤。」

「等等……那時妳一直跟在我的身邊，我幾乎不曾看妳取出智慧型手機，妳是怎麼追蹤GPS資訊的……？」

「靠阿真呀！」翡翠說得輕描淡寫。「千和崎真是我的重要伙伴，她主要負責四處打探消息及蒐集資訊，我則是負責構思計畫及靠這張漂亮的臉蛋騙人。只要有辦法事先調查來訪者的背景底細，就是她大顯身手的時候。我因為長得太美的關係，不適合做訪查打探的工作，而她卻是個易容變裝的高手。」

「難道……當時那個在公園裡講電話的女人……」

「沒錯，那就是阿真。我跟你在一起的時候，沒有辦法確認藁科琴音的行蹤，因此由她負責監控藁科的手機，再將最新狀況以這個方式向我回報……」

翡翠豎起了食指，食指的前端，指著黑色秀髮的尾部開始呈現波浪狀的附近，那裡隱約露出了雪白耳朵的一角。翡翠將臉微微一側，露出了整隻耳朵，裡頭竟然塞了一顆白色的無線耳機。

「這耳機連接我的智慧型手機，可以隨時聽見阿真回報的消息。」

「什麼……」

香月驚愕地看著那小小的白色物體。

「但不知道怎麼搞的，現在已經無法通訊了，我猜大概是你對我的手機動了手腳吧！」

翡翠皺起眉頭，露出一臉困擾的表情。

「妳隨時都戴著那種東西……？不，等等……剛剛明明還沒有那玩意……」

「噢，你說你剛剛摸我身體的時候？回想起來，就覺得很噁心呢！那個時候我看情況不妙，就把耳機『palm』起來了。」

「什麼？帕姆……？」

「那是魔術師的專業術語，你不用管。反正就是我擔心你在撫摸耳朵的時候會發現耳機，所以先將耳機藏了起來，等到安全之後再將耳機放回原本的位置。」

翡翠說得渾若無事，彷彿在說明一件天經地義的事情。

「回到原本的話題……這個道具有個缺點，那就是只能接收訊息，卻不能發送訊息。老師，你還記得嗎？當初你跟我在公園裡時，我曾經拿出手機，傳了封電子郵件。那正是我在向阿真下達進一步的指示。阿真說藁科琴音帶著吉原櫻，進入了武中遙香遭殺害的公園，問我該怎麼辦才好。我要她假裝在講電話，一直逗留在公園裡，幫我們拖延時間。」

香月不禁感到心中駭然，這女人竟然當著自己的面安排這樣的計畫，而自己卻完全被蒙在鼓裡。

「接下來，我在老師的面前演了一場降靈的戲碼。其實我很不想那麼做，但是當時的局勢由不得我有所遲疑，如果不趕快讓老師知道藁科琴音的下落，恐怕又會有一個人將死於非命。原本根據美女靈媒城塚翡翠的設定，人一旦死亡之後，靈魂就會呈現停滯的狀態，不會再前進。因此早已死亡的菜月能夠知道死亡之後發生的事情，甚至還知道藁科琴音的下落，這完全違背了我原先的設定。但在當時的狀況下，也只能硬著頭皮演下去了。

所幸我事先安排的『吉原的身邊有守護靈』這個伏筆，在此時派上了用場。根據阿真所蒐集到的資訊，吉原有個在很小的時候就過世的姊姊，我原本心裡就猜想這一點或許有機會用得上，所以在跟老師閒談的時候，先隨口說出了『守護靈』的事情。像這樣在小地方到處留一點伏筆，是我最擅長的騙術之一，可惜白費力氣的例子也不少。總而言之，我靠著扮演菜月上身，將藁科琴音的下落告訴了老師……接下來，你當然就開著車子趕往現場。為了不讓你認出阿真，我在車子即將抵達公園時，指示阿真立即離開公園。但我沒想到藁科琴音竟然會在阿真一離開後立即動手，幸好最後千鈞一髮，沒有再賠上一條性命。」

原來這就是奇蹟的真相，揭露了手法之後，根本沒什麼大不了。翡翠帶著一臉賊兮兮的微笑，仰頭望著愕然無語的香月。

原來根本沒有死後的世界……原來人死了之後，就什麼也沒有了……

「以上就是女高中生連續凶殺案的『靈視』內幕。現在你願意相信我是騙徒了嗎？」

香月一時感覺天旋地轉，連站也站不穩。

原來一切都是騙局，原來一切都是演戲，就連翡翠那甜蜜的微笑也不例外……

「老師，你跟我是半斤八兩，不是嗎？」翡翠笑著說道：「我欺騙了你，但你也欺騙了我，所以你沒有資格向我抱怨。」

「沒錯……但是……」

但是……自己已經對眼前這個女人……

「好了，老師……」

翡翠露出一臉厭煩的表情，放開了手中的三角領帶，那紅色的布塊一邊翻舞，一邊落至地板上。

「差不多該來聊聊你自己的事了。雖然只是逢場作戲，但畢竟也算是有過一段情，我對老師為什麼要做這種事很感興趣。老師，你應該也很想告訴別人吧？反正我一定會被老師殺死，在那之前，我想要多知道一點關於老師的事……」

＊＊＊

香月史郎從餐桌邊拉出另一張椅子，將手撐在椅背上，隔著桌子，香月俯視城塚翡翠。雜亂的思緒正在腦海裡激烈地盤旋、激盪，心跳聲異常沉重，閉上眼睛彷彿可以聽見血液在血管內奔流的聲音。這一切都在對自己疾呼著「危險」。

快殺了她！但就算要殺她，也得拿她做實驗……

香月拾起翡翠掉在地上的手提包，伸手到裡面掏摸，拿出了翡翠的智慧型手機。當初她在車道上聲稱要尋找「共鳴」的來源時，香月偷偷在車內取出她的手機，切換成飛航模式後關閉了電源。如今拿出一看，手機依然是關機狀態，完全沒有與外界聯繫的跡象。

不用這麼緊張……至少必須拿她做實驗。好想趕快嚐一嚐以尖刀刺入她的肉體的快感……

但是動作必須要快才行，不能再耗時間了……

「咦？老師，你怎麼了？」翡翠笑嘻嘻地說道：「你快點說說關於你的事嘛，我好想聽呢。」

「沒有那個必要。」

「好吧！我們就先不管動機。能不能告訴我，你是如何挑選出受害者，以及如何下手……？」

翡翠聳了聳肩，無奈地嘆了口氣。

「妳難道猜不出來嗎？」

「很可惜，世界上有很多事情是無法靠邏輯推導出答案的。遇上像老師這種想盡辦法不留下任何證據的凶手，我就算推理能力再強也沒有用。否則的話，我也不會為了尋找證據而刻意接近敵人……而且還失手被你逮住，真是太沒面子。」

「妳是從什麼時候開始懷疑我是凶手？」

「這個嘛……第一次見到老師的時候，我只知道老師的心裡，必定藏著一個不能被我發現的祕密。我很擅長察言觀色，能從表情看穿一個人的心思，但日本人大多不把心情寫在臉上，判斷起來加倍困難。當初你跟倉持小姐一同來我家時，我只看出你的心裡有個祕密，但不清楚那是什麼樣的祕密。騙人是我的嗜好，我當下便決定以你為下一個欺騙的對象。就算後來發現你的祕密沒什麼大不了，那也沒關係，反正我本來就得常常在實戰之中磨練我的技術。何況像這樣騙人，往往能得到不少金錢上的好處。但是後來倉持小姐去世，老師看見她的遺體時……該怎麼說呢？你所流露出的感情，只有驚訝與憤怒。」

「那有什麼不對嗎？」

「一般人在面對那樣的狀況時，應該還會感到沮喪及悲傷。但是老師在看見遺體時，臉上卻只有驚訝的表情，彷彿在說：『這是怎麼搞的！』只有心理異常的人，才會出現這樣的反應。若以小說來比喻，就好像在閱讀著一篇完全對男主角的內心狀態沒有作任何描寫的作品。從那天之後，我就決定要更深入地打探你的底細。後來當你跟我談起這樁命案的時候，你所表現出的感情還是只有憤怒，於是我慢慢理解了，你心裡所感受到的怒火，是源自於『被凶手搶先一步』的懊悔。」

「沒錯，早知道她會被殺死，不如拿她來做實驗……由於我跟結花互相認識，為了不受到警方懷疑，我原本已經放棄對她下手，沒想到她還是死了。」

香月回想起當時心中的情緒，不禁深深嘆了口氣說道。

「你一定覺得很不甘心吧？並不是哀悼她的過世，而是後悔自己沒有採取行動。你氣得火冒三丈，發誓一定要讓凶手付出代價，對吧？」

「所以妳更加懷疑我了？」

「沒錯，但我開始將你跟連續殺人棄屍案聯想在一起，是在殺人魔再次犯案之後……據說，殺人魔處理屍體的手法稍微改變了。」

「妳為什麼……會知道這件事？」

「這一點也不重要吧！」翡翠聳肩說道：「過去殺人魔在棄屍之前，只會以塑膠布將屍體裹住，但是從那一次之後，殺人魔會先以水柱及漂白劑將屍體洗得乾乾淨淨。這個殺人魔在過去所犯下的幾起案子中，本來就不曾留下任何證據，為什麼他會突然改變做法，在湮滅證據上花費更多的時間與精力呢？難道是因為他變得更加害怕被警方驗出自己的DNA？如果這就是理由的話，或許可以做出以下的推論……殺人魔並沒有任何前科，因此他原本認為就算被警方驗出DNA，警方也沒有辦法根據DNA找到自己。但是最近這名殺人魔卻因為其他的理由，而被警方採驗了DNA，導致殺人魔必須更加謹慎地洗去屍體身上的DNA

證據……這當然不是嚴謹的推論，只是單純的推測及想像而已。但這讓我想到了一件事……最近我的身邊，不也有一個被警方採驗了DNA的心理異常者嗎？」

香月不由得屏住了呼吸。

「這名心理異常者被採驗DNA，單純只是因為他是命案的關係人。照理來說，這種自願接受採驗的關係人DNA，不會被放入前科犯的DNA資料庫內。但實際上警方內部會怎麼處置這些DNA資料，外人根本無從得知……那個殺人魔原本就是個行事風格異常小心謹慎的人，為了保險起見，當然會變得更加吹毛求疵。正因為如此，殺人魔才改變了處理屍體的方式，盡一切努力不讓警方在屍體上採到自己的DNA。自從想通了這一點之後，我才真正開始懷疑老師就是殺人魔，並且盡可能找機會跟你親近。我們在水鏡莊作客的時候，老師談到殺人魔的特徵，曾經強調殺人魔『並非性變態』，這一點更加深了我對你的懷疑。但是我一直沒有辦法找到明確的證據，最後只好以自己當作誘餌。」

「妳曾經對我說過，妳有預感自己一定會死，難道那也是……」

「沒錯，一種簡單的心理誘導。」翡翠嫣然一笑。「我知道自己的特徵與過去的受害者相符，如果老師真的是凶手的話，遲早會萌生殺害我的念頭。當我對老師說出：『我有預感自己會死。』老師心裡應該會認為『一定是被我殺死』。由於我跟老師互相認識，老師可能會心生猶豫，不敢貿然下手。我的這一句預言，就像是在老師的背上推了一把。」

「但是……如果我根本不是凶手，妳又打算怎麼辦？」

「老實說，我原本還有點期待你不是殺人魔。畢竟在被你綁住之前，我只是心生懷疑而已，並沒有明確的證據。過去這段日子，我常常想著或許你根本不是殺人魔。如果你真的不是，我會跟你度過一小段浪漫的時光，然後找個理由從你的面前消失。不，或許繼續跟你一起合力破解種種懸案也是不錯的選擇。沒有辦法實現這些心願，實在有點遺憾。」

「我……是真的愛著妳。」

正因為是真心愛著翡翠，所以香月才會那麼苦惱。正因為對她充滿了憐愛與疼惜，所以才會壓抑著心中不斷湧出的強烈慾望。背負著自己的犯行遲早有一天會被發現的風險，真心希望兩人的關係能夠永遠維持下去。

香月一直認為如果自己遭到逮捕，只會有兩個原因：一是遭到命運背叛，二是被翡翠的特殊能力發現。因此在這段期間，香月一直在分析著翡翠以她的特殊能力找出殺人魔的可能性，但最後的結論是應該不太可能。

自從得到了這個結論之後，香月就持續摸索著長久維持兩人關係的方法，就連帶她來到這棟別墅，也是掙扎了好久才做出的決定。而且這個決定背後的最大推手，正是翡翠那句「預言」的誘導。

如果翡翠的死是命中注定，是命運早已做出的殘酷安排，那麼忍耐又有什麼意義？倘若翡翠當初沒有說出那句話，或許香月依然壓抑著心中的扭曲慾望，依然真心愛著翡翠。

沒想到翡翠竟然……

「那還用說嗎？任何男人遇上了我，都會被我迷得神魂顛倒。」

翡翠露出充滿自信的微笑。她對自己並沒有投入真感情，那含淚的雙眸明明是如此純潔，那燦爛的笑容明明是如此溫柔，沒想到一切竟然只是狡猾的騙局。

「我當然知道老師是真心愛著我，因為這是我的精心安排。老師想要拿我來做實驗，也是因為愛著我，不是嗎？老師，你能聽聽看我的想像嗎？雖然稱不上是推理，但我自認為對老師也有相當程度的理解。」

香月瞇起了眼睛。要不要再給她一些說話的時間，心裡有些拿不定主意。香月沒有立刻將短刀插在她的身上，或許也是因為渴望著獲得她的理解。

「隨便妳，我不認為妳能真正理解我。」

「根據老師跟我接吻前對我說的那些話，我對老師已經有了大致的理解。從老師那時候的表情看起來，你並沒有說謊。你有一個姊姊，在你小時候被強盜刺殺身亡了。連續殺人棄屍案的所有受害者，都與你姊姊過世時的年紀差不多，正是因為老師把她們都當成了姊姊。如此推論下來，死因應該也一樣。連續殺人棄屍案的受害者雖然生前都遭尖刀刺傷，但是死因都是尖刀拔出後失血過多而死。老師，你的姊姊應該也是這樣吧？她是在你的面前失血過多而斷氣？」

翡翠以食指抵著下唇說道。

「沒有錯……」

香月在黑暗中看著短刀說道。

翡翠的臉上並沒有流露絲毫的同情之色，反而開始嗤嗤竊笑。

「但是老師口中所稱的實驗，讓我感到很好奇。如果只是單純親眼目睹姊姊失血過多而死，應該不至於變成這種人格扭曲的殺人魔。你說要實驗『到底會不會痛』，讓我不禁做了一番想像……老師，是不是因為你拔出了姊姊身上的刀子，她才失血而死……？」

香月閉上雙眼，輕輕嘆了一口氣，那股氣息微微顫動，消散在寒冷陰森的室內。

「當時老師的年紀還很幼小，多半是為了救姊姊，才不管三七二十一地拔出了刀子，沒想到這個舉動卻把姊姊害死了。如果當時你什麼也沒做，只是靜靜等著救護車到來，或許姊姊就能保住一條命，當然也有可能姊姊身上的那一刀已是致命傷。你擔心的是拔出那刀子是否讓姊姊感到劇烈疼痛？到底姊姊會不會痛？是不是因為你拔出了刀子而死？你想要藉由找出這些問題的答案，來確認自己當時是不是做錯了……」

香月握緊了手中的短刀，童年時指尖的觸感，重新回到了心頭。

當時自己的腦袋一片空白，一心只想著要救姊姊的性命，所以自己才會拔出那把刀子。殘忍的男人脫光了她的衣服，將那把刀子插在她的身上，自己滿心以為只要拔出那把可怕的凶器，垂死的姊姊就能得救。沒想到竟然鮮血狂噴，姊姊發出了慘叫聲。那可怕的聲音，直到如今依然在耳畔迴盪。

即使體內的血液迅速流失，姊姊還是擠出了溫柔的笑容。

——沒關係，這不是文樹的錯……

雖然她這麼說，但真的是這樣嗎？香月的心中一點自信也沒有，甚至不敢肯定姊姊當年是否真的露出了微笑，搞不好那只是源自於心中渴望的一些虛假記憶。或許現實中的姊姊是對著自己破口大罵，眼神中充塞著鄙視與憎恨。

——我會死，全是你害的……

或許這才是姊姊真正說出口的話。到底哪一邊才是正確的……？

唯一可以肯定的一點，是姊姊當時確實說出了一句話。而那短短的一句話，徹底改變了自己接下來的人生。但香月就是想不起來，她當年到底說了什麼。

無論如何，一定要找出答案。

「老師，你明明是個注重理性思考的人，卻相信有死後的世界。不過像你這樣的人並不稀奇。著名偵探作家柯南．道爾[24]及著名魔術師哈利．胡迪尼[25]，也都對於死後的世界抱著強烈的渴望。如果能夠與姊姊交談，你一定很想向她問個清楚，自己當年是否做錯了，對

＊注24：柯南．道爾（Arthur Conan Doyle，一八五九年～一九三〇年），英國「偵探小說之父」，成功塑造了史上最受歡迎的偵探人物「福爾摩斯」。

＊注25：哈利．胡迪尼（Harry Houdini，一八七四年～一九二六年），史上最偉大魔術師、脫逃術師及特技表演者。

吧？但是……在我看來，你只是逃脫不了死亡對你的束縛，反覆進行著一個永遠得不到答案的無意義實驗。」

宛如要將香月定罪的一番話，撼動著香月的大腦。

「不……那都是必要的實驗……」

香月瞪大雙眼說道。

翡翠凝視著香月，那眼神宛如當初的靈媒。冷酷而犀利的目光，貫穿了香月的身體。

「一點也沒有必要。你姊姊會死，是因為你拔出了那把刀子。那當然痛得不得了，根本不必懷疑。你只是一個不敢接受事實的心理變態，綁架了一些年輕女人，把心中的憤怒發洩在她們身上。」

「妳說什麼……？」

「不僅如此，而且你雖然口口聲聲稱那是實驗，但你對實驗的結果根本毫不在意。自從你在小時候親眼目睹姊姊全身赤裸，身上插著刀子的模樣，你的內心深處就萌生了一種扭曲的變態性慾，你忘不了當年那種血脈賁張的亢奮感。」

「不，妳錯了……」

翡翠的眉梢下垂，彷彿正感到困擾，嘴角卻微微彎曲，充滿了訕笑之意。既像是憐憫，又像是譏諷。

「不，我沒說錯！你綁架年輕女人加以殺害，雖然美其名是進行實驗，說穿了只是想要滿足你那噁心的異常性慾！你只是一個沒辦法靠正常方式勃起的下流戀姊變態！」

翡翠嗤嗤笑了起來說道。

哈哈哈哈哈……譏笑聲鑽入香月的鼓膜，香月怒不可遏，粗魯地推開了桌子。

「夠了，我要殺了妳。」

刺耳的聲響迴盪在耳邊。

香月衝上前，抓住了翡翠的肩膀，朝著她那受到綑綁的肉體，高高舉起了反手握住的短刀。翡翠的腹部及雙腿都被繩索綁住了，不管再怎麼掙扎，也不可能逃走。唯一的選擇，只有接納死亡……

香月以短刀刺向翡翠的胸口。

咚的一聲沉重聲響，短刀的前端埋入了椅背的材質之中，而翡翠卻已不知去向，完全從視線之中消失了。

這是怎麼回事……？

「好危險！我最討厭暴力了。」

翡翠宛如一道亡魂般，驀然出現在椅子的旁邊。

這不可能……她不是被繩子綁住了嗎？

翡翠嬌柔地彎曲雙臂，將手肘抵在腰際，迅速往後彈跳數步，與香月拉開距離。原本應該將她的身體牢牢綁住的繩索，輕輕地掉落在她的腳邊。

香月低頭望向椅子。當初緊緊綁在她的腰間的另一條繩索，則還留在椅子上。

「妳是怎麼做到的……」

「我不是說過了嗎？」城塚翡翠泰然自若地說：「我既是靈媒，也是魔術師。你給了我那麼多的時間，要是連這區區的繩索都掙脫不了，那成何體統？掙脫重重束縛，在黑暗中抓住他人的手腳，可是我們的看家本領。」

「夠了……我已經充分瞭解了妳的危險性。」

香月重新握緊了手中的短刀，將刀尖對準了態度一派輕鬆的翡翠。

「對了，老師，現在幾點了？」

香月皺起了眉頭。剛開始的瞬間，香月暗自警惕絕對不能低頭看手錶，否則就上了她的當；但是下一秒，香月察覺了不對勁，一股寒意在全身竄流。

「噢，我都忘了，老師的手錶在我這裡。」

翡翠不知從何處掏出了香月原本戴在手上的手錶，她抓著那隻錶晃了兩晃，將錶面轉向香月的方向。

「十一點三十五分……我們已經在這裡講了五十分鐘的話。」

「妳是什麼時候拿走的……？」

香月驚愕地望向自己的左手腕，原本戴在手腕上的手錶早已不翼而飛。

她是什麼時候下的手……？那可是手錶！她是如何神不知鬼不覺地將手錶取下來？

「手腳不乾淨是我的壞毛病。」

翡翠一邊說，一邊又掏出了另一樣東西。香月凝神一看，更是寒毛直豎，翡翠手上的東西，赫然是一隻智慧型手機……

那不是翡翠的手機，是香月的，而且……手機的螢幕在黑暗中熠熠發亮。那手機竟然處於通話狀態，畫面上顯示著「**鐘場正和**」，通話時間已過了五十二分鐘。

「妳是從什麼時候……」

不，等等……香月此時依然感覺到口袋裡有個硬物。難道那不是自己的手機嗎……？香月慌忙掏出了口袋裡的那個硬物。

這是什麼……？那是一枚黑色的板狀物，上頭有顆紅燈正在不斷閃爍。為什麼自己的口袋裡少了手機，卻多了這個東西……？

「那是ＧＰＳ發訊器。為了保險起見，偷偷塞進了你的口袋裡。」

「什麼時候……」

香月發出了絕望的呢喃道。

「什麼時候並不重要吧？我要做這件事，機會多得是。只有第三流的表演者，才會急著展現戲法；第一流的魔術師，懂得等待最佳的時機。」

是自己抓住她的領口的時候……？是想要將她占為己有的時候……？還是兩個人親熱接吻的時候……？

不管是任何一個時機……都意味著自己已經……

「鐘場先生，我已經膩了，你隨時可以進來。」

翡翠朝著手機低聲細語。幾乎就在同一時間，玄關處忽然傳來一陣震耳欲聾的聲響，數名全副武裝的男人從門外闖入。

香月早已喪失了抵抗的意志……當香月回過神來，自己已被武裝警察壓制在地。思緒亂成了一團，抬頭一看，鐘場正和就站在自己的身邊，他也在低頭看著自己。

「香月史郎……不，鶴丘文樹……我現在以八起的棄屍、殺人及殺人未遂的罪名逮捕你。」

鐘場將香月的手腕扳至身後，扣上手銬。

這到底是……怎麼一回事……？

「鶴丘文樹……啊，我現在聽了你的本名，才發現你藏在名字裡的祕密。」翡翠雙手一拍說道：「把『鶴丘文樹』[26]的讀音重新排列組合，再加上代表男性的『郎』，就變成了『香月史郎』。」

＊注26：「鶴丘文樹」，日文讀音為「つるおかふみき」，把這幾個假名重新排列組合，就成了「かおるつきふみ」，也就是「香月史」的讀音。後面再加上「郎」，就成了「香月史郎」。

「鐘場先生，雖然花了不少時間，但依照約定，我幫你抓到殺人魔了。」

翡翠笑嘻嘻地朝鐘場說道。

「嗯……真讓人心情沉重。我曾經洩漏不少偵辦內幕給這傢伙，刑警這工作大概是沒辦法再做下去了。以後我沒辦法再暗中幫助妳，不過我會找人接替我的位置。」

「這傢伙雖然沒我厲害，但也算是個狡猾人物，遭他欺騙也是情有可原，你不必太過沮喪。」

「這到底是怎麼回事……？」

香月抬起頭來，做著最後的掙扎。

翡翠俯視香月，笑容帶著一絲同情。

「咦？你還沒搞懂嗎？平日協助警方辦案的人，可不是只有你而已。啊，對了，水鏡莊那起案子，警方在搜索別所先生的公寓時找到的證據，並不是沾著血的面紙，而是消失的第十本書。是我向鐘場警部拜託，對你提供了假消息。你仔細想想看，面紙可以直接扔進水鏡莊的馬桶裡沖掉，何必冒險帶走？這個疑點應該不難想到吧？」

「妳到底是什麼來頭……？」

「這個嘛……既然老師也是推理作家，為了向創造出無數著名神探的推理小說致敬，我就這麼自我介紹吧……」

翡翠低頭看著香月，膝蓋微彎，輕輕拉起裙襬，像傳統仕女一樣行了一禮。

「我是一名偵探，你可以稱呼我為靈媒偵探城塚翡翠……排除像老師這樣的社會公敵，正是我的職責所在。以後請多多指教，雖然我們不會再見面了……」

「偵……探……？」

香月驚愕地張大了口。

「把他帶走！」

鐘場開口喊道。員警們將香月強行拉起，推向門口。

香月一臉駭然地看著逐漸遠去的翡翠身影。

一切都是演戲……？一切都只是為了騙自己上鉤……？

沒有靈魂……？沒有靈視能力……？沒有死後的世界……？

翡翠的雙眸，在昏暗的空間中隱隱浮現，彷彿正感到困擾的下垂眉梢，流露著嘲笑之意的粉紅色雙唇。

「不對……」

香月輕聲咕噥。翡翠的那些說明，並沒有辦法解釋所有疑點，更何況怎麼可能有人能在一瞬間推理出那麼多的事情？

不可能，絕對不可能……沒錯……實際上應該是相反的吧……

翡翠確實是靠著靈視能力得知了真凶的身分，只是為了不遭人懷疑，才在事後構思出一套說詞來證明自己的合理性。同樣的做法，自己在水鏡莊內也曾幹過……

這樣的解釋，同樣合情合理。沒錯，一定是這樣的……一定是這樣……

翡翠真的擁有靈媒的能力……

問題是要如何證實？真相恐怕將永遠埋沒在黑暗之中。

城塚翡翠那扭曲的雙唇及帶著笑意的眼神，已經深深烙印在香月的腦海裡，再也揮之不去……

"VS. Eliminator" ends.

終曲

千和崎真在寬敞的客廳裡，一邊哼著歌，一邊以吸塵器清潔地板。

吸塵器的運作聲相當小，完全沒有干擾她所釋放出的旋律。她細心地吸著每個角落，絕不放過任何細微的灰塵及毛髮。畢竟兩個女人住在一起，地板上經常可見掉落的頭髮。

過了一會，手機響起了鈴聲。真關掉吸塵器，接起手機。又是一個想要向城塚翡翠求助的人，對方希望翡翠能幫忙確認女兒自殺的理由，可惜沒辦法接下這個委託。

「真是非常抱歉，老師最近身體欠安，需要休息一陣子……我也不清楚何時能夠康復……不好意思，請您過陣子再來電詢問……」

千和崎真聽到電話另一頭傳來失望的嘆息聲，不禁感到有些同情。這已經不知道是自己第幾次拒絕委託及對預定的行程提出延期的要求了。

將希望寄託在翡翠身上的人，原來有這麼多。在成為翡翠的助手之前，真完全沒有想像到會是這樣的狀況——原來有這麼多的人，沒有辦法逃離死亡的陰影。

對於親近之人的過世，能夠釋懷實在是一件無比幸運的事情。那些沒有辦法接受事實的人，將在轉瞬之間遭悲傷所吞噬，從此生活在灰暗的世界之中。雖然大家都說時間能夠撫平傷痛，但沒有人知道那要花多久的時間。

相較之下，城塚翡翠所能提供的幫助雖然有限，卻是相當實際。無數的人在這個家來來去去。真親眼目睹過好幾次，來訪者在離去時帶著神清氣爽的表情，彷彿終於擺脫了纏身的災厄。

剛開始翡翠半強迫地要求真擔任助手的時候，真心中認定翡翠的所作所為根本和詐欺沒有兩樣。但後來真才驚覺，翡翠在大部分的情況下，並沒有收取一分一毫的謝禮。當然，若委託者硬要給，翡翠也不會推辭，但光是考慮到翡翠支付給助手的薪水，便可以肯定翡翠的收支肯定是入不敷出的。

真曾經詢問翡翠為什麼要當靈媒？翡翠的回答是：「為了磨練自己的詐騙技術。」但如果翡翠真的是為了這個目的而當靈媒，那麼她磨練詐騙技術的目的又是什麼？

真望向轉成了靜音狀態的大電視機，新聞評論節目依然反覆報導著關於殺人魔落網的消息。明明已經過了好一段日子，但每次只要有新的調查進展，電視新聞就會拿來大做文章。

真稍微調高了電視的音量。某個曾經任職於警界的特別來賓，正在鏡頭前不斷強調警方能順利將殺人魔逮捕歸案，全仰賴基層員警們一步一腳印的查訪行動。

在員警們的查訪行動背後，其實還隱藏著一場爾虞我詐的騙術對決，但是一般民眾恐怕永遠不會有知道真相的一天。

真接著轉頭望向通往走廊的那扇門，翡翠把自己關在房間裡，已不知過了多久。

不過，翡翠雖然長時間躲在房間裡，但有時真還是會聽見她出來上廁所的聲音。而且每當真隔著門板問她：「要不要吃點東西？」總是會聽見門內傳來微弱的一聲：「不要。」因此真倒也並不擔心她會死在裡頭。

只不過自從真開始擔任翡翠的助手直到現在，還是第一次看見翡翠出現這樣的狀況，所以實在是有些不知該如何是好。

就在真打算要繼續打掃時，走廊的方向傳來了古怪的聲響，那聽起來像是用力擤鼻涕的聲音。真的心裡產生了一股預感，不由得靜靜地抓著吸塵器，屏住呼吸望著房門的方向。

過了一會，走廊另一側的房門開啟。許久不見的翡翠終於走了出來，模樣卻有些不太對勁。不僅鼻子泛紅，頭髮亂得像稻草，穿著一身邋遢的睡衣，而且連眼眶也有些紅腫。

「妳還好嗎？」真問。

「什麼好不好？」

翡翠愣了一下反問道。

「妳的眼睛跟鼻子都紅成這樣了……要不要我抱抱妳？」

「這只是花粉症而已。」

翡翠眨了眨水汪汪的大眼睛說道。

「妳從來不曾得過花粉症。」

「今年第一次得。」

「噢……那妳為什麼把自己關在房裡那麼久？」

「不久前才結束了跟殺人魔的漫長對決，休息一陣子不算過分吧？」

翡翠微微嘟起了嘴說道。

「好吧！既然妳這麼說，當然沒問題……那麼，休息已經結束了？」

「嗯，剛剛刑警打電話給我，說是關於上次那起孤島別墅的凶殺案，想要徵詢我的意見。從案情聽來，正是我擅長處理的案子，明天我就會到案發現場去看看……阿真，妳願意陪我去吧？」

「陪妳去當然是沒問題……」

翡翠的視線忽然往旁邊飄移了極短暫的時間，真沿著她的視線望去，接著拿起遙控器，關掉了電視。

「真是可惜……原本以為妳終於找到了屬於妳的華生[27]……」

「別胡說八道了。」翡翠瞪了真一眼。「我從頭到尾一直相信著自己的直覺及觀察，從來不曾期待過那個男人並不是殺人魔。」

「噢，好吧！」

真點了點頭，凝視著眼前這個年紀比自己輕得多，卻有點古裡古怪的好朋友。或許是因為長時間相處的關係，真最近漸漸感覺自己已能或多或少看穿翡翠的心思。

「那個……阿真，能不能幫我做點吃的？我好餓……」

＊注27：約翰．華生（John Watson），夏洛克．福爾摩斯（Sherlock Holmes）的助手，兩人的搭檔形象深植人心。

「可以呀，妳想吃什麼？」

真笑了起來問到。

「最好是蛋包飯……」

翡翠或許是明白自己的喜好相當孩子氣，說得有些羞赧。

「好，我做。妳身上臭死了，先去洗個澡如何？」

真抓了抓她的頭髮說道。

「別、別把我當成小孩子！而且妳竟然敢說雇主臭……妳給我說清楚，誰是妳的主人？」

翡翠鼓起了臉頰，以宛如要全力抗戰的表情說道。

「好啦、好啦，反正我就是被妳掌握了把柄的可憐蟲，不敢再亂說話了。」

真笑著說道。翡翠哼了一聲，轉身走向走廊。

真則走進了翡翠的房間，想要趁這個時候將房間打掃乾淨。

一陣子沒進翡翠房間，果然又亂成了一團。內衣隨便扔在地上，床邊的矮桌上亂七八糟地堆放著將近十盒從冰箱裡不翼而飛的布丁，每一盒都已被吃得乾乾淨淨。真心想，原來那丫頭就是靠這些布丁在房間裡窩了這麼久。一張看起來像小學生書桌的桌子上，凌亂地擺著一些撲克牌，還有好幾張掉到了地板上。

此外，還有一本西洋書籍，黑色的封皮上畫著七彩的鳥影，多半是她窩在房間裡時用來打發時間的書吧！據說那是一本介紹魔術理論的書籍，原著是以西班牙文寫成，後來翻譯成了英文。但是真對於魔術一竅不通，也不敢亂動，只是把散亂在矮桌上的布丁空盒，放進自己帶進來的垃圾袋裡。

接著，真發現了垃圾桶內的某樣東西，不由得愣住了。

關於城塚翡翠的生平經歷，真所知並不多。尤其是翡翠來到日本之前的十多歲期間，到底過著什麼樣的生活，更是只能以一無所知來形容。真只能靠著少許的零星線索，拼湊出翡翠的出生背景。

以下只是真內心的一些想像……

某個少女的父親是個相當高明的騙徒，少女從小耳濡目染，學會了不少詐騙的技巧。少女的詐騙天賦比父親更加優秀，但畢竟年紀太小，沒有判斷是非的能力。少女也對自己的所作所為沒有絲毫疑心，甚至反而還以為自己這麼做是在幫助他人。以少女及其父親為首的一群人，建立起了一個在美國小有規模的宗教團體，少女及父親藉此獲得了龐大的財富。但在某一起案子的觸發之下，父親遭聯邦調查局逮捕……

少女雖然脫離了父親的掌控，但接下該何去何從？十多歲時期，沒辦法像一般少女一樣談戀愛、過正常人生活的少女，接下來會做出什麼樣的抉擇？當少女的內心逐漸開始能夠分辨善惡之後，她是否曾經因過去的所作所為而感到深切自責……？

然而，真並不清楚，城塚翡翠與鶴丘文樹的對決過程。但是站在關心朋友的立場，真不禁擔憂翡翠在過程中是否能一直維持著理性。

為了對抗敵人，她是否一直戴著虛偽的面具？

她難道不曾有過一絲一毫的期待，希望自己的直覺與觀察出了錯？

她難道不曾祈禱過，可以預見的未來完全只是錯誤的推測？

當然這一切都是只存在於真的內心世界的恣意幻想。不，或許可以稱之為心願吧！就算向翡翠求證，她也一定會否認。真的心裡非常清楚，胡亂表現出看穿他人心思的態度，必定會為此付出代價。

真低頭望向垃圾桶內，裡頭放著遊樂園的票根。那正是今年夏天，自己與翡翠、香月史郎一起到遊樂園遊玩時所留下的票根。

當初翡翠說出不曾去過遊樂園時，香月露出了相當吃驚的表情，然而，真卻一點也不驚訝。雖然不清楚翡翠在外國過的是什麼樣的生活，但可以肯定的一點，是翡翠在日本能夠一同相約出遊的朋友，就只有自己而已。雖然翡翠最近好像多交了幾個朋友，一天到晚對著智慧型手機傻笑，但畢竟交情還沒到能夠一起去遊樂園遊玩的程度吧！

真回想起了翡翠當時有如少女一般興奮雀躍的笑容。

好幾個月前去遊樂園時拿到的票根，如今才出現在垃圾桶裡，這代表著什麼意思？當然，很有可能不代表任何意思。但如果硬要找出其背後的意義……

「未免也太純情了吧！」

真一邊嘀咕，一邊將桶內的垃圾全都倒進垃圾袋裡。

沒錯，當務之急是轉換翡翠的心情。

從明天開始，又會有數不盡的案件在等著城塚翡翠大展身手。

"Medium Detective Hisui" closed.

medium靈媒偵探城塚翡翠

作　　者　相澤沙呼 Sako Aizawa
譯　　者　李彥樺 Yanhua Lin

責任編輯　許世璇 Kylie Hsu
責任行銷　朱韻淑 Vina Ju
封面裝幀　許晉維 Jin We Hsu
版面構成　黃靖芳 Jing Huang
校　　對　葉怡慧 Carol Yeh

發 行 人　林隆奮 Frank Lin
社　　長　蘇國林 Green Su

總 編 輯　葉怡慧 Carol Yeh
日文主編　許世璇 Kylie Hsu
行銷主任　朱韻淑 Vina Ju
業務處長　吳宗庭 Tim Wu
業務主任　蘇倍生 Benson Su
業務專員　鍾依娟 Irina Chung
業務秘書　陳曉琪 Angel Chen
　　　　　莊皓雯 Gia Chuang

發行公司　悅知文化　精誠資訊股份有限公司
地　　址　105台北市松山區復興北路99號12樓
專　　線　(02) 2719-8811
傳　　真　(02) 2719-7980
網　　址　http : //www.delightpress.com.tw
客服信箱　cs@delightpress.com.tw
I S B N　978-626-7288-21-4
建議售價　新台幣399元
二版一刷　2023年10月

國家圖書館出版品預行編目資料

Medium靈媒偵探城塚翡翠／相澤沙呼著；李彥樺譯. -- 二版. -- 臺北市：悅知文化精誠資訊股份有限公司,2023.10
496面；13.5×19.5公分
ISBN 978-626-7288-21-4 (平裝)

861.57　　112004397

建議分類｜文學小說・翻譯文學

※書封插畫設計：遠田志帆Shiho Enta